김홍권 중단편선집

1
단편소설

당신의 중력

글을 쓰고, 다른 이의 글을 읽고, 또 거기에 대해 이런저런 이야기를 늘어놓는 것이
나의 일이지만, 때로 누군가의 글을 읽고 무언가를 말한다는 것이
어렵게 느껴질 때가 있다. 그 글이 시간의 무게를 담고 있다면,
손이 아니라 몸으로 쓰인 것이라면, 더욱이 친구의 아버지가 쓴 글이라면.

원고지 2,000매에 달하는 김홍권 작가의 글을 읽으며 내가 배운 것은 글 자체뿐 아니라
글에 관한, 그리고 삶에 관한 어떤 자세였다. 그의 이야기를 읽으며 나는 그가
포착해내고 있는 삶의 희로애락과 덧없음에 대해, 그럼에도 불구하고
살아야겠다는 생의 의지와 욕망에 대해 가슴 뭉클하기도 하고 소리 내 웃기도 하고
함께 고개를 끄덕이기도 했다. 그리고 원고를 덮은 후 내게 남은 것은 쓴다는 일과
산다는 일의 의미에 관한 작은 물음표였다.

그리하여 나는 이런 성급한 결론을 내려본다. 어쩌면 그가 쓰려고 했던 것은
완벽한 소설이 아니라 온전한 삶인지도 모르겠다고. 때론 우스꽝스럽고
때론 안쓰러운 그의 소설 속 주인공들은 그가 세상이라는 우주로 쏘아 올린
작은 인공위성이며, 글쓰기는 그가 세상과 삶을 대하는 하나의 방식, 고유한 태도,
스스로의 삶을 지탱하는 중력인지도 모르겠다고.

중력 없는 삶들이 활개 치는 이 우주에서, 자신만의 중력을 지닌 삶이란
얼마나 멋지고 근사한가. 이 두 권의 책에 빼곡히 실린 글들을 통해
그와 그의 가족, 자손, 그리고 더 많은 미지의 독자들이
그의 중력에 사로잡히기를 간절히 바란다.

문 지 혁 │ 소설가, 번역가

'떠날 곳을 떠나고, 갈 곳으로 가는 것이다'

이 책은 아버지가 살아온 이야기이고 그의 삶입니다.

이제는 갈 곳도 떠날 곳도 없는 북녘의 고향 대신 당신이 갈 수도 있고,

떠날 수도 있는 마음의 고향 가평에서 느끼고 겪었던 것을 이 책을 통해서 이야기합니다.

그렇다고 못마땅한 것을 장광하게 늘어놓는 훈계조의 잔소리나 불평도 아닙니다.

아버지의 이야기는 읽는 이와 소통하기를 원하는 마음뿐인 것입니다.

전문적으로 공부하거나 타고난 작가는 아닙니다. 더욱이 베스트셀러 작가도 아닙니다.

그래도 저는 이 책을 읽고 또 읽습니다. 그리고 또 읽을 것 입니다.

언제까지나. 아버지가 아들에게 옛 이야기를 해주는 것처럼.

아들이 아버지의 이야기를 듣는 것처럼.

어렸을 때는 엄한 아버지, 무서운 아버지였지만 원칙과 신의를 지키려고 노력했고,

지금은 세월의 풍파에 움츠러든 어깨를 꼿꼿이 세우려고 노력합니다.

그런 아버지의 어깨에 손을 올리며 말하고 싶습니다.

'사랑합니다.'

김 형 진 | 김홍권 중단편선집 발간 공동기획

삐딱하게 산다
김홍권 중단편선집 〈1〉

초판 1쇄 찍음 | 2016년 5월 19일
초판 1쇄 펴냄 | 2016년 5월 25일

지은이 | 김홍권
기획 | 김형진 문지혁 강승모
편집 | 장용원(잼 커뮤니케이션) 신태원 신수지
일러스트 | 배욱찬
펴낸이 | 강승모
펴낸곳 | 도서출판 오즈원(경기도 화성시)

등록 | 2016년 2월 25일 (제 2016-000005호)
이메일 | wick2d.kang@gmail.com
팩스 | 031-8043-1628
ISBN 979-11-957599-1-0

*값은 뒤표지에 있습니다. 잘못 만든 책은 바꾸어드립니다.

07	첫번째 이야기	**한 남자의 이혼**
25	두번째 이야기	**흰 쌀밥에 괴기국**
55	세번째 이야기	**개 삼년**
77	네번째 이야기	**개 꿈**
97	다섯번째 이야기	**딸 이름은 주니**
129	여섯번째 이야기	**삐딱하게 산다**
153	일곱번째 이야기	**십분의 일**
179	여덟번째 이야기	**선녀와 직녀**
201	아홉번째 이야기	**찌미와 쏘미**
221	열번째 이야기	**병 모가지가 꼬록꼬록**

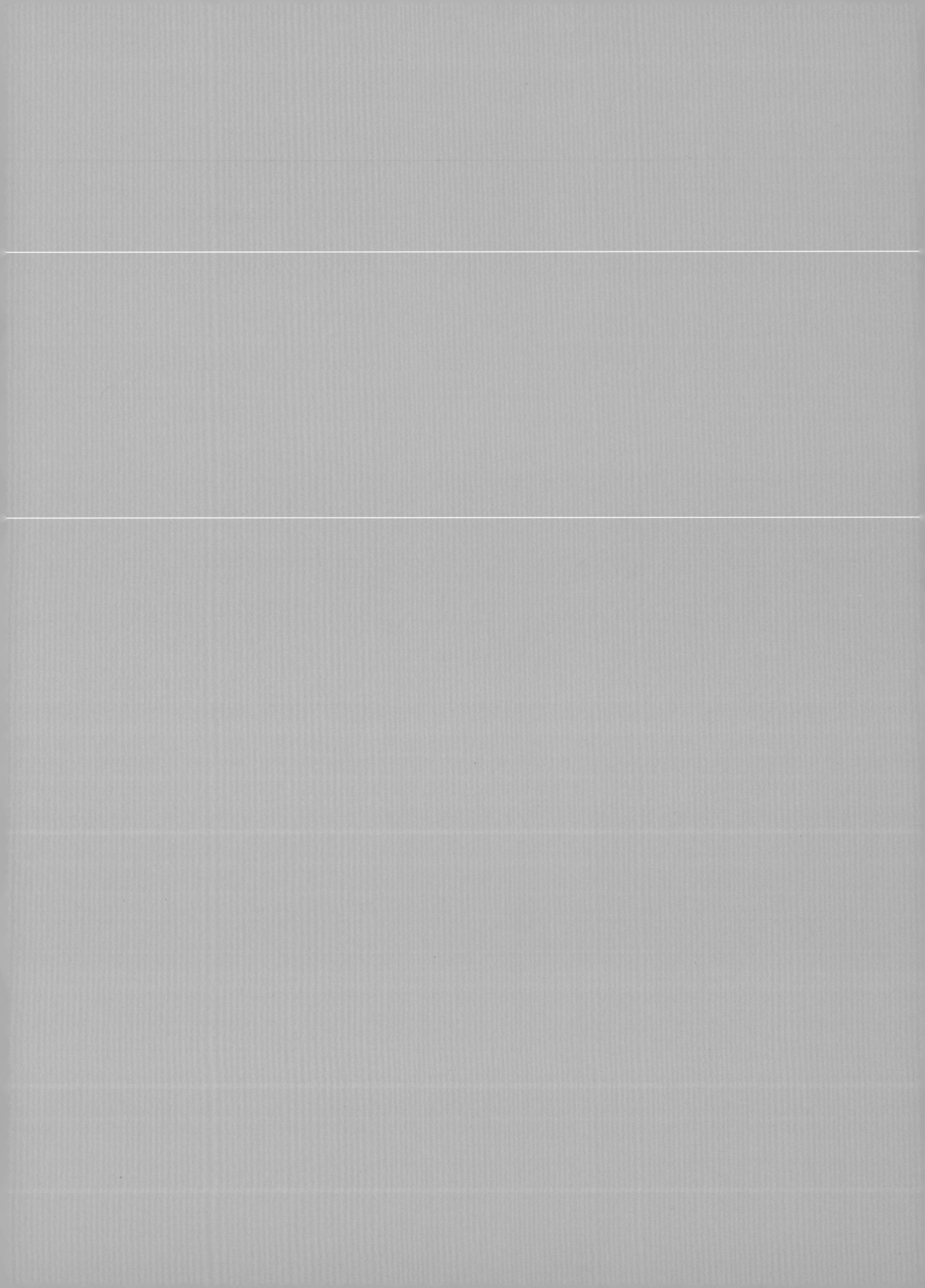

01

첫번째 이야기
한 남자의 이혼

첫번째 이야기

한 남자의 이혼

 애들한테는 아무런 상의도 없이 우리가 이렇게 서류를 접수한 것은 잘못이야! 애들이 받을 상처가 가장 큰 걱정이다. 접수한 서류는 돌려받으면 되는 것이고, 우리 서로 한 번 더 생각해보자. 살면서 처자식의 죽음을 당하는 게 가장 큰 고통이고 그다음으로 힘든 게 이혼이라고 하잖아. 우리 너무 쉽게 도장 찍었어!"

 가정법원에 이혼서류를 접수했더니 숙려기간 즉 냉각기를 가지라는 뜻으로 3개월의 마음 바뀔 시간을 주었다. 한 달의 시간은 금방 흘러갔다. 판사 앞에 둘이 서는 날짜는 아직 2개월 남았다. 한 지붕 아래에서 미운 얼굴을 맞대고 살아야 하는 게 진저리쳐졌다. 아내도 마찬가지라고 했다. 이혼서류에 도장을 찍으면 끝나는 걸로 알았다. 앓던 이 빠진 것처럼 시원할 것 같았는데 그게 그렇지 않았다. 아내를 친정 동생 집에 보내 당분간 떨어져 살기로 했다. 중학교에 다니는 딸애와 아들을 챙겨주는 게 나에게는 정말 장난이 아니다. 나는 그동안 사무실을 운영하며 보조 직원도 두어봤다. 남는 게 별로 없어 이제는 혼자 몸으로 전공電工일을 뛴다. 오히려 사무실을 두고 직원들을 두었던 전보다 실속이 있다. 몸은 힘들지만 뱃속은 편하다. IMF 경제위기 때 다니던 회사에서 정리해고된 후 가지고 있던 돈으로 호프집을 하다가 다 까먹었다. 술집에 젊고 예쁜 아내를 데려다 놓으면 여러 가지로 좋을 것이란 판단이 섰다. 그렇지만 사내들 앞에 신혼인 아내를 내놓을 수는 없는 일이다. 얼굴 반반한 여자 하나를 마담으로 고용한 것까지는 좋았는데 관리가 제대로 되지 않았다. 술을 팔면 세 배가 남고 안주를 팔면 열 배가 남는다는 걸 계산이지만 그것은 잘 팔려 회전이 잘 될 때 하는 말이다. 오다가다 드문드문 들어오는 손님만 가지고 운영되어서는 속으로 밑지는 장사였다. 술장사는 여자가 하는 일이고 남자는 뒷배나 봐주고 하는 일이다. 주인 남자 얼굴이 전면에 보이는 술집의 남자 손님이 꼬이지 않았다. 더구나 경기가 풀리지 않은 때였으니 사람들은 소주잔이나 돌리지 맥주나 양주를 마시기는 부담스러워했다. 지금 생각하면 경기가 풀릴 때까지 조금만 더 가게를 유지했어야 했다. 아내를 나오게 해 얼굴마담을 시키고 여자 종업원들을 관리하게 했으면 이익을 얻었을 것 같다. 돈을 버는 건 둘째 치고 까먹지는 않았을 것이란 아쉬움이 있다. 월세와 봉급 그리고 은행이자 주는 게 부담이 돼 결국 권리금의 절반 정도를 날렸다. 내가 들인 시설비는 전혀 건지지 못하고 가게를 걷어치웠다. 집도 마찬가지. 조금만 더 참았어도 집값이 어느 정도 회복되었는데 그걸 못 참고 아파트를 팔아 전월세 방으로 옮겼다. 이자가 늘어나기 전에 집을 파는 것이 급선무인 것처럼 서둘렀다. 그때는 집을 헐값에라도 파는 것이 상책이라는 생각이 들었다. 집안이 망하면 다시 일어서는 경우가 흔치 않은 일이다. 하물며 나라 경제가 파탄이 났는데 회복이 쉽지 않으리라는 생각에서였다.

그러나 지금처럼 가다가는 전에 갖고 있던 아파트만 한 것을 다시 장만하리라는 꿈은 아예 접어두어야 할 형편이다. 건축현장에 돌아다니며 전기공사를 해주는 기술자인 나는 늦게 자는 게 몸에 배어있다. 항상 아침에 일어나는 게 힘들다. 아내가 깨워주지 않으면 스스로 일어나는 경우가 거의 없었다. 술이라도 마시고 자는 날은 다음 날 아침에 일어나는 것이 고통스러울 정도이다. 그래도 일어나야 한다. 지금은 아내라는 여자도 집에 없고 애들 엄마라는 사람도 없다. 알람시계에 의지해 눈을 비비고 일어난다. 애들 가방을 챙기고 밥을 하고 애들 뒷바라지를 한다. 저녁 늦게 학원에서 돌아온 애들에게 이것저것 물어보고 숙제는 하고 자라, 다짐한다. 설거지하고 청소하고 나면 밤 11시는 된다. 하지도 못하고 하고 싶지도 않은 요리를 하는 것도 문제이다. 제 어미의 손에 길들여진 애들 입맛을 맞출 재간이 없다. 애들은 깔짝깔짝 대기만 하고 드는 둥 마는 둥 밥을 입에 쑤셔 넣고 나간다. 부모 사이가 심상치 않다는 걸 눈치챈 아이들. 집에 엄마가 없어 기가 죽은 아이들한테 그래서는 안 된다는 걸 알면서도 나는 짜증을 낼 때가 많아졌다.

"아빠가 정성스레 한 음식이야! 좀 먹으라구, 좀. 푹푹 떠먹으란 말이야!"

소리를 질러 놓고는 금세 후회한다. 얼굴이 찌그러져 울상이 된 아버지를 대하기 거북해 아이들은 수저를 던지듯이 내려놓고는 자리를 떴다. '요리를 배워야겠군!' 나는 인터넷을 뒤지고 요리책을 사다가 실습을 했다. 저울을 사 가지고 부엌에 갖다놓았다. 음식은 손맛에 달린 것이지 요리는 수학이 아니었다. 저울에 올려놓고 그램 수를 따져 배합한 요리 맛이 쉽게 나지를 않았다.

'처음이니까 그렇지, 곧 숙달되겠지.' 그렇게 생각했다.

"정이 조금이라도 남아있을 때 우리 헤어지자! 남자가 못나 너를 힘들게 했으니 내 잘못이 더 커. 네가 행복하지 못한 원인 제공을 내가 했다고 생각해도 좋다. 끝내기 점을 찍는 시기는 지금인 것 같다. 14년을 같이 살면서 뺨을 때리고 머리채를 휘어잡은 게 이번이 처음이야! 또 네가 이 새끼, 저 새끼하고 나한테 욕하고 물어뜯은 것도 처음이고. 이런 일은 처음이고 마지막이어야 한다. 내 첫 여자가 너는 아니었고 네 첫 남자가 나는 아니었어. 요즘 시절에 그건 아무 상관 없는 일이라 생각한다. 내가 네 마지막 남자이고 싶었고, 정말이야! 나에게 네가 마지막 여자였으면 싶었다. 참고 살아왔지만 정말 안 되겠구나. 안타깝지만 어쩔 수 없다. 서로 제 갈 길을 찾자."

가정법원에 아내와 같이 가기로 날짜가 잡힌 날이 보름 남았다.

"두호 아버지세요? 저 두호 학교 담임선생이에요. 지금 하시던 일 끝내고 바로 오실 수 있지요? 오늘 꼭 오시는 게 사태수습에 좋아요."
"아닙니다. 오늘 밤일 할 것 같습니다. 지금 학교로 찾아가 뵙는 것이 좋겠습니다. 거리가 떨어져 있으니 앞으로 한 시간은 걸리겠습니다."
두호가 같은 반 여학생의 머리채를 휘어잡고 땅바닥에 내동댕이쳤다는 것이다.
"아직 교장선생님도 모르고 계시고요. 같은 반 아이들만 알고 있는 상태예요. 맞은 여자애가 집에 돌아가서 제 부모에게 일러 내일 학교에 와 난리라도 치면 사태는 커져요. 여자 애 아버지가 교육과학부 고위직에 있어요. 교장선생님도 들어서 알아요. 어린애지만 여자애가 좀 으스대고 다녀요. 난 두호의 성품을 잘 알고 이해해요."
"선생님. 좀 도와주세요. 저희 부부 사이가 요즘 안 좋아요. 애들도 스트레스를 받는 모양이에요. 지들도 짜증나겠죠."
"내 의견인데 맞은 여자애를 구슬리세요. 피자 좀 사실 수 있지요? 두호 아버님."
"네. 선생님. 마침 점심시간이 다가오는군요."
"다른 여자애들을 먼저 내보내서 두호와 두호에게 맞은 여자애를 각각 부르게 할게요. 피자 가게 건너편에 서 계시다가 애들의 식사가 끝날 때 쯤 준비한 선물을 들고 가 여자애에게 주시고 사이좋게 놀아라! 하며 어깨를 두들겨 주세요."
"여자애들이 좋아하는 선물이 어떤 건가요?"
"아니, 따님도 있으시잖아요. 직접 전화해 물어보세요."
"네. 알겠습니다. 그런데 두호가 왜 그랬나요?"
"여자애가 자기 아버지 자랑을 해대며 두호더러 네 아버지 '노가다' 한다며 하고 놀렸대요."
"맞기는 맞는 말이네요. 저 노가다 해 먹고 살아요."
"참. 두호는 손재주가 좋아요. 아버님 닮은 모양이죠?"
나는 머리를 긁적거리며 두호 선생에게 고개를 꾸벅하고 교무실을 나왔다.
'저렇게 지적이고 부드러운 여자하고 사는 사내는 얼마나 행복할까. 직업도 좋고.'
부러운 생각이 든다 싶더니 아내의 서슬 퍼런 얼굴이 떠올라 두호 선생의 얼굴에 겹쳐졌다. 겹쳐진 두 여자의 얼굴은 딱 맞지 않았고 주로 아내의 얼굴이 볼썽사납게 삐죽삐죽 튀어나왔다.

1주일 후면 아내는 '내 아내'에서 자연인으로 돌아가는 여자가 된다. 나는 새 여자를 만날 수 있고 아내는 지금처럼 나 아닌 다른 남자를 자유스럽게 만날 수 있는 자유인이 된다. 그러나 내 아들과 딸의 엄마 자리는 변함이 없다. 그것이 풀어지지 않는 문제이다. 이를 어째야 하나. 애들의 사춘기 고비를 고등학교 졸업까지로 보면 아직도 3-4년이 남았다. 1주일 동안 밖에 나가 있으면서도 애들이 뭘 먹는지 학교에 가는지 전화로나마 챙기지도 않는 아내이다. 딸애한테 문자 메시지 세 번 한 게 다인 아내이다. 너 혼자 살아봐라! 나를 혼내려는 의도가 있음을 감안하더라도 가정에선 마음이 떠난 여자로 볼 수밖에 없다.

두호 선생이 말을 꺼낸 것처럼 나는 손재주가 좋으니까 손으로 하는 이런 일을 한다. 꼼꼼하지 않으면 손님들이 다시 찾지 않는다. 전기선의 접선이 잘되었는지 누전될 위험은 없는지 점검한다. 물이 새어 들어가지 않게 절연테이프를 잘 감는다. 재료비 들어간 것과 내 인건비를 비교적 손님이 이해하기 좋게 설명해 값을 쳐서 받는다. 바가지 씌우지 않는 것보다는 일을 꼼꼼히 해준 것이 손님들에게 호감을 주는 것 같았다. 입소문으로 알려지고 나를 찾는 손님들이 많아져 꽤 바쁘다. 차단기가 떨어져 불이 안 들어온다든지 가전기구 작동이 안 된다는 연락을 받으면 손에 들었던 밥숟가락을 놓는다. 바로 뛰어가 점검을 한다. 중고 에어컨으로 바꿔 달아주는 경우도 있고 보일러 고장난 것도 손봐준다. 컴퓨터를 손봐달라고 하는 경우도 있는데 못 고칠 때가 많지만 최선을 다해본다. 가전회사 애프터서비스를 기다리기엔 너무 급한 일이 허다하다. 특히 영업집인 경우는 긴급을 요하는 경우가 많다. 재료비가 들어가지 않는 경우 나는 출장비를 요구하지 않는다. 미안하다고 억지로 주머니에 돈을 찔러주는 경우는 마지못해 받았다.

"그 사람 불러! 일을 잘 해, 못하는 게 없잖아? 마음에 들어!"

내 고객들이 나를 좋게 입소문 내는 가장 큰 이유는 있다. 밤이고 일요일이고 급할 때면 언제 불러도 내가 달려가 주기 때문인 것 같다.

"그런 사람 없다!" 는 것이다. 나는 내 일에 만족한다. 인간적인 대접도 받는다. 땀을 흘려도 힘든 줄을 모른다. 암, 그렇고 말고요, 고객의 농을 받아주기도 잘한다. 따라 웃기도 잘하고 콧노래도 부른다. 일에 몰입을 한다.

다 좋을 수는 없는 모양이다. 밖에서는 이렇지만 안에서는 점수를 따지 못했나. 애들하고 놀아줄 시간이 없지만 아내가 놀아주고 돌봐 주리라 믿었다. 남편인 내가 아내와 잘 놀아주지 못하는 게 문제가 되었던 것일까. 나는 체격도 좋고 힘도

센 편이며 건강하다. 아내는 나더러 정력이 약하다고 한다. 나 스스로는 정력이 약하다고 생각해 본 일은 없지만 성관계를 자주 하지 않는다. 정신적인 면에서 오는 것이 아닌가 하는 생각이 든다. 내가 자라면서 보고들은 기억은 이렇다. 밖으로 돌면서 정액을 뿌리고 다니던 아버지, 아버지한테 데어 속 썩어 하던 어머니, 어린 나이에 충격을 받아서일까. 나는 커서 수캐처럼 뿌리고 다니지 않을 거야! 어릴 때의 굳은 결심이 커서도 이어져 오는 것일까. 좀 커서 책을 보고는 느끼는 게 있었다. 밤낮으로 여자를 끼고 살았던 왕 중에 나이 40을 넘긴 임금이 몇이나 되나. 소녀경인지를 봤더니 삽揷하되 사射하지 말라! 간곡히 권유하는 구절도 있었다. 사射하지 않는 게 좋은 거구나, 그런 생각을 한 일도 있었다. 몸의 구조나 생리가 그래서인지 잠재의식에서 오는 건지 잘 모르겠다. 나는 삽揷하는 것을 잘 않는 게 습관이 되었다. 이집 저집 돌아다니다 보면 별 여자가 다 있었다. 무슨 얘기를 그렇게 하고 싶은지 차려내온 점심이나 참 상 앞에 앉아 턱을 받치고 말을 붙이는 여자들도 있다. 일일이 말에 신경 쓰랴 여자가 떠먹이는 숟가락을 입에 받으랴 바쁘다. 앞에 건너 앉았다가 내 옆으로 다가오면 피하랴 밥이 어떻게 목구멍으로 넘어갔는지도 모를 지경인 경우도 종종 있었다. 작업하는 데 옆에 딱 붙어서 소 감정이라도 하듯 내 아래위를 훑어보면 신경이 쓰여 작업에 지장이 있다. 공구에 손이 찔려 피가 나는 경우는 흔하다. 두 팔을 올려 작업하다 보면 셔츠가 올라가 내 배꼽이 튀어나온다. 가까이 다가와 셔츠 속 맨살을 훑어보는 부인네도 있다. 어떤 때는 여자의 침 넘어가는 소리를 듣기도 한다. 나는 별 관심이 없어 여자가 피부접촉을 해와도 발기가 되지 않는다. 날 잡아 잡수! 하고 몸을 벌리는 여자 중에는 매력적인 경우도 있었다. 껴안고 싶은 생각이 순간순간 일어나더라도 섣부른 행동은 금물이다. 나쁜 소문이라도 나면 나는 이 바닥에서 끝장이다.

"네가 나더러 이 새끼 저 새끼한 거 나 용서할 수 있어. 원인을 제공한 건 나라고 봐야 하니까. 내가 뺨을 때리지 않았어도 또 머리채를 휘어잡지 않았어도 공손하던 네가 나한테 욕을 하고 물어뜯지 않았을 것이야. 그렇지? 그런데 하나 물어보자. 너 그 남자하고 잤냐? 어떤 남자를 말하냐구? 그러면 만나는 남자가 걔 하나가 아니란 말이냐? 그 자식 말고 또 있구나?"

 집에만 있기에 답답하다며 호프집을 차려준 게 화근이라면 화근이었다. 아내는 집 안에 있는 것을 처박혀 있는 것이라고 표현한다. 전부터 답답하다는 소리를 자주 해 나는 아내가 직장에 다니는 걸 허락해준 일이 있었다. 나와는 나이가 7년 차이, 일찍 결혼한 아내는 30대 초반이다. 구인광고를 보고 찾아가 면접을 보고 와서는 건설현장 사무실에 나가게 되었다고 아내는 자랑처럼 말했다. 안 돼! 한마디로 잘라버릴 수도 있었지만 나는 생각 좀 해보자! 고 미적거렸다. 베개 밑에서 소근 대어 내가 녹았기 때문에 허락한 것은 아니었다. 답답해서 죽겠다고 애걸하는가 싶더니 우리 아파트는? 당신 돈벌이는? 을 들고나오며 아내는 내 약점을 찔렀다. 아파트 청약순위는 되어있지만 아직 장만하지는 못한 상태. 그때는 그래서 내가 져줬다. 자신의 월급봉투를 들고 오는 날은 아내가 돈을 세며 거들먹거리는 게 눈꼴이 시었다. 내가 이런 마음을 먹으면 안 되지! 하면서도 내 마음대로 자신이 가눠지지 않았다. 아내는 집에 들어오지를 않고 있고 고객들이 급히 나를 찾으면 나는 안달을 한다. 애들만 놓고 가기가 마음이 안 좋아 발을 동동 굴리는 데도 늦게 들어온 아내의 태도는 당당했다. 내가 이해해야지! 그렇게 마음을 가라앉히지만 속은 상했다. 비바람이 부는 어느 주말에 아내와 아이들을 데리고 네거리에서 제일 잘한다는 갈빗집에 갔다. 주인아줌마가 아내를 보더니 반색을 하며 이것저것 특별 음식을 서비스해 주었다. 식당에서 나와 노래방에 갔더니 주인아줌마는 단골손님 오셨네! 하며 반겼다. 내가 처음 간 노래방인데 단골손님이라니 나더러 하는 소리는 분명 아니다. 그때 그런 생각이 들었다. 내가 만일 노래방 위층에 있는 모텔에 아내와 같이 가면 우리 집 단골손님 오셨네! 아내를 반기며 방값이라도 할인받을 수 있을 것 같은 방정맞은 생각이 들었다. 내가 의처증 환자인가? 나더러 병원에 한번 가보라고? 뻔질난 회식에 술 냄새를 풍기고 들어오는 데 속이 상한 나는 아내가 늦게까지 들어오지 않는 어느 날 건설현장에 찾아갔다. 다음날 두호가 견학 간다고 내가 이것저것 챙겨주었지만 제 엄마만은 못할 것이 당연하다. 두호의 시무룩한 표정이 마음에 걸렸던 것이다. 사무실에 불이 환하게 켜져 있고 앞 주차장에는 승용차와 작업차 여러 대가 서 있었다. 다들 일을 하고 있는데 혼자만 빠져나오기 힘들겠지! 나는 그냥 돌아 나오려 했다. 몸을 돌려 다시 들어갔다. 아내는 남편이 있고 가정이 있는 여자라는 걸 같이 일하는 남자들에게 보여주고 싶다는 생각이 문득 들었다. 현장의 가건물 사무실은 불이 환하게 켜져 있었다. 불빛과 함께 남자들의 목청 돋운 소리가 크게 흘러나왔다. 한잔들 하고 있군! 옆에 다가가 창안을 들여다봤더니 예상대로 술판을 벌이고 있었다. 같이 근무하는 여직원들이 아내 말고 여러 명이 있다고 들었는데 그때 사무실의 술자리에 있는 여자는 아내 혼자였다. 음식은 밖에서 주문해 온 것 같았다. 술이 제법 취한 사내들이 벌여놓은 술판은 지저분했다. 취한 목소리는 눈살을 찌푸리게 했다. 아니 저런! 한번 본 일이 있는 현장소장이란 작자 옆에 아내가 딱 붙어 앉아있었다. 작자는 허풍을 떠는지 왼손을 허공에 대고 아래위로 저의며 떠벌이고 있는 모습이었다. 멀게 들리는 목소리였지만 탁하고 억양이 높은 것은 알 수 있었다. 문제는 작자의 오른팔. 아내의 어깨에 얹고는 잔뜩 끌어당긴 상태였다. 당연히 그런 자리는 피해야 하는 게 남편 있는 아내로서 본연의 자세인데! 이런. 망할 것! 아내는 작자한테 몸을 기대고 무엇이 그리 좋은지 깔깔대고 있었다. 아내의 웃는 모습을 본 게 얼마 만인가. 아니 웃음은 남편과 자식들에게 보여야지 왜 술 마시는 자리에서 뭇 남자에게 뿌려야 하나? 씨발 것!

방 안에 있는 홍일점인 아내가 웃으니 모두 따라 웃었다. 작자가 술잔을 올려 들자 따라 들며 소리들을 질러댔다. 노래를 부르며 춤을 추는 자들도 있었다. 그 순간 나는 참을 수 없었다. 사무실 안으로 뛰어들어갔다.

"네가 술집 작부냐?"

나는 소리를 지르며 아내의 팔을 잡아끌고 밖으로 나왔다. 소장이라는 작자의 골통을 주먹으로 내려치고 올걸! 하는 후회가 있었지만 이미 나와 버린 상태였다. 거친 행동으로 위협만 준 것도 다행이다 싶었다. 그날 돌아오면서 아내에게 한 말은 없었다. 잔소리도 하지 않고 그냥 집에다 끌어다 놨을 뿐이었다. 다음 날 아침 일찍 나는 밥도 먹지 않고 일하러 나가면서 선전포고하듯 무서운 얼굴을 했다. 아내에게 한마디 내뱉었다.

"다신 거기 나가지 마! 그러면 너하고 나하고는 끝인 줄 알아!"

"끝이라면 이혼이라도 하겠단 말이야?"

더 이상 현장 사무실에 나가면 다 부숴버리겠다는 경고에 아내는 겁을 먹은 것일까. 다음날부터 나가지 않았다.

말이 씨가 된다는 말을 나는 믿는다. 끝인 줄 알아! 라고 내가 말한 것은 그냥 엄포를 주기 위한 것. 말에 힘을 실어 강조하려는 것이었다. 그걸 이혼으로 받아들인 아내의 말이 종일 귀에 남아 지워지지 않았다. 아내를 탓하기 전에 나 자신이 뱉은 말이 후회스러웠다. 그래도 그렇지. 말꼬투리를 잡아 이혼이란 말을 사용하다니. 이 마누라 안 되겠구먼! 괘씸했다. 우연인지, 물꼬가 터진 건지, 이후로 아내와 말다툼할 때면 그때마다 아내의 입에서 이혼 얘기가 나왔다. 이혼하겠다는 의지가 있는 것 같지는 않았다. 이 마누라, 이혼이 애들 장난인지 아나? 심심풀이하나? 생각이 들 정도로 가볍게 입에서 흘러나왔다. 나중에 생각한 것이지만 농담 비스름하게라도 아내가 '이혼'이라는 말을 입 밖에 내면 순간적으로 내가 움츠리는 것을 알아챈 것이다. 아내는 내 행동이나 표정에서 내 속을 감지하는 모양이었다. 사디스트 같은 가학적 악취미이거나 내 기를 꺾었다는 쾌감에 재미를 붙였던 건 아닐까 하는 추측을 해 본다. 내가 아내에게 권위적이었나? 돌아보니 그런 면도 없지 않은 것 같다.

큰 애 수학여행을 준비한다며 아내가 두고 나간 핸드폰 벨 소리가 안방에서 울렸다. 받지 않으니 또다시 울렸다. 소파에 앉아있던 나는 안방으로 들어가서 화장대 서랍에서 핸드폰을 꺼냈다. 열고 귀에 대었다. 불쑥 던져 나오는 말이 '나야, 나!'라고 하는 남자의 목소리였다. 탁하고 억양이 높았다. 혀가 살짝 꼬인 상태였다. 내가 아무런 말없이 듣기만 하자 상대는 전화인지 핸드폰인지를 바로 끊었다. 그 술 취한 목소리는 어디서 한 번쯤 들어본 것 같았다. 누구였지, 그놈인가. 핸드폰에 찍힌 번호만으로는 정확히 알 수가 없었다. 아내의 초등학교와 중학교 동창생이면 나도 대개 아는 사이라 그냥 끊지를 않았을 것이다. 남녀가 나, 너 하는 사이가 누구란 말인가.

"네가 나를 의처증이라고 별명을 붙이는데 이제는 인정한다. 속 시원하냐? 네 핸드폰에 위치추적이 되게 내가 했지. 그걸 알고 너는 핸드폰을 두고 다니고 있지. 내가 하고 싶은 얘기는 그거야. 너 지지난달에 문자 메시지 한 게 200개야.

그중에 애들하고 한 게 50개, 나한테는 전무全無, 나머지는 누구하고 한 거야? 왜 다 지웠어? 내가 알면 곤란했기 때문인 것 아니냐 이거야. 그리고 왜 손님 옆에 자꾸 앉는 거야? 여자 종업원도 있잖아? 내가 장 사장이라는 단골손님을 가게 밖으로 내쫓은 걸 도저히 이해할 수 없다고? 어쨌든 문자 메시지를 하는 사내가 그 장 사장이라는 친구야, 또 다른 놈이야?"

 IMF 실직 때 큰 호프집을 하다가 손해 봤으면 족하다. 왜 아내에게 작지만 또 호프집을 하게 내버려뒀는지 나는 후회스럽다. 건설현장 사무실에 못 나가게 된 아내는 답답하다며 집에 붙어있기를 싫어했다. 돌아다닐 곳은 많은 모양이다. 헬스장, 배드민턴장, 친정, 친구, 맥줏집, 내가 아는 것만 해도 그 정도이다. 길목 좋은 곳에 권리금 없이 들어갈 수 있는 호프집이 있다고 아내가 소식을 듣고 왔다. 호프집 하던 곳이니 새로이 시설할 필요도 없다고 했다. 하다가 힘들어 다른 사람에게 넘길 땐 기본 권리금도 받고 시설비도 쳐서 받고, 일석삼조라고 했다. 아내 자신의 체질은 전업주부가 못 된다고 했다. 그러고 보니 처가댁 여자들도 다 그랬다. 장모님도 집에만 있기 싫어했고 처제도 그랬다. 부자는 아니었지만 여자 벌이가 있으니 생활에 여유들은 있었다. 생활력이 있는 집안 여자들이라고 스스로 자랑들을 했다. 내 벌이도 아주 나쁜 편은 아닌데, 참!
 그렇게 차려준 호프집이 분란의 결정적인 계기가 된 면도 있는 것 같다. 맥주 한 잔을 마셔도 사내들은 여자를 옆에 앉히고 싶어 한다. 그다음은 만지는 것이 순서다. 여자들끼리 만나면 옆에서 듣기가 힘들 정도로 수다 떠는 게 상식이다. 아내는 의외로 듣기만 하는 편으로 여자들끼리 만나도 수다를 덜 떤다. 그런데 사내들하고는 오히려 죽이 맞는지 즐거워했다. 음양의 조화인가. 호들갑스럽게 웃기를 잘했다. 칸막이한 뒷자리에서 문 닫을 시간을 기다리다가 들려오는 소리를 나는 얼떨결에 듣는다. Y담에도 아내가 사내들보다 뒤떨어지지 않는 것으로 보였다. 한여름 일이 많아 밤샘 작업도 마다않고 일해 내 주머니도 두둑해졌다. 아내와 단둘이만 온천에 하루 다녀왔다. 그날 밤 기운차게 몸을 섞었다. 몸을 섞은 지 한 달이 넘었나 싶었다. 아내는 원래 그걸 좋아했다. 나는 기분을 잔뜩 내고 있는데 그날 밤 아내는 별 반응이 없었다. 너는 해라! 빨리 싸기나 해! 그런 식이었다. 드문드문 하기 때문인지 아내하고 할 때는 항상 빡빡한 느낌이었다. 그런데 그날 밤은 아내가 흥분한 것 같지도 않은데 아내의 질 속이 질척질척했다. 어제 혹은 그제도 나 아닌 남자와 그걸 한 것 아닌가 하는 의심이 들었다. 물론 대놓고 아내에게 물어볼 수는 없었다. 아내는 의심하는 내 표정을 읽은 모양이다. 당신, 의처증이야! 아내는 거침없이 내뱉었다.

"그래. 의처증도 이혼 사유 중의 하나일 거야. 법을 확인해 보지는 않았지만. 뺨을 때리고 머리채를 잡은 것은 이혼의 일순위 사유일 것이고. 당신에 대한 정이 남아있기에 내가 이렇게 불안해하고 있지만. 또 사춘기에 들어선 애들에게 어떻게 충격을 주지 않을 수 있을까 몹시 불안해. 또 어떻게 애들 뒷바라지를 할까, 걱정이 앞서지만 나 당신을 풀어줄게. 자유롭게 날아가! 잘 살아. 떨어져 살다가 서로 필요하면 다시 합칠 수도 있고, 그러는 사람들이 실제로 있대. 그러나 나에게 그런 일은 없을 거야. 한번 살아봤으면 됐지 다시 살고픈 마음은 들지 않을 거야. 너는 벌써 다른 남자 맛을 봤으니 나같이 맛없는 사내에 대한 미련은 없을 거야!"

2년을 끌어온 아내와의 갈등을 모르는 것 같다고 생각했던 아이들은 내색만 안 했을 뿐이지 잘 알고 있었다.

"아버지하고 엄마가 마음이 안 맞아 떨어져 살면 너희는 어떠냐? 꼭 그런다는 얘기가 아니고 이를테면 말이다."

"아버지 맘대로 하세요. 우리를 너무 의식하지 마세요. 학교 애들도 이런 경우 많아요. 요즘 세태가 그런가 보다 체념하고 사는 애들이 많아요. 아버지는 돈이나 잘 벌어다 주세요. 이혼하시더라도 우리는 엄마 만나러 다닐 거구요. 부모가 이혼했다는 얘기가 떳떳한 것은 아니에요. 좀 창피스럽기는 하지만 아버지 엄마의 사생활에 감놔라 대추놔라 간섭하고픈 마음 전혀 없어요."

"여보! 여보, 당신이라고 부르는 게 마지막이 될지도 모른다는 생각에 만감이 교차하는군. 14년 동안 부르던 짓인데. 어젯밤 잠 한숨 못 자고 오늘 잠 좀 자고 싶어 술을 퍼마시고 있어. 마음이 착잡하고 괴롭지만 이상한 거 있지. 후련한 생각도 마음 한구석에 자리 잡고 있는 거야. 이혼만은 절대로 안 된다는 생각에 그동안 자신을 누르기만 해 왔었지. 하자, 혼자 살자, 풀어주자! 내일 법원에 간다. 그리고 법원에서 나와 마당에서 아내의 손을 잡아주든지 가볍게 포옹해 주든지 하자! 작별하겠다는 생각이 미치자 울컥 서글픈 생각만 드는 게 아니야. 굴레에서 벗어난다는 해방감도 있어. 이게 도대체 뭔지 모르겠어. 그러다가는 또 앞일이 캄캄하다는 생각이 들고. 갈라선다고 하니까 당신하고의 결혼생활 14년, 처음 만난 것까지 16년, 추억이 새롭고 정이 새롭게 살아나는 것 같아. 정이 살아난 것 같다고 해서 다시 합치고 싶다는 얘기가 아니야. 그건 당신을 위해서도 안 될 일이야. 헤어지면 그립고 만나보면 시들할 것 같은 생각이야."

사태가 막판에 치닫자 양가의 형제자매와 친척 그리고 친구와 친지들이 이혼만은 막아야 한다고 나섰다. 그중에는 이혼한 사람도 있었고 그냥 집을 뛰쳐나온 사람도 있었다. 가정을 유지하고 있는 사람들은 이혼은 절대로 안 된다고 이구동성으로 말했다. 그런데 이혼 경력 소유자와 집을 뛰쳐나온 사람들의 말은 달랐다.

"왜 그러고 살아? 결혼은 머지않은 장래에 없어질 제도야! 남녀 간의 궁합이 맞아 행복하게 사는 것이 당연한 것으로 알고 있지만 현실은 그렇지 않아! 당연한 것은 예외적이고 당연하지 않은 것이 정상인 게 세상이야. 너 이 세상에 좋은 사람이 많게, 나쁜 사람이 많게? 돈 많은 사람이 많게, 돈 없는 사람이 많게? 행복한 사람이 많게, 불행한 사람이 많게? 후자 즉 비정상이 훨씬 더 많다는 사실이야! 짧은 인생, 자유롭게 살아! 헤어지기로 결심하면 마음이 후련해지기도 해!"

"여보! 내일 법원 가는 날이야! 이혼서류를 취하하고 당신이 집에 들어오면 원상복귀 되는 것이지만. 그동안에도 아니야, 그래, 아니야, 그래! 하루에도 수십 번 마음이 변했지만 나 결심했어. 흔들리지 않기로. 당신도 마찬가지라고? 그래 우리 내일 만나! 내가 처제 집으로 당신을 데리러 갈까? 택시 타고 가겠다고? 그래, 내일 가정법원 매점에서 만나 같이 들어가자! 나 같은 놈 만나 그동안 얼마나 힘들었니? 미안하다. 헤어지더라도 애들한테는 신경 좀 써 주고. 이 세상에서 우리 애들이 제일 좋아하는 사람은 당신이야! 아버지는 둘째야. 엄마가 낳지 아버지 뱃속으로 낳은 게 아니잖아. 다시 태어나도 우리는 부부가 되어서는 안 돼! 당신 좀 더 멋지고 좋은 남자 만나서 행복하게 살아봐야 해! 진심으로 하는 말이야! 내 눈에 지금 눈물이 흘러내리고 있어! 사내가 칠칠치 못하게 왜 이러는지 몰라. 당신, 잘 살아야 해, 꼭이야!"

판사가 법정에 같이 나오라는 시간은 아침 10시. 매점에서 아내와 만나 음료 한 잔 마시고 같이 들어가면 된다. 시곗바늘은 정확히 10시를 가리켰다. 내 심장의 박동 소리가 조금 빨라졌고 설레는 것과는 다른 '싸 함'이 느껴졌다. 10시에서 10분이 지났는데 아내는 오지 않았다. '우리가 늦으면 다른 사람으로 순서가 넘어갈 텐데. 택시 타고 온다고 하더니 어찌된 심판인가.' 나는 핸드폰을 꺼내 들고 단축번호 '2'를 눌렀다.

"고객님의 전화기가 꺼져 있어 연락이 안 되니 잠시 후에 다시 걸어주시기 바랍니다. 연락을 받고 싶으시면 연락받으실 번호를 입력하신 후 별표를 눌러주십시오."

법정에 혼자 들어갈 수도 없고 잠시 후 아내에게 전화를 다시 걸었다. 10시에서 30분이 지났다. 내 휴대폰의 벨, 음악 소리가 울렸다. 늦어도 상관없으니 얼른 들어오라는 법원의 전화인가? 내 추측은 빗나갔다. '오늘의 주인공'인 아내였다. 아내는 법정에 출두하지 않겠다고 했다.

"그러면 나더러 어쩌란 말이야? 너 도대체 어떻게 생겨먹은 애냐?"

"나 지금 집에 들어와 청소하고 있어. 빨래도 하고."

"집? 어느 집?"

"어느 집은 어느 집이야, 우리 집이지."

"고맙다."

"당연히 고마워해야지, 이 거지 발싸개야! 위자료를 해내라고 했으면 어쩔 뻔했어? 내가 양육권을 고집했으면 당신은 죽은 목숨이야. 좋은 사람 만난 걸 다행으로 알아! 알아듣겠어?"

"알아."

나는 달려가 아파트 문 앞에 서서 잠시 숨을 골랐다. 문의 손잡이에 손을 대고 이 문은 천국으로 들어가는 문인가, 지옥으로 들어가는 문인가? 해답을 얻은 다음에 문을 열고 싶었다. 잠시 머리를 짜고 짜 봤지만 답을 얻지 못한 채 그냥 문을 잡아 열었다.

헤어져도 애들이 있으니 아내의 얼굴을 대해야 한다. 헤어져도 아내에 대한 호칭은 당신 혹은 아내의 이름인 '한울'이라 부를 수 있다. 헤어지면 '여보, 아내'라고는 못한다. 이후로 나는 아내를 부를 때 종전처럼 '야, 너, 한울'이라 하지 않고 '여보!' 혹은 '안해야!'라고 부르기로 했다. 헤어지면 다시는 부를 수 없는 호칭으로.

02

두번째 이야기
흰 살밥에 괴기국

두번째 이야기

흰 쌀밥에 괴기국

　부모와 자식이 생이별해 사는 분단국가가 지구상에는 단 하나. 당해보지 않은 나라 사람들이, 그 안타까운 사정을 이해한다고 말하나 그것은 입으로 아는 것이지 가슴으로 아는 것은 아니다. 적국인 북한과 우방인 한국을 하나로 합친 다음 다시 둘로 나눠 산술 평균하듯이, 한반도가 적성敵性이 반 우방友邦이 반쯤 뒤섞인 것처럼 여기는 미국과 일본인 (사실은 북한의 붕괴를 바라지 않는 것처럼 보인다). 한국이 커지는 것이 달갑지 않게 생각한다. 더더구나 중국은 공공연히 검은 속내를 드러내 보인다. 그들의 못마땅한 걱정과 견제에도 불구하고 남한에 새 정부가 들어서는 2018년, 개성자유무역 공단에서 일하는 남북한 근로자가 100만 명에 이른다. 북녘 끝자락인 나진과 선봉지구에도 남한 업체가 진출한다. 김정일이 죽으면서 또 김정은에게 정권을 세습하면서, 그리고 핵 문제를 품에 안고 김정은 일파가 쫓겨나면서 공산당 독재 체제가 금방 무너질 거라 예측했지만 아직 건재하고 있다. 아들이라는 이유 하나로 권력을 넘겨받은 스물일곱 살의 애송이가 영웅이라도 되는 양 부추기고 두려워하는 세계는 한마디로 코미디였다. 총칼로 찔러대니 무섭고 수용소로 끌려가는 것은 더욱 공포이다. 특권층을 뺀 서민들의 소원이 흰 쌀밥에 소고깃국을 배불리 먹는 것이라는데, 집단최면에 빠져 60년 넘게 끽소리하지 못하고 머리를 조아리는 북녘 동포들은 근대세계 역사상 기록을 세운 사람들이다. 상감마마라고 머리를 조아리던 때는 옛날 옛적 호랑이가 담배 피우던 시절의 이야기이다. 남녘에서는 대통령의 이름을 막 불러 명박을 '명바기' 박근혜를 '바꾼 애'라고 호칭하는 스마트폰 시대에 북녘에서는 '위대한 수령님, 위대한 영도자'라고 눈물로 울부짖는 TV 화면이 비친다. 씁쓰레 웃음이 난다. 피를 나눈 동포임을 낯 뜨겁게 한다. 암흑 같던 일제 36년에도 수많은 봉기가 있었다. 폭력조직에 대항하는 용기 있는 자유주의자가 북녘에는 그렇게 없단 말인가. 집단적으로 미치면 분위기에 휩쓸리지 않을 수 없나 보다. 헐벗고 굶주리면서 그 속에 섞여 있는 내 일가친척들도 같으리라. 시계를 거꾸로 돌리는 한심한 집단이었다. 시곗바늘을 백 년 전으로 거꾸로 돌려 현대국가를 전제군주국가로 만든 이 세상 유일의 무리였다. 미치광이 영도자를 위대한 수령님이라고 머리를 조아리며 광분하는 북녘은 분명 국제적인 수치감 덩어리이다. 못나도 저렇게 못날 수가 있을까.

끝은 끝을 보게 된다. 결국은 북녘에 유혈사태를 피할 수 없었고 집단 지도체제인 친중 군부로 얼굴만 바뀌었을 뿐이다.

그러나 통일은 언제 될 것인가? 거적문이 너덜거려 초가집이 쓰러질 것같이 보인다. 그것이 '곧'이라는 건 알지만 언제 쓰러질지는 아무도 예측하지 못한다. 꼭두각시로 조종하며 데리고 놀기에 좋은 중국이 뒤에서 받쳐 주고 알겨먹는 것이 가장 큰 이유 중의 하나이다. 아니 또 그런 면으로 보면 무너지지 않고 꼭두각시로 놀아나며 세월이 한참 더 지나갈 줄도 모르겠다. 중국이 개방하며 저렇게 커질 동안 바로 옆에서 지켜보면서도 나라 문을 닫고 백성을 헐벗고 굶주리게 한 김 씨 삼대는 죗값을 받아도 싸다. 그들의 죄는 가장 큰 오점으로 한반도 역사에 남았다. 가족을 먹여 살리지 못한 가장은 스스로 목숨을 끊는다. 역적, 이제 김 씨 일가가 사라졌으니 누구한테 죄를 물을 것인가 답답하다.

독일통일식이든 신라통일식이든 통일은 임박했다. 분단 60여 년 만에 2019년 5월 1일, 남북한 이산가족의 자유왕래가 허용된다. 허락받은 자에 한해서 30일간. 기간연장은 추가 30일 이내로 가능, 방문태도와 현지사정을 감안한다고 한다.

보통시민이며 실향민인 김호金浩는 이북 오도五道 청에 족보 등 구비서류를 첨부하여 가족방문신청을 한다.

호浩는 천막을 친 1톤 차 화물칸에 간이침대를 놓고 아버지와 어머니의 뼛가루가 담긴 유골함 두 개를 침대 다리에 붙들어 맨다. 카메라와 비상약 등은 호가 직접 준비하고 아내가 챙겨준 여행 살림까지 잔뜩 때려 넣는다. 몇 명이 될지 모르는 북녘 친척들에게 나눠줄 청바지 등 옷가지는 남대문에서 샀다. 황학동에서 구한 전자시계, 구형 디지털카메라와 MP3 그리고 밥솥과 다리미 등 중고가전제품까지 싣는다. 2단짜리 냉장고도 두 대까지. 침대에 올라가려면 짐들을 밟고 올라가야 했고 뭘 하나 찾으려면 전부를 끌어내려야 할 것이 걱정이다. 그렇다고 짐을 줄이고 싶지 않다. 춥고 배고픈 사람들에게 하나라도 더 주고 싶다. 운전석과 조수석이 있는 차체 지붕에 가벼운 자전거도 한 대 붙들어 맨다. 더는 싣고 싶어도 실을 수 없는 차의 조수석에는 먹고 끓일 먹을거리를 얹고 바닥에는 자동차 수리용 공구를 깐다. 무게를 잔뜩 잡은 호의 포장 트럭은 나침반이 가리키는 북북동쪽으로 달릴 것이다. 배터리를 연결한 열 판이 올려진 싱크대 하나와 물통도 빼지 않는다.

뜻깊은 날.

푸른 하늘 한가운데 하얀 구름이 뭉게뭉게 피어오르면 좋겠다. 새들이 날고 따뜻한 봄바람이 달리는 호의 얼굴을 한없이 간지럼 태우면 좋겠다. 길 양옆으로는 철쭉이 흐드러지게 피면서 하얀 목련이나 벚꽃의 이파리가 바람에 날리는 눈꽃처럼 나불거렸으면 좋겠다. 혈연관계라고 해봐야 사촌. 부모 자식 간이나 형제간이 아니니 만나봐야 피 끓는 감정은 살아나지 않을 것. 더구나 얼굴을 아는 것도 아니다. 추억거리도 없다. 만나봐야 인사말과 살아온 얘기 몇 마디로 서로의 대화가 그칠 것 같다. 서로 어색하지나 않을는지. 허망함. 분명 그럴 것이다. 반백 년 이상 갈라져 살아온 고향의 변화를 보고픈 생각이 전혀 없는 것은 아니었다. 그렇다고 해도 호에게는 단순한 궁금증 아니 호기심에 불과했다. 아버지의 한을 그리고 넋을 조금이라도 달래줄 수 있으면 좋겠다는 생각이 주±이다.

※

신청서류가 즉시 처리되지는 않았다. 오도 청에서 통일부로 넘겨지는 것은 그리 오래 걸리지 않았다. 북한 측에 넘겨진 서류가 돌아오는데 시간이 오래 걸렸다. 오도 청으로부터 연락이 온 것은 한 달이 다 되어서였다. 들어간 날로부터 한 달 내(연장 시는 두 달)에 돌아오지 않을 때를 걱정하여 보증인 두 명을 세워야 한다고 했다. 보증서에 인감증명을 첨부하여 제출하고서야 방문허가증과 차량통행허가증을 발부받았다. 차량통행허가증을 오른쪽 창문에 훈장처럼 붙이고 떠나기만 하면 되는 것이다. 호는 외환은행에 가서 북한 돈으로 얼마를 바꾸었다. 속옷에 주머니를 달고 큰돈을 넣었다. 신용카드는 사용이 불가능하다고 했다.

나침반 옆에 지도를 펼쳐놓고 달리면 된다. 고성을 지나는 동해안 길과 개성을 지나가는 방법과 철원에서 넘어가는 길로 세 가지. '개성자유무역 공단'이라고 차에 부착한 내비게이션을 연필로 찍는다. 판문점에서 출경 절차를 받는다. 세관원의 표정에 미소는 없지만 앳된 얼굴은 활짝 피어 있고 다소곳한 예쁨이 있다.

"반갑습네다. 학성군이면 흥남을 디니셔 가셔야 되겠습네다. 우선 수안이나 곡산을 찾아 고속도로로 들어가문 원산까지 두 시간 거리입네다. 운전안내틀 있습네까? 아 고거 내비-숀이라는 거 말이외다. 이따구요? 구러문 걱덩없디요."

방문허가증 뒷면에 '북조선인민민주공화국 판문점출경관리소'라는 둥근 도장을 빨간 잉크로 찍고는 돌려준다.

"안녕히 가시라우요. 도운 만남 되시기를 빕네다. 녀행 달 하시라우요"

인사는 엷은 미소가 곁들인다. 그랬으면 좋으련만, 지나친 기대일까.

만나 봐도 아는 사람 없다. 족보를 들추고야 친척임을 안다. 부모들이 없는 사촌이나 팔촌 간에 얼마나 친근감이 생길까. 같이 놀던 추억이 없으니 인사말 말고 서로 간에 할 얘기가 별로 없을 것 같다. 아버지와 어머니 유골을 뿌리고 오는 것만으로도 목적은 달성하는 것이니까. 호는 그렇게 생각했다.

언제 출발하려는지? 날짜만 통보받으면 그대로 떠나면 된다. 가서 못 돌아오거나 할 위험도 없고 대접이라면 대접도 받을 것 같다. 베풀 수 있으면 베풀고 오고 싶다. 호의 생각이었다.

허가증을 손에 들고 5월이 다 가고 6월의 둘째 주로 접어드는데도 출발 날짜가 통보되지 않았다. 주말에는 바람도 쐴 겸 아내와 속초 바닷가에나 다녀올까 호가 마음먹고 있는데 오도 청에서 전화가 왔다.

"연락이 늦어 죄송합니다. 북측 사정으로 방문 방법이 좀 바뀌었어요. 이해해 주세요."

"이게 또 무슨 어린애 장난입니까?"

빈정거리며 호는 얘기를 조금 더 들었다.

"깊은 사정은 잘 모르지만 북측의 내용변경 요청이 왔다고 통일부에서 연락이 왔어요."

아니 그럼 차를 못 가지고 간단 말이야? 말도 안 돼, 하는 짓들이 다 이 모양이라니까, 호는 전화기를 내던지고 싶은 충동을 참느라 얼굴이 빨개졌다. 차에 잔뜩 실은 옷가지와 가전제품을 다 어찌한담!

"금요일 저녁에 강원도 고성호텔에서 다른 두 사람과 함께 묵으셨다가 아침 8시에 금강산검문소에 가서 통관절차를 받습니다. 거기서 북측이 마련한 승합차로 두 사람은 원산에 내려 드립니다. 김호 씨는 그대로 앉았다가 청진을 거쳐 학성까지 가게 됩니다. 관광은 안내원이 하나 딸리며 학성군에 한합니다. 짐은 가급적 줄여 주십시오."

큰일을 하는 딩국지들의 변덕에 울분이 치밀었지만 싫으면 그만두라는 투에 겁도 났다. 까라면 깠지 별 도리 없잖은가.

돌아와서 들은 얘기로는 5월 하순에 함경남도 요덕 정치범수용소에서 난동, 탈옥사선이 발생했고 인근 탄광 갱원들이 합세한 폭동이 있었다고 했다. 민심과 군의 동요를 우려해 북측 당국은 초비상이었던 모양이었다. 탈옥수 중 몇과 이탈한 갱원 몇 명이 두만강을 건너 소식을 전한 것.

앞에 길 양 끝에 장승이 서 있다. 그 뒤편 양쪽의 큰 나무에 대형 현수막이 시뻘건 글씨로 〈주체 105년 단오절, 인민군-로동당과 함께〉라고 쓰였고 매달려 남쪽에서 불어오는 바람에 흔들거리고 있었다. 입구를 지나 망초와 강아지풀이 무성한 야트막한 언덕을 넘으니 크지 않은 살구나무 과수원. 그 옆에 넓은 곳은 감자나 고구마를 심은 듯 흙으로 두덩을 만들었다. 좁은 길 오른쪽으로는 옥수수와 조가 무릎 크기만큼 자라있었다. 둥성이 너머 바로 공터를 끼고 인가가 나왔다. 애들이 공을 차다가 멈추고는 못 보던 차를 신기한 듯 기웃거리더니 앞으로 가로막고 나섰다.

"뉘기를 찾슴메?"

다들 키가 작달막했다. 발육상태가 좋지 않았다. 그중에서 덩치가 제일 큰 사내아이가 다가오며 열린 차 문으로 고개를 디밀었다.

"나 남쪽에서 온 김, 호라는 사람이다. 어른들은 다들 어디 가셨니?"

"아 그러문 고향방문 오신 분임메?"

"그렇다."

"다들 마을 집합소에 계시잖겠음. 얼러덩 이리로 오시젠쿠."

아이는 앞장을 섰다. 뜀박질하는 아이와 저속도를 내는 차의 속력이 비슷해 나란히 달렸다.

〈집합소〉라고 쓰인 곳에 다다라 호는 차를 세웠다.

"남쪽에서 손님이 왔슴등. 다들 나와보시젠쿠."

소리 지르는 아이의 목소리를 기다렸다는 듯이 한꺼번에 사람들이 우- 몰려나왔다. 서로 밀치고 나오는 바람에 신발을 제대로 신지 못하고 질질 끌고 나오는 사람도 있었다. 오륙십 명은 되어 보였는데 여자들이 많았고 나이가 들었다. 햇볕에 그을어 주름지고 쪼그라든 얼굴들이었다. 얼굴의 볼에나 몸에 살이 붙어있는 사람은 하나도 없었다. 영양 부족 상태인 듯했다. 키도 그렇게 크지 않았다. 그러고 보니 호가 제일 큰 편이었고 살찐 사람은 호뿐이었다. 몇 명 안 되는 청년들도 중학생으로 보일 만큼 작았다. 150-160cm 정도의 키. 차를 타고 오면서도 보고 느낀 것이지만 '남남북녀'라는 말은 세대가 몇 번 바뀌기 전까지는 사전에서 없어져야 할 단어라는 생각이 들었다. 이들은 독재자 밑에서 시대를 거꾸로 살아온 사람들이다.

"김호라고 합니다. 원이름은 김호근으로 근이 돌림자입니다."

머리 숙여 단정히 인사했다. 호가 오기 한참 전에 보위부에서 사람이 나와 호가 온다는 소식을 전하고 갔다고 했다.

"아바이 함자가 뭐임메?"

제일 나이 든 할머니가 맨 뒤에서 문턱에 앉은 채로 호에게 물었다. 오른손에는 지팡이를 땅에 집고 있었다. 목소리는 여리고 해소기가 있는지 목소리가 부글부글 끓었다.

"네. 아버지 이름은 김자 하자 욱자 가운데 하자가 돌림입니다." 호가 대답했다.

"일릴(이리로) 옵세."

할머니는 지팡이를 허공에 저으면서 호를 가까이 불렀다. 호가 다가섰다. 할머니는 얼굴을 잔주름 짙게 우그러트렸다. 눈에는 눈물을 함빡 엉글고 금방이라도 소리라도 지르며 눈물을 떨어뜨릴 태세였다.

"이제 옴메. 늦었소꼬망. 이 할마이가 고모라우, 두홀째. 쿨룩. 채지 오느라 얼매나 욕으 봤음. 쿨룩." 목에서 김이 빠지는 쇳소리를 가랑가랑 내면서 호를 끌어안았다.

"남조선에 유일한 혈육인 조캐를 한 살 때 보고 헤어졌지 안았슴메, 이저 한 살배기 조캐가 할아비돼 왔승이 사능게 허무함메, 내 이자 죽어 무슨 한이 있겠슴메. 자, 얼피덩 들어오소." 할머니는 방으로 호를 이끌었다.

"지침(기침)이 나구 쉼이 차구 나두 오라지 않을 것 같음메."

해소가 심했다. 거기다가 틀니를 해 넣은 이빨 사이로 말이 새어나가 구순 나이 할머니의 얘기는 알아듣기 힘들었지만, 말에는 조리가 있었다. 젊었을 때는 여맹위원장까지 하며 중앙당 간부들과의 교류도 있던 여장부라고 옆에서 귀띔을 해주었다. 우리로 치면 마을의 노인회장으로 촌장이라 부른다 했다. 권위를 더해주는 것은 경제적인 여유도 한몫한다는 것을 호는 나중에 알았다.

오도청에서 허가증을 받기 전 한나절 내내의 교육요지는 말조심하라는 거였다. 6.25, 인민군, 로동당, 김일성, 김정일, 김정은, 핵 등 얘기가 나오면 듣기만 하라는 가르침이었다. 서로 간의 집안 얘기만 하라는 것. 돈 자랑도 조심하고 미국 칭찬도 금물이라 했다. 말 수 적고 남의 얘기 듣기를 잘하는 호는 스스로 잘됐다고 생각했다.

아버지 형제 중 살아남은 사람은 둘째 고모 한 사람. 사촌도 고향에 남아 있는 사람은 고모의 오 남매 중 셋째인 이재식 한 사람뿐이었다. 고모의 세 아들 중 둘째는 전쟁 통에 병들어 죽었다고 했다. 첫째 아들은 인민군에 나가 전사했는데 징집되기 전에 낳은 아들 하나가 청상과부가 된 제 엄마와 함께 용정에 살고 있다고 했다. 그 아들이 남한에 일하러 갔다가 돌아와 용정에서 만주 여자와 살면서 한식집을 하고 있다고 했다. 큰딸은 흥남에서 전문학교를 나와 당성이 강한 집안의 아들과 결혼. 흥남에서 아들딸 둘씩 낳고 번듯이 살고 있다고 했다.

작은딸에 대해서는 말을 꺼내지 않았다. 물어볼 수도 없어 궁금증이 일었지만 호는 지그시 자신을 눌렀다. 아버지 형제들의 자식들 즉 호의 사촌 중 남자들은 전쟁 통에 많이 죽었다는 것 같았다. 살아남은 사촌들과 그 조카들은 북간도나 하얼빈 그리고 지린이나 창춘에 흩어져 살고 있다고 했다. 1995년부터 계속되는 홍수와 가뭄으로 농토가 초토화되었고 많은 사람이 압록강을 건너갔다고 한다. 이른바 '고난의 행진'이라는 시기였다. 왕래가 자유롭지 않고 세월이 흐르다 보니 연락이 거의 두절되고 있다는 것. 친척 중에는 용정에 사는 고모의 셋째 아들과 손자들만이 잊어버릴 만하면 한 번 찾아오는 것이 고작. 북-중 간의 정부 간 교류가 활발했던 것과는 달리 인민들의 자유왕래는 제한된 모양이었다.

"얼피덩(얼른) 북남이 햅쳐야지비, 그때 되뭉 다들 찾아오지 않겠습둥. 쬐껴가고 쪼치구 이게 어디 사람 할 짓이 아니지 안소꼬망. 하늘도 무심하지비. 쯧쯧…"

고모의 가랑가랑한 쇳소리가 조용한 방안을 울렸다.

"더 말해 무실하겠습꽝이. 날이 밝아오는데 눈을 붙이게 합세."

옆에서 아무 말 않고 듣고만 있던 고모의 아들 이재식은 눈이 풀어지며 하품을 참고 있는 호의 눈치를 살피다 한마디 했다. 할미꽃과 진달래꽃이 다 떨어지고 있었다. 도라지와 제비꽃이 피기 시작하는 들판에서 두견새가 슬피 울 때 노루인지 고라니인지 들짐승의 울음소리가 들렸다. 저녁은 감자 삶은 것, 감자 부침개, 옥수수엿에 시루떡에 식혜였다. 낯선 분위기에서 신경 쓰며 듣기만 하기도 힘들었다. 입에 집어넣은 음식이 과했던지 들이킨 막소주가 독해선지 호는 밤새 생목이 올라와 속이 쓰렸다.

집의 현관에는 〈집합소〉라고 한글로 쓰여 있고 경로당과 마을회관으로 같이 쓰고 있었다. 벽에는 마이크, 바닥에는 전화가 놓여있었다. 아궁이에 잔뜩 집어넣은 장작불은 탁, 탁 소리를 내면서 타올랐다. 쉽게 잠이 오지 않았다. 아버지의 얼굴이 떠올랐고 아내와 아이들 모습에 어머니가 겹쳐 지나갔다. 격동의 50~60, 70~80년대를 지내오면서 호의 머리에 각인된 사회의 지저분함과 혼란스러움이 뒤죽박죽 떠올랐다가 사라졌다. 긴장 탓인지 잠을 설친 호의 앞이마가 지끈거렸다. 날이 밝기를 기다려 머리에 찬물을 끼얹고 문을 여니 마당에는 누렁이 개가 매여있고 수탉이 이끄는 암탉무리가 돌아다니고 있었다. 어제 길 안내했던 덩치 큰 아이가 기다렸다가 다가와서 아침 인사를 했다. 재식의 막내인 동이라 했다. 동이를 따라 고모의 집으로 따라갔다.

　양철을 지붕에 덮은 방 두 칸짜리. 바깥벽은 흙을 곱게 발랐고 방안은 여느 집이나 마찬가지로 신문지로 도배했다. 몇 년이 지난 인민일보였다. 부엌은 아궁이 하나는 군불을 지피는 솥이 있고 하나는 연탄이었다. 다른 집들이 슬레이트 지붕에 시멘트벽인 것보다는 고급스러워 보였다. 마을 사람들은 마당에 자리를 펴고 그 위에 상을 차렸다. 돗자리 사이에 대여섯 개의 연탄불에 석쇠를 얹어놓고 고기를 굽고 있었다. 작은 마을 같았는데 모인 사람은 백 명도 더 돼 보였다. 돼지 머리가 가운데 상에 놓여있는 걸 보니 큰 거 두 마리 잡은 것 같았다. 비교적 영양 상태가 좋아 보이는 얼굴을 한 50대 중반의 사내가 다가왔다. 김정일과 김일성이 입고 나와 화면상으로 눈에 익은 인민복을 다려 입고 레닌 모자를 뒤집어썼다. 그 뒤로는 똑같이 제복을 입은 사내 둘이 어깨를 뒤로 제치며 따라 왔.

　학성군의 당 위원장이라 했다. 반갑다는 말, 잘 쉬었다 가라는 말, 그리고 이런 만남도 모두 지도자와 당의 은혜라고도 했다. 뒤에 따라온 하나는 인민회의 지역위원장이고 또 하나는 리장里長이라 했다. 모자를 벗을 때 보니 머리를 바짝 치켜 올리고 파마를 한 게 세 사람 구분이 쉽지 않았다. 또 한 가지는 셋의 허리춤 오른쪽에 총집처럼 핸드폰을 단 것은 공통점이고 위세 하는 것이었다.

"흰 쌀밥에 괴기국, 몇 달 만인가!"

쌀밥에 고깃국을 먹게 되었다고 마을 사람들이 소리를 높였다. 분위기는 금세 시끌벅적해졌다.

"짭짜르 줍소, 국이 싱겁소."

"배추 짐치 더 줍소."

"날마다 단오절이문 좋겠다."

김정은 식으로 머리를 바짝 친 남자들의 호방한 웃음소리. 여자들의 머리 모양은 젊은 축은 파마와 댕기 머리, 나이 든 축은 파마와 쪽 찐 머리였다. 여인네들의 수다와 아이들의 바글댐이 동네를 들썩거렸다. 며칠 굶은 사람들처럼 잘들 먹었다. 족발과 머릿살은 삶은 닭 한 마리와 함께 호의 상에 놓였고 허연 기름이 두껍게 붙은 돼지껍질을 마을 사람들은 지글지글 구워 맛있게들 먹었다. 내장도 남기지 낳고 알뜰히 구워 먹고 삶아 먹었다. 남측 잔치와는 달리 남기는 게 별로 없었다. 경조사가 있으면 잔치를 벌이듯 나누어 먹는다고 했다. 대개 하루 세끼 밥을 먹지만 감자나 옥수수를 찌어 김치하고 먹는 것도 한 끼였다.

식사의 영양가와 맛의 문제이지 하루 세끼는 먹는다. 이것 다 지도자와 당의 덕택이라고 했다. 매일 다니는 차도 없는 읍내에 가야 보건소가 있어 의료혜택을 잘 받는 것도 아니지만 수명$_{壽命}$은 그렇게 짧은 것 같지 않았다. 애를 낳을 때도 대개 산파를 불러 집에서 받는다 했다. 고모처럼 구십 가까운 나이로 사는 사람도 더러 있고 환갑나이는 노인으로 치지 않았다. 물자절약 차원에서 환갑잔치는 금한다 했다. 살찐 사람을 볼 수 없고 얼굴 피부가 거칠어 영양이 부족하다는 것뿐이지

굶주린다고 볼 수는 없었다. 그러나 좋은 음식을 앞에 놓고 먹을 때의 모습은 걸신들린 듯 허겁지겁, 잘 씹지 않고 먹었다. 제대로 먹지 못하는 실상의 방증이었다. 호가 머문 보름 동안 이 집 저 집 초대받아 밥을 먹어보았다. 쇠고기 한 점 밥상에 올리지 못했다. 아주 멀다고 볼 수 없는 해안가에서 온 생선 한 토막 올리는 집이 없었다. 젊은 일손이 있어 몇백 평씩 되는 텃밭을 잘 가꾼 집과 밖에서 자식들이 돈을 부쳐오는 집은 약간 나았다. 오징어와 꼴뚜기를 젓갈로 담가 먹는 집이 몇 있다고 했다. 바다 생선은 구경하지를 못한다고 했다. 마을 앞 학성호수에서 잡은 민물고기가 밥상에 오르는 경우는 나룻배로 노를 젓는 어부漁夫인 정식과 몇 사람 집에 불과해 보였다. 잡은 고기의 절반은 공물로 바치고 남은 것이니 여유가 있을 리 없어 보였다. 북측의 공영 TV를 보면 각 지방을 소개하면서 독특한 음식을 소개하기도 하는데 육류나 기름진 음식은 드물었다. 잔치가 있는 날은 핑곗김에 실컷 먹고 놀자는 것 같았다. 동네 사람들의 먹고 마시는 잔치는 하루 종일이었다. 남자들은 윷놀이 판과 넓은 장기판, 여자들은 그네와 널뛰기, 영감 할머니들은 각방을 차지하고는 중국식 트럼프 56장 짜리로 판을 벌이고, 아이들은 편을 갈라 축구에 열중하였다. 이날이 마침 단오절이라 아이들도 학교에 가지 않았다. 그 다음 날도 아이들은 학교에 가지 않고 놀았다. 부모들도 하루쯤 아이들이 학교 수업을 빼먹는 걸 걱정하는 것 같지도 않았다. 먹을 것이 남아 잔치는 그 다음 날까지 이어졌다. 얼마 안 되는 천수답인 비탈 논에 모내기를 끝내고 감자 심고 옥수수와 수수를 비탈 산에 심어놓았다. 이들에겐 느긋한 마음으로 지낼 수 있는 잠깐 동안의 연휴가 된 셈.

아주방이, 하면서 붙임성 있게 호 옆에 달라붙어 떨어지지 않는 동이에게 물었다.

"너희들은 배급을 안 타 먹니?"

"타먹슴메."

"그럼, 오늘 잔치하는 것도 다 당에서 그냥 주는 거니?"

"쌀과 밀가루를 특별배급 받았다고 함메. 키우는 돼지와 학성호수에서 잡은 물 괴기 등이 먹을거리에 보탬이 됨메."

"그럼 배불리 먹니? 배고프지 않니?"

'아차' 물어보지 않을 것을 물어봤다는 생각에 호는 바로 후회했다. 혹시 실수하는 것은 아닐까 해서였다. 체재 비판을 하거나 남측과 비교하는 모양새가 되면 안 되니까. 마음 한편에서는 동이는 나의 말실수를 물고 늘어질 애가 아니야, 하는 믿음이 들었다. 역시 동이는 아무렇지도 않은 듯 대답했다.

"앙이오 앙이라니까, 살밥에 괴깃국은 못 먹어도 우리는 배 앙이 고파요. 산골짝 동네 아이들이 풀을 뜯어먹는 경우나 농장을 협동하는 데는 배가 만이 고파서리 뛰쳐나와 강을 건너 국경을 넘는 아아들도 있답메다. 군사혁명위원회가 들어선 후로 전보다는 많이 좋아진거라 함메."

"군사혁명위원회?"

"김정일 장군이 열차에서 심장마비로 죽은 후 중국과 손잡고 김정은 일가를 쫓아내고 들어서서리 미국, 일본과 수교하고 뒤늦게 개방정책을 펴고 있는 인민군 말임메. 로동당도 수족에 불과하다고 함메."

예상했던 대로 친중 성향, 아니 중국의 꼭두각시 군사정권이 탄생하면서 피비린내 나는 숙청이 뒤따랐다고 했다. 기회는 이때다 하고 탈북자들이 넘쳐 국경의 경계는 살벌할 정도라고 했다. 평양 외곽에는 중국군이 진주하고 있다고 했다.

"그럼 부족한 게 없단 말이냐?"

"생필품 배급이 좀 부족함메."

"무얼 배급하는데?"

"쌀, 밀가루와 잡곡, 옷, 신는 신바르 등 여러 가지 있슴메. 비누, 치약, 술, 담배도 상점이나 상품관리소에 가면 살 것이 만치만은 이곳 주산물인 옥시기나 감쥐나 수수를 팔아 가지고는 돈이 되지 안슴메. 돼지갑시 좋으문 또 모를까, 어쩌다 산에서 노루나 멧돼지 같은 짐생을 잡아 팔면 돈이 되지만 나눠 가져야 하니까 돈이 별로 안됨메."

"배급은 잘 나오니?"

"흉년이 들거나 구호품이 모자랄 때는 배를 주립니다. 일 년에 몇 번 되지 앙슴메. 입에 풀칠하는 일이 제일 치사함메다. 배를 불리는 거로는 소나 돼지가 나은 편입메다."

"남쪽 물건은 본 일 없니?"

"배급 쌀과 밀가루 부대에 남조선이라고 쓰여 있는 거 자주 봄메, 도시에 가문 냉장고와 텔레비전도 있다고 함메. 함흥의 화면반주 음악실에 가면 남조선 노래도 있다고 들었슴메."

군 간부의 아들집에 가서 남한의 영화를 비디오로 몇 번 봤다고도 했다.

"제목이 뭐였는데?"

"〈해운대〉와 〈괴물〉, 그 밖에도 많슴메. 단천에 가문 북조선활동사진관도 있능데 별루 재미가 없슴메다."

이 아이에게 물어보면 이곳 물정을 잘 파악할 수 있겠다 싶었다.

중학 3학년에 다닌다 했다. 나이는 어려 보였는데. 고등중학교가 6년제. 인민학교가 4년제. 우리로 치면 중학교 1학년 정도.

이런 산악지대 즉 비탈논과 비탈 산에서 농사지어봤자 자급자족하면 다행이지

나눠 갈 것이 없는 모양. 협동농장체제로 하기엔 두메산골이었다. 토지는 국유로 하여 약간의 세금만 징수. 마을 단위로 마을 사람들이 공동으로 짓고 나눠 먹기. 오늘 같은 명절 때는 당과 지도자의 이름으로 돼지고기나 쌀 등을 특별배급형태로 내려준다고 했다.

살아서 아버지가 고향을 손수 찾았으면 어땠을까? 아버지는 세상일이 안 풀릴 때마다 핑계는 실향失鄕이었다. 술 마시는 것도, 취하면 꺼이꺼이 우는 것도, 세상 사는 맛 안 나는 것도, 출세 못 하는 것도, 부자 못 되는 것도 다 '고향'이 핑곗거리였다. 호가 자라면서 진저리치게 귀에 박힌 게 아버지의 고향 타령이었다. 아버지는 눈동자에 눈물방울 맺히면 눈을 반만 뜨고 얼굴을 약간 찡그리고 타향살이 노래를 시작하거나 '내 고향 학성에는…', '하늘두 무심하잼메'로 넋두리를 시작하였다. 중간에 꼭 들어가는 단어는 '어마이'와 '아바이'였다. 표정까지 그대로 목소리의 음색과 톤도 똑같이 호가 아버지의 성대모사를 완벽하게 할 수 있을 정도였다. 호의 귀에 못이 박인 아버지 단독 출연, 단막극이었다. 아버지가 일찍 간 게 다행이라고도 호는 생각했다.

고모의 셋째 아들 재식이 호를 항상 동행했다. 학교 갔다 와서는 그의 아들 동이가 역할을 이어받았다. 나흘째 되는 날 저녁, 해는 높은 산에 가려 금방 졌다. 주위가 어둑어둑해졌다. 바깥에 있는 화장실에 다녀오는데 어둠 속으로 순식간에 날아나는 검은 형체 하나가 벽면을 타고 사라졌다. 등골이 오싹해졌다. 호는 그게 사람이라고 생각했다. 화장실도 재래식이라 변이 바닥에 떨어지면 한참 만에 울림이 돌아오며 적막을 깨는 게 소름이 끼쳤다. 께름칙한 판에 감시를 받고 있다는 불안감과 언짢음이 뒤섞였다. 그것이 바짝 마른 재식 같기도 하고 퉁퉁한 동이 같기도 한 것은 느낌일 뿐이었다. 어둠 속에서 순간적으로 움직이는 물체의 이동을 정확하게는 확인할 수 없었다. 마음대로 해 보라지, 감시당해 봤자 나 책잡힐 것 없어. 가볍게 생각하다가도 기분은 썩 좋지 않았다.

 말하는 것도 조심스럽고 누가 누군지 기억하는 것도 힘들었다. 표정 하나 말 한마디 귀담아 들어야 했다. 신경 쓰다 보니 목이 뻣뻣하고 눈이 뻑뻑했다. 이것저것 주는 대로 조금씩 먹다 보니 배가 거북했다. 권하는 소주에 막걸리 몇 잔까지 받아먹었더니 과식 상태. 조금씩 받아먹는다는 것이 상대가 빤히 쳐다보는 마당에 사양할 수가 없었다. 풀어놓은 짐이 있는 방으로 돌아가 가방에서 소화제를 꺼내 먹었다. 지난 일을 몇 자 적어보다가 연필과 노트를 바로 집어넣었다. 방안의 전등불이 한 20w 정도 될까 흐렸다.

 가방을 연 김에 호는 남쪽에서 가지고 온 선물을 챙겼다. 누구한테 뭘 주어야 할지 선택이 어려웠다. 고모와 재식 그리고 그 부인과 동이에게 줄 선물만 직접 골라 주고 나머지는 알아서 나눠주도록 해야겠다고 생각했다. 고모와 재식의 댁한테는 옷 몇 가지와 영양제를, 재식에게는 전자시계를, 동이에게는 카메라와 계산기를, 그렇게 옆으로 치웠다.

 먹은 게 소화가 안 되는지 속이 울렁거렸다. 구역질이 났다. 그러면서 아랫배가 싸르르 아파왔다. 언제부터 내리는지 비가 바람까지 몰고 와 어둠이 완전히 내려버린 뒷간에 호는 몇 번을 갔다가 돌아오고 또 갔다가 돌아오곤 했다. 방 곁에 화장실이 있으면 훨씬 수월할 텐데. 전등도 없는 뒷간에 신발을 끌고 달려나가는 사이 뒤가 흘러 팬티에 묻고 빗물도 스며들었다. 냄새나는 팬티를 물에 헹궈 빨고 몸에 물을 끼얹어 씻어내고, 도대체 할 짓이 못되었다. 기분이 썰렁해지고 착 가라앉았다. 한밤중에는 전기가 나갔다. 불이 꺼질까 봐 잠옷을 앞으로 벌린 품 사이에 촛불을 안고 돌아다니는 게 익숙지 않았다. 밤새도록 뒷간을 들락거리다가 새벽녘에야 잠이 들고는 창문이 밝아도 일어나지 못했다. 아침에 끓여온 하얀 죽을 입에 넣지 못하고 보리차 물만 마셨다. 물이 안 맞았던 건지 음식조절이 안 되었던 건지 정확한 원인은 알 수 없었지만, 식사조절을 해야 했다. 재식은 차를 동원할 테니 병원에 가자고 성화를 해 댔지만 어떤 형태의 병원인지 믿음이 가지 않았다. 금식을 몇 끼 하면 가라앉을 것도 같아 사양하고 누워있었다. 고모가 사람을 보내 호의 상태를 수시로 물어갔고 당이나 인민위원회에서도 사람들이 다녀갔다.

정신도 맑게 할 겸 그 날은 물만 마시고 그 다음 날부터 죽을 조금씩 먹었다. 노트북을 꺼내 들고 집에서부터 떠나오던 길을 거슬러 가면서 몇 자 적다가 눈이 때꾼해지면서 기운이 없으면 드러누웠다. 생각은 이곳의 일보다는 떠나온 곳 즉 아내와 아이들 그리고 내 거처가 있는 곳의 일이 주된 것이었고 지나온 일들이 뒤죽박죽 떠올랐다. 얼굴이 찡그려지는 것은 바보 같았던 자신의 모습이 떠오를 때였다. 유치한 내 행동거지와 주위를 썰렁하게 했던 말이 떠오르면서 남 탓하기 전에 스스로 부끄러워졌다. 그때는 왜 몰랐을까. 그렇게 우스꽝스럽던걸.

그 다음 날 제법 원기를 회복하고는 퍼뜩 가보고 싶은 곳으로 아버지의 흔적을 떠올렸다. 재식의 집을 찾았다. 집들의 형태는 슬레이트 지붕에 블록 벽돌의 벽면에 시멘트로 미장한 것이 대부분이었다. 지붕이 기와나 양철로 덮은 집은 젊은 식솔이 부지런해 텃밭이나 가축을 키워 부수입이 있는 가정이었다. 여유가 있다고 해야 방안은 신문지 대신 창호지로 벽지를 발랐다.

두류산의 밑 둥지에 내려와 첫 마을 삼백 미터 고지에 있는 고모의 집은 마을 맨 위에 있었다. 전쟁 전에 아버지가 소유하고 살던 곳으로 땅문서는 호가 보관하고 있었다. 어쩌면 평소에 '고향 집' 하며 넋두리하던 그 모습이 그렇게 똑같을 수 있는지, 참 희한했다.

"동쪽으로는 두류산의 하얀 머리가 둥그렇고 두류산 중턱을 지나기 시작하면 북쪽으로는 백두산의 하얀 머리가 하늘로 하얗게 뻗친 게 그 신비함이 보는 이로 하여금 감동을 자아내게 한단 말이야! 암! 장관이고말고."

하는 게 1절이다. 2절은 좀 더 길다.

"두류산에서 내려와 첫 마을 삼백 미터 고지에 있는 학성군 학상면 송흥동 1533번지, 내 집. 15도 정도 내리막 경사지게 나 있는 차길 왼쪽으로는 마른 개울이 있고 건너편 오른쪽으로 길을 따라 내려가면서 소나무가 대 여섯 그루씩 띠처럼 길을 따라 심겼다. 나무를 대 여섯 그루 지나야 집에 다다를 수 있으니 10도 정도 비탈진 사이 길은 나뭇잎이 깔린 오솔길이 된다. 집 앞에 들어서 왼쪽 아래를 내려다보면 꽃밭과 채마를 가꾸는 터가 있고 집 오른쪽으로는 4-5년 생으로 보이는 여러 종류의 나무가 섞여 뿌리를 내리고 있다. 집 뒤쪽으로는 원래부터 뿌리 내린 정자나무를 둘러 벤치와 의자를 놓아 여러 사람이 놀게끔 만든 마당. 마당을 가로지르면 물이 흐르는 개울이 있는데 물을 끌어 연못 두 군데에 흘려 넣고 있다. 집의 구조는 작은 방 두 개가 'ㄱ'자로 붙어있고, 꺾인 두 방 사이에는 양쪽으로 큰솥을 건 아궁이가 있어 각각으로 불을 지피면 양쪽 굴뚝에서 연기가 피워 올라 양방을 덥게 하는 부엌."

세월이 흘러 일방적으로 주인이 바뀐 전혀 다른 세상에서 옛집이 그대로 모양을 유지하고 있다니! 지붕은 양철로 바뀌고 나무는 커졌고 꽃밭과 채마밭에 비닐하

우스가 쳐졌지만, 술 한 잔의 넋두리로 수없이 들은 아버지의 고향 묘사가 실제로 이렇게 정확할 수 있는가. 섬뜩할 정도였다.

"이제 옴매? 조캐님."

고모가 호를 반겼다.

"아바이가 사던 집을 내가 지금껏 챙겨오고 있는데 조캐님 보기에 어떻소?"

아버지가 있을 자리에 대신해야할 호는 제 자리를 찾지 못했다. 대리할 자리가 따로 있지. 눈물이 글썽거려졌다. 아버지 대신 운다는 생각이 들었다.

"고맙소, 아바이를 그리는 정이 보기에 안타깝습메. 콜록."

고모가 눈을 내리감고 얼굴에 주름을 잔뜩 지은 채 눈물을 닦았다. 목구멍 깊은 곳에 모아둔 공기를 끄집어내는 답답한 목소리였지만 고모의 깊은 속에서 우러나오는 안타까움임을 호는 느낄 수 있었다. 호는 아버지와 어머니의 유골을 고향 땅에 묻고 묘비를 세울 것이라고 마음먹었었다. 마음에 지나지 않는 현실이었다. 호는 유골함을 열고 먼저 아버지의 뼛가루를 집 주위에 훌훌 뿌렸다. 손을 씻고 나서 어머니의 것은 개울가에 따로 뿌렸다. 나무를 태운 거나 사람의 뼛가루나 별반 차이가 없었다. 보슬비에 뼛가루는 땅에 스며들었고 시냇물은 뼛가루가 떨어지자마자 삼켜버렸다. 흔적이 순식간에 없어졌다. 두 분의 맺힌 혼이 달래졌을까. 도움이 되기를 호는 빌었다. 어머니에 대한 그리움이 눈물이 되었다. 좋은 음식을 독차지하던 아버지. 보약을 달고 살았던 아버지. 이기적이기만 하던 아버지. 그의 변명은 고향 땅을 밟을 때까지 살아남아야 하기 때문에 자신만은 잘 먹고 건강해야 한다는 것이었다. 그렇게도 미운 짓만 하던 아버지, 호는 아버지의 뼛가루가 묻어있는 손을 털었다. 그리고 물로 깨끗이 씻었다. 짐을 덜어버린, 몸의 먼지를 털어내 버린, 후련한 마음도 들었다.

뒷동산에 오르니 선산先山이 보존되어 있었다. 무덤과 사이 사이가 좁았다. 수백 기의 무덤이 서열대로 늘어서 있었다. 아버지와 어머니의 자리를 찾았다. 맨 뒤에서 조금 앞 공터가 빈자리라고 했다. 아버지의 형제인 김하봉, 김하도 그 옆자리라고 했다. 그 옆에 호가 들어갈 자리도 있구나 싶었다. '저 빈자리?' 호는 머리를 흔들었다. '더더구나 그 옆자리는 내 몫이 아니다'는 생각이 들었다. 제일 윗 선조의 무덤 앞에서 절을 올렸다. 그리고는 할아버지와 할머니. 아버지의 형제들에게 절을 했다. 호는 가슴에서 우러나오는 그리움도 애절함도 없었다. 아버지를 대리하여 꾸벅이는, 심부름하는 기분이었다. 분명히 아버지와 어머니 몫 그리고 호의 형제의 묫자리가 있다고 고모는 손가락으로 가리켰다. 가지고 온 뼛가루를 묻고 묘비를 세울 수 있다는 얘기로 호는 알아들었다. 말을 돌려서 하는 고모의 발언은 외교용에 불과한 것임이 금방 밝혀졌다. 옆에 있던 재식이 하는 말. '당국의 허가' 빌어먹을 놈의 당국 그리고 허가. 행여 허가를 내줄까. 어림도 없는 소리. 있는 것도 파 가라고 할 사람들이다. 끝내 호는 뼛가루를 땅과 냇물에 뿌려 버린 것이다.

구름 사이로 갈라지는 서광이 비쳤다. 좋은 계절의 푸른 자연 속에 자유롭게 나는 새들은 귀여웠다. 남녘이나 북녘이나 새는 똑같다. 한낮에는 햇볕이 뜨거워 웃옷을 벗어들고 다녔다. 물은 아무 데서나 흘렀고 흐르는 물을 퍼마셔도 시원했다. 산 위를 보니 가마득했다. 저위에 오르면 백두산 머리가 허옇게 보인다지.

다음 날은 일요일. 아침에 호는 버스 위에 앉아 있다. 옆에는 동이가 자리했다.

동이는 다소 불안한 듯. 호는 태연. '홍군'을 지나고 있다. 아버지가 다녔다던, 그렇게 자랑하고 그리던 단천 농업학교가 있는 단천을 향하고 있었다. 우체국을 찾아 개성을 경유한 전보를 아내한테 쳐 볼 요량으로. 영화라도 한 편 볼 수 있으면 더욱 좋고. 단천은 느낌상으로 속초의 동명 항 정도의 규모나 시설로 보인다. 해물을 사 들고 와 동네 사람들과 같이 먹을 수 있으면 좋겠다. 표지판에 직진하면 단천이 150km, 우회전하면 풍산이 70km라고 되어 있었다. 버스가 덜렁거리지 않아 내다보니 포장길이었다. 나무를 다 잘라버려 헐벗은 산 풍경을 달리는 버스 창밖으로 호는 무심히 바라보았다. 버스 정거장에 잠깐 서는 사이 식혜 음료 두 개와 가래떡 구운 것 두 가락을 샀다. 하나씩을 동이에게 주었다. '고맙슴메다.' 버스 타고 내내 가만히 있던 동이가 호를 가만히 불렀다.

'아주방이!' 고개를 돌려 동이를 쳐다보았다. 입에는 씹는 가래떡이 벌릴 때마다 이빨 사이로 허옇게 드러났다. 동이는 꽤 심각한 표정으로 눈을 내리깔고 입술에 힘을 주었다.

"남측 아아드르는 어떻게 살고 있슴메?"

길어야 할 답변을 짧고 요령 있게, 어떻게 해야 할지 몰라 호는 머뭇거렸다. 자리 주위에 앉아 힐끗거리는 사람들의 눈치도 보였다. 호의 벗어진 머리로 헤어스타일이 없으니 남북한사람들이 쉽게 구분되는 것은 아니다. 얼굴에 살이 붙은 게 좀 다를 게고 옷차림이 달라 보이기 때문인가. 눈에 익지 않은 가로수에 흐드러지게 핀 빨간 꽃이 햇빛에 반사되어 동이의 얼굴을 발갛게 익혔다.

"남쪽에 있는 아주방이 자녀들과 비교해서 다른 게 많은가 그 말임메."

호는 여전히 좋은 답을 찾지 못하고 말하는 동이의 얼굴만 바라보고 미소지었다. 동이의 장래가 걸린 일이기 때문에 호는 신중히 숨을 골랐다.

"글쎄, 내 아이들은 도시 한복판에 살고 있으니까 산골에 사는 동이와는 좀 다를 거야."

겨우 대답을 찾았으나 스스로도 성의가 없음을 미안해했다. 어떻게 말해야 성의 있는 답변이 될지 감이 잡히지 않았다.

"내가 아주방이 따라 남조선에 갈 수 있는 방법이 없겠슴메?"

용기를 낸 표정으로 동이가 눈을 말똥거리며 호를 쳐다보았다. 더더욱 호의 입은 닫혔다. 입속에서는 하고 싶은 말이 오물거리다 들어갔다.

"동이야! 우리 어디 시간을 두고 생각해보자. 좋은 방법이 있는지."

위로의 말을 호가 끄집어냈다. 둘은 내처 말을 하지 않았다. 창밖만 내다보았다. 고성(강원도 고성과는 한문이 다르다)에 곧 도착한다고 하고 단천은 70km 남았다고 했다. 내릴 준비하는 사람들을 향해 정거장 쪽을 보니 제복 입은 사람들이 여남은 명 늘어서 있었다. 버스가 서자 내리는 사람들을 정리하더니 우르르 몰려 올라왔다. 호와 동이의 옆에 오더니 인사도 없이 하는 말. '내립세' 명령조였다.

바로 옆에 승용차가 대기하고 있고 낯익은 얼굴이 하나. 얼굴이 좋은 50대 중반의 나이에 훈장을 단 제복. 단오절 행사 때 호에게 인사하러 왔던 당 위원장. 오늘은 웃음을 띠지 않았다.

"김 선생, 정신이 있는 기요? 없는 기요? 여행지 제한되는 거를 모르오?"

"가족들에게 전보를 치려고 읍내에 갔다가 안 된다기에 이곳까지 오게 된 겁니다. 그리고 동이가 내 수발드느라 고생하기에 신발 하나 사 신기고 먹을 거 사주려던 겁니다. 이렇게 큰일인 줄 몰랐습니다."

"어서 타기요." 위원장은 호에게 짜증 내면서 동이의 머리를 쥐어박았다. 호가 몸을 날려 주먹을 막아 더 이상의 꾸지람은 없었다.

송흥동에 돌아온 호와 동이는 차에서 내렸다.

"우선 들어가 있소꼬망." 퉁명스레 위원장은 말하고 둘을 리장에게 인계하고는 돌아갔다. 마을 사람들은 걱정스러운 듯이 쳐다보기만 할 뿐이었다. 마을 사람들은 원래 약삭빠른 표정은 없고 대개 순박하고 겁 많아 보이는 모습이었는데 힘에 눌렸거나 거역지 못하는 체념이 몸에 밴 것 같았다. 뛰어나온 재식이 동이를 데리고 돌아갔다. 짐을 풀어놓은 집합소로 갈까 하다가 고모네로 갔다. 발소리를 아는지 호가 닿기도 전에 문이 벌컥 열렸다.

"이제 옴매? 조캐. 얼피덩 안으로 드시기요. 콜록."

호가 안으로 들자 미지근한 아랫목에 방석을 내놓으며 자리를 권했다. 시장하겠다며 먹을 걸 챙기러 나가는 고모를 말렸다. 아무리 배가 고파도 구순 할머니더러 밥상을 차리라 할 수는 없었다. 다락을 열더니 약과를 꺼내 놓았다. 호가 동이와 함께 사라진 후 동네가 발칵 뒤집힌 모양이었다.

"얼매나 욕으 봤슴. 부러 그런 것이 아잉니까 다 자르 될것임메. 당과 닌민위원회가 잘 처리 할껨메. 콜록."

고모 본인도 애가 탔으면서도 호를 안심시켰다. 어느 정도 마음이 가라앉은 호가 중얼거렸다. 자기네들이 나를 어쩔 거야? 잡아 가둘 거야? 때릴 거야? 동이 쪽이 걱정이었지만 열네 살 된 아이한테 책임을 물을 것 같지는 않았다. 고모의 입지도 있으니 큰 문제는 없으리라. 그렇게 믿고 싶었다.

잠자리가 편치는 않았지만 이 생각 저 생각 하다가 호는 잠이 들었다. 꿈결에 본 건지, 환영인지 아버지가 나타나 말은 하는데 깨어나서 더듬어 봐도 무슨 말인지 알 수가 없었다.

아침에 일어나 문을 열고 바깥을 보았다. 하늘은 맑고 아침 햇살은 따스했고 옥수수가 빨간 수염을 내밀기 시작했다. 옥수수 사이사이에 심은 콩에 꽃이 매달렸다. 한낮에는 더웠다. '동이가 학교에서 일찍 돌아오면 개울가에서 가재를 구워 먹다가 미역이라도 한 번 감아야겠다'고 생각했다. 해야 할 얘기도 찾아보고 정리하는 게 좋겠다는 생각이 들었다.

호는 재식이 집에 있는지 알아보고는 찾아갔다. 버스 차비하고 떡 사 먹은 거 말고는 환전해온 돈 그대로 남아있다. 봉투에 넣어 재식에게 주었다. 동이를 흥남의 학교로 전학 보내야 하는 이유를 설명해 주었다. 컴퓨터는 필수과목이라는 말과 함께. 흥남에서 기반을 잡은 누이 즉 동이의 고모와 직접 상의하던지 재식의 어머니를 내세워 말을 꺼내든지 하라고 충고했다. 어느 정도 도움을 얻을 수 있지 않겠느냐고 했더니 재식은 고개를 끄덕였다. 같이 앉은 내내 재식이 살아온 얘기를 들었다. 자세한 것은 얘기하지 않았다. 자세히 듣고 싶지도 않았다. 긴 얘기는 서로 머뭇거렸다. 대화 중에 자칫 사상이나 정치색 혹은 체제문제가 등장할 수도 있었기 때문이었다. 주로 막내 여동생, 고모가 가슴에 한을 품고 입을 다물던 그의 막내딸 얘기가 주였다. 사랑 얘기라 부담 없이 얘기했고 부담 없이 들었다. 힘깨나 쓰는 집안의 막내딸이 말이 행상이지 거지 같은 행각을 하는 절름발이 총각과 사랑에 빠졌다. 밖으로는 쉬쉬하면서도 안으로는 집안에 난리가 난 것. 사랑을 이루지 못한 딸은 끝내 농약을 마셨다. 피를 토하며 신음하는 것을 재식이 발견, 비눗물을 집어넣어 토하게 했다. 또 한 번 더 집안을 발칵 뒤집어놓은 그 날 딸은 하혈을 심하게 하며 유산했다. 청년과의 사랑의 씨앗. 그리고는 죽지도 않고 죽을 끓여주면 한 번은 토하고 한 번은 먹었다. 예쁜 얼굴은 가죽만 씌운 해골을 하면서 6개월을 더 숨 쉬다가 죽었다. 고모의 성격은 피도 눈물도 없는 '불꽃'이었는데 장사지낼 때 평생을 모은 눈물을 다 쏟다시피 했다고 한다. 한 번 목소리가 쉰 것이 회복되지 않고 죽을 때까지 이어져 허스키한 목소리는 음침한 느낌을 주었다. 그 후로 성격이 많이 죽고 승승장구하던 고모의 출셋길도 목소리가 낮아지는 만큼 낮아졌다고 했다.

요란히 덜컹거리는 오토바이 소리가 멈추더니,

"어마이, 아바이, 핵교 다녀왔슴둥."

문을 열고 들어오는 동이는 풀이 죽어있었다. 뒤로는 그림자가 길게 드리운 것이 해가 많이 기운 모양이었다. 동이를 데리고 짐을 놓아둔 집합소에 갔다. 동이를 자리에 앉히고는 바깥에 인적이 없는지 확인하고 돌아왔다.

"내가 듣던 것보다는 사정이 괜찮다. 이곳도 사람 사는 곳. 개방은 시작되었고 통일은 곧 된다. 그때까지 좀 참자."

동이는 머리를 수그린 채 가만히 듣고 있었다. 머리를 끄덕이거나 알아들은 표정을 하지는 않았다. 가지고 와 몇 자 처넣었던 디스켓을 갈고 노트북을 동이에게 밀어주었다.

"졸업이 몇 년 남았니?"

"2년 반 남았슴메."

"현재 상황으로 보면 개성보다는 라선특별시(나진과 선봉)에서 중국이나 소련으로 넘어가기가 그나마 쉬울 것으로 보인다. 운전면허를 따라. 졸업하면 군 입대를 미룰 대로 미루고 바로 라진-선봉지구로 일자리를 신청해라."

비로소 동이가 호를 바로 쳐다보며 눈을 말똥거렸다.

"용정의 사촌 형에게 네 변동 사항을 수시로 연락하고, 내가 네 사촌과 함께 용정에 가마."

"만나문 무신 뾰족한 수라도 있겠슴둥? 제국주의나라들이 보내오는 싸리(쌀이)

배급되구 서리 배도 부름메. 당 간부를 아바이로 둔 친구 집에 가서리 미국산 쇠고기도 맛을 볼 수 있었슴메. 이밥에 괴기국을 먹을 수 있는 세상임메."

심각해진 얼굴로 있다가 동이는 입을 삐죽였다. 뾰로통한 입술로 동이가 대꾸했다.

"방법은 내가 가서 찾아보마. 내 너 하나 구해 줄 힘은 있는 사람이다."

호는 주먹을 불끈 쥐고 힘을 과시했다. '내가 힘은 무슨 힘이 있다고 큰소리를 친담?' 그러나 안간힘을 써야 한다. 길을 찾아보자 마음먹었다.

다음 날 아침에 제복 입은 사람들이 와 보관했던 통행허가증을 호에게 돌려주었다. 뻘건 인주로 확인 도장이 앞면에 크게 찍혔다. 돌아가라는 표시.

"김 선생 당장 떠나시기요. 그게 김 선생 신상에도 조을 것임메. 두고 보시라요. 제국주의자들이 깜짝 놀랄 일이 북조선에서 일어날 지도 모르오."

신상에 좋지 않을 수도 있다는 것은 인민재판에 회부된다는 뜻 같았다. 뭔 또 헛소린지. 얼굴 모양새가 같고 말이 비슷하다. 머리 생김새는 같지만 속에 들어가 움직이는 세포조직이 서로 변형되었다는 생각이 들었다. 이들은 금성에 살고 있고 나는 화성에 살고 있다는 차이감이 들었다. '가라면 가지, 더 있고 싶지도 않아.' 호는 떨떠름한 표정으로 말을 대신했다. 돌아갈 차를 보내라 했더니 저녁에 보낸다 했다. 이른 저녁을 먹으라고 했다. 첫날 왔을 때처럼 마을 사람들이 모여 앉아 헤어짐을 아쉬워했지만 만났을 때의 들뜸과는 달리 기분은 착 가라앉았다. 호에게 줄 선물도 집집이 준비해왔다. 수염이 빨갛다 만 설익은 옥수수를 삶아온 사람도 있었고 학성호수 옆에서 나룻배 하나로 어부 생활을 하는 정식은 물고기 말린 것을 한 두름 꿰어 왔다.

정식의 특징은 꺽다리라는 별명을 가진 키였다. 동네는 물론 학성 군내에서 가장 큰 키라고 하는데 180cm를 넘을 듯 말듯 한다고 했다. 오소리와 너구리의 쓸

개를 말려서 온 사람도 있었다. 꺽다리 정식이 가지고 말린 물고기를 덜어낸 반 두름과 부피가 작은 수 공예품 정도만 받아 가방에 넣었다. 재식의 집에서 재식의 처가 차린 이른 저녁은 말린 산나물을 무친 찬과 아욱국이었다. 고모와 재식 그리고 동이와 함께 한 상을 차렸다. 고모가 찔끔찔끔 우는 바람에 호도 울고 동이도 울고 재식도 울고 재식의 처는 문밖에서 숨어 울었다. 밥은 국에 말아 먹었는데 무슨 맛인지 전혀 기억이 나지 않았다. 고모한테 큰절하고 받은 선물꾸러미와 가방을 들고 나왔다. 올 때 가지고 왔던 부모의 빈 유골함도 같이 들었다. 자식이 보살피지 못하는 무덤이 어디 무덤이랴.

 호를 태우고 떠날 군용 지프를 가운데 두고 뺑 둘러선 마을 사람들과 호는 일일이 손을 잡아 인사했다. 마을 사람들의 얼굴이 다른 만큼이나 그들의 표정도 모두 달랐다.

 쿵. 멀리 산 너머 폭탄 떨어지는 것 같은 소리가 들리더니 땅이 가볍게 흔들렸다. 소리 나는 쪽으로 모였던 사람들의 머리가 일제히 돌아갔다. 부동자세를 하고 긴장한 사람들의 귀를 쿵 하는 소리가 다시 한 번 울렸다. 연이어 터진 쿵 소리와 함께 지축이 좀 더 흔들리자 대부분 그 자리에 납작 엎드렸다. 방공호로 먼저 뛴 사람은 멀리 떨어진 집 기둥 뒤에서 호를 노려보던 개 눈깔박이 리장과 호가 탈 지프를 운전할 기사 둘이었다. 호는 지프 밑에 기어들어가 엎드려 무슨 영문인지를 몰라 당황했다. 쿵 소리와 땅 울림은 더 이상 없었다. 호가 차 밑에서 기어 나와 옷에 묻은 흙을 털고 옷매무시를 고치고 바로 섰을 때는 다른 사람들도 마찬가지였다. 다들 말을 잊고 호가 차에 올라타는 걸 보고는 집으로 돌아갔다. 남측 사람들 같으면 방에 뛰어들어가 TV를 켰을 것이다. 사건이 일어났다고 바로 '긴급뉴스'를 내보내는 북측사회가 아니다.

재식이 호 앞에 다가와서 눈시울을 붉혔다. 재식의 뒤에는 머리가 정식의 어깨에도 못 미치는 동이와 정식이 어깨를 축 늘어뜨리고 있었다.

"무수단리 쪽에서 나는 소린데 별일 아닐껨메. 걱정 마시고 남측으로 돌아갑소 꼬망. 여기는 사촌의 고향이 될 수 없습메."

호를 태운 차가 마을을 빠져나갔다. 차는 오던 길을 되돌아갈 것이다.

03

세번째 이야기
개 삼년

세번째 이야기

개, 삼 년

 사람들은 나를 '민아' 라 부른다. 성인지 이름인지 나는 모른다. 주인집에서 남들한테 알려줄 때는 '민' 이라고 한다. 이럴 땐 나를 헷갈리게 한다. 부모가 누구인지 나는 모른다. 지금의 주인집 며느리가 서울 퇴계로에서 새끼인 나를 사온 후 내 진짜 엄마에 대한 얘기를 들은 적이 없다. 나는 며느리 집 아파트 베란다에서 살았다. 그녀가 애를 배면서 나는 그녀의 시부모가 사는 지금의 시골집에 옮겨졌다. 아파트 베란다보다는 넓어 뛰어놀기 좋다. 아파트에 살 때는 며느리가 출근했다가 밤에 돌아올 때까지 혼자 지내야 했다. 혼자 살며 허구한 날 방에만 박혀 살아본 사람은 알겠지만 이건 사는 게 사는 것이 아니다. 만날 먹는 사료 알맹이를 씹고 건건이도 없는 밍밍한 맹물을 국물처럼 빨아 마신다. 배가 고파 먹고 심심해 오도독 씹어 먹지만 식도락과는 거리가 있다. 인심도 사나워서 많이 주는 것도 아니고 한 끼에 열 알 정도. 그녀의 기분이라도 좋아야 스무 알 정도. 많이 먹으면 변을 많이 본다고 그러는지 모르겠지만 나는 변을 가릴 줄 안다. 화장실에 종이를 깔아놓으면 그 위에 배설하니 이 얼마나 예쁜 짓인가.

 그러다가 이곳 시골집으로 옮긴 후 밖이 추워도 안은 따뜻하고 밖이 더워도 안은 시원했다. 냉온冷溫방 시설 덕이다. 하루 종일 아저씨, 아줌마와 함께 동무할 수 있어 좋았다. 먹는 건 역시 많이 주지 않았지만 습관이 되니 많이 먹지 않아도 배는 고프지 않았다. 비바람 치지 않는 따뜻함이 좋은 생활여건이라고, 밖에 매어놓은 개들은 나를 부러워들 했다. 나는 그런 줄 알고 살고 있었다. 그러나 그것도 잠깐. 며느리가 애를 낳고 시골집에 다니러 왔다. 개털이 날리면 아기에게 안 좋다고 나를 밖으로 내쫓았다. 내 쫓긴 때가 여름이라 밖이 춥지는 않았지만 밤이면 모기가 달라붙었다. 며칠간은 밤잠을 자지 못해 진종일 낮잠을 자야 했다. 낮잠 자기도 쉬운 것이 아니었다. 감은 눈에 파리가 여러 마리 달라붙어 핥고 빠는 것은 아프기까지 했다. 소에나 달라붙는 줄 알았던 쇠파리는 개치인 나한테도 달라붙어 피를 빨았다. 집 안에 있을 때는 대소변 보는 게 여간 부담스러운 것이 아니었다. 매도 많이 맞고 신경 쓰였던 것에 비하면 바깥에서 살면서 아무 데서나 대소변 보는 건 즐거움이다. 풀숲에서 시원하게 불어오는 바람결을 맞으며 대변을 볼 때의 쾌감은 하늘을 나는 기분이다. 더 좋은 것은 배불리 맛있는 걸 골라 먹을 수 있는 것. 먹을 것은 밥통에만 있는 것이 아니다. 멀리 가지 않고도 집 주위를 돌아다니면 먹을 게 널려있다. 신나는 일이다.

주인집에서 먼저 키우던 '네고'라고 불리는 암놈이 나를 본 처음부터 아주 반겼다. 나이는 세 살이라는데 새끼를 여러 번 키웠는지 몸은 본품없이 늘어졌다. 누나 행세를 하며 아는 체했다. 털은 시커멓고 주둥이는 삐죽 나온 게 처음에는 너구리인지 알고 나는 깜짝 놀랐다. 나는 사람들처럼 외모지상주의자는 아니지만 그래도 생긴 게 웬만해야지. 못난 개는 내 관심을 끌지 못한다. 이성에 눈을 뜨면서 앞집에 놀러 가고 뒷집에 놀러 가 개 친구들을 만나 뛰노는 일은 정말 즐겁다. 더러는 앞뒷집에서 풀린 개들이 우리 집에 놀러 온다. 나와 동성인 수놈들은 재미없다. 누가 센지 겨루어야 한다. 컹컹 짖어 말로 해보았자 소용없고 길고 짧은 걸 꼭 대 보아야 한다. 더러 물어 뜯겨 생채기가 나기도 했다. 그것도 처음 한두 번이지 금방 위계질서가 잡혔다. 방 안에서 살 때는 주인집에서 사료 알맹이 열 개 스무 개밖에 주지 않았다. 배가 많이 고팠고 먹는 재미가 뭔지 몰랐다. 밖에 나와서는 먹을 게 충분하고 심심하면 먹이를 조금씩 씹어 맛을 즐긴다. 주인집이 민박을 쳐 손님들이 버리는 음식은 철철 넘친다. 놀러 온 손님들은 먹을 걸 많이 싸온 만큼 많이 남긴다. 쓰레기통을 뒤지지 않아도 손님들 먹을 때 그 앞에 턱을 받치고 앉아 꼬리를 흔들고 있으면 된다. 야! 그놈 예쁘다, 하고 손님들은 먹이를 던져준다. 가끔 주인집 아저씨가 거지 같은 놈, 저리 가! 하고 소리치면 슬슬 피했다가 아저씨가 간 다음 다시 다가가 앉으면 된다. 손님들이 남기는 건 시금털털해 먹지 못할 김치와 집 주위에 지천으로 널린 채소와 과일이 많다. 그런 건 거들떠보지 않고 생선을 포함한 육류 찌꺼기를 나는 골라 먹는다. 비싼 음식물도 손님들은 헤플 정도로 많이 남긴다. 기분 내러 온 사람들은 돈을 아끼지 않는다. 고기가 조금만 불에 타도 안 먹고 쏘시지나 햄을 다 먹지 않고 깡통 채 버린다. 음식 중에 나는 참치 통조림을 제일 좋아한다. 건더기 하나 국물 한 모금 남기지 않는다. 속까지 핥다가 날카로운 깡통 모서리에 혀를 찔려 피가 난 적이 한두 번 아니지만, 쓰레기통을 엎어 샅샅이 뒤져 먹는다. 아저씨한테 들켜 얻어터지고도 나는 그 버릇만은 고치지 못한다. 사람들은 참 요리를 잘한다. 어쩌면 그렇게 맛있게 조리를 한담. 내 몸은 점점 커졌다. 실컷 먹고 신나게 뛰어다닌다. 숲 속을 돌아다니다 보면 피를 빠는 진드기가 붙기도 하지만 주인아줌마가 떼어준다. 한겨울 영하 20도 추위가 견디기 힘들었지만 첫 겨울에만 어려웠고 그다음부터는 몸이 단련돼 괜찮다. 잘 때는 개들끼리 몸을 맞대고 붙어 자면 한결 따뜻하다. 암놈들은 부드럽고 자상하며 친절하다. 사냥에 재미도 들었다. 나는 쥐를 잘 잡아 주인집에서 고양이를 키우지 않아도 되었다. 너구리가 떼 지어 내려올 때 좀 겁이 나지만 산에서 내려오는 고라니나 토끼를 쫓는 것도 재미난다. 그러나 뱀은 질색이다. 피해버리면 될 것을 뱀에게 위협을 준 일이 있었다. 턱을 물려 병원에 실려 가서 혈관주사를 맞고 사흘 만에 겨우 정신을 차렸었다. 그렇게 혼이 나고는 뱀과 맞서지 않기로 마음 굳게 먹고 있다.

 이 개 무슨 종이야? 생긴 건 시츄하고 똑같은데 왜 이렇게 커? 잡종인가 봐, 뭐 하고 섞인 거지? 하고 나를 쳐다보며 소를 감정하듯이 이리저리 만지는 손님도 있다. 섞이긴 뭐 하고 섞여? 나는 그런 소리를 들으면 기분이 나쁘다. 나는 중국이 원산인 시츄 순종이라고 들었다. 내가 순종으로 혈통 있는 개라고 자부심 가질 필요는 없다. 사람들이 순종이라고 하든 아니든 내 생활에 어떤 영향을 주지는 않는다. 원 없이 먹고 뛰어다니니 몸은 커졌고 건강하다. 생후 1년밖에 안 되는데 동네 작은 개 중에는 내 힘을 따를 수 있는 놈이 없다. 방안에서 사람 손에 매달려 다이어트 하는 시츄보다 몸집이 두 세배는 더 크다. 동네에 큰 개도 있지만 풀리지 않고 묶여있다. 풀려 키워지는 작은 개들은 다 내 주위에 모인다. 귀여운 암놈들은 내 앞에 와 꼬리를 치고 앙증스럽게 발라당 배꼽을 보이며 드러눕는다. 나는 몸이 영글었다. 동네 암놈들의 욕구를 원하는 대로 풀어준다. 괜찮은 수놈이 있다는 소문은 아랫마을까지 퍼져 벌게진 엉덩이를 씰룩거리고 냄새까지 폴폴 풍기며 암놈들이 멀리서 찾아온다. 개중에는 몸을 잘 안 닦아 고린내 나는 암놈도 있다. 그런 개를 나는 거들떠보지 않는다. 아무리 앙탈을 해도 나는 못 본척한다. 힘이 넘친다고 자부하고 있지만, 하루에 두 번은 무리이고 무리하면 재미도 덜하고 며칠 기운이 없어 힘들다. 꼬리를 친다고 아무 암놈한테나 다가가지 않고 골라야겠다는 생각이 든다. 잘 먹고 몸 관리도 잘해야겠다고 생각한다. 사람들이 나이 들어 전원생활을 꿈꾼다는 얘기는 들었지만 나는 이 생활이 좋다. 사람들 사는 모습 중에 잘 먹는 것 하나가 부러울 뿐 따라 하고픈 본보기가 별로 없다. 사람들은 사는 게 너무 복잡해! 부부간도 그렇고 부모 자식 간도 그렇고. 친척과 친구 간도 그렇다. 얽히고설켜 아귀다툼에 피 흘리고 사는 한없는 미로, 한마디로 고행길을 사람들은 헤매고 있다. 재산이 걸려 있으면 치사함이 극에 오른다. 단순한 곳에서 풀리는 실마리가 있고 행복의 원리는 아주 간단한 것이라고 들었는데 사람들은 복잡하게 스스로를 얽어매고 나서야 마음을 놓는다. 내가 고개를 숙여도 또 고개를 돌려도 꼬리를 잡을 수 없다. 행복은 내 꼬리처럼 그렇게 잡힐 듯 잡을 수 없는 것과 같은가? 행복감은 마음속 깊은 곳에서 은근히 다가오는 것이라고 나는 들었다. 머리가 복잡하니 컴퓨터를 활용하겠지만 속이 들어차 말 없는 사람, 다소곳한 여자는 찾기 힘들다. 하나같이 잘난 걸 내세우는 것은 하나같이 부족한 걸 알기 때문일까. 조금만 높은 곳에 올라가 내려다보면 조그마해진 사람들이 움직이는 게 고물고물하다. 개들의 움직임과 다른 게 별반 없다. 잘난 사람 못난 사람 구분이 안 가고 오히려 개들의 움직임이 더 활기차다. 사람 사는 거 별로 부럽지 않다. 찾아보면 사람보다 개를 더 좋아하는 좋은 주인을 만나, 보다 더 나은 생활을 하거나 잘난 개들이 있겠지만 하늘만 쳐다보고 살 수는 없는 것. 나는 남과 비교하지 않고, 특히 내 주위의 암놈들을 딴 세상 것들과, 주어진 생활에 만족하고 조그만 일에도 고마워하며 욕심 덜 내고 살아가리라 마음먹는다. 마음이 편하고자하면 그 방법밖에 없다. 동네에 내 특성을 닮은 강아지들이 번진다. 넓적한 얼굴에 딱부리 눈. 귀는 늘어지고 코가 눌리고 몸뚱이 털은 바둑무늬. 그러나 네다섯 가지 특징 중 다 닮지는 않는 게 이상하다. 딱부리 눈에 눌린 코는 나를 닮고 어미를 닮아 귀는 쫑긋 선 것도 있다. 샙샙한 눈에 몸뚱이 털은 바둑무늬인데 코가 튀어나온 놈도 있다. 어느 것 하나 내 특성 중의 하나는 닮는다. 내 씨가 번져나가는 뿌듯함에 나는 살맛이 난다. 다른 수놈들은 내 앞에서 죽은 듯이 고개를 숙였다. 내 처분만 바라는 비굴함까지 보이며 꼬리를 내리고 다가온다. 강아지들 희한하게 생겼네! 하면서 사람들은 내 새끼들을 이상야릇하게 변종된 강아지들이라고, 못났다고 별로 반기는 기색이 아니다. 나와는 근본적으로 보는 관점이 다르다.

그런데 흥미 있는 것은 인간들이 하는 섹스인데 나와 많이 다르다. 개 주제에 뭘 안다고 그러느냐 할지 모르지만 나는 솔직히 말하고 싶다. 나는 눈이 색맹이라 컬러 TV는 바로 못 보지만 귀로 듣는 것은 백배 이상, 코로 맡는 것은 이백배 정도 사람보다 낫게 듣고 맡는다. 어느 방에서 누가 뭐라 하는지 뭘 하고 있는지 눈을 감고도 훤히 알고 있다. 나더러 모른다고? 천만의 말씀. 나는 밤에는 하지 않는다. 비 오는 날도 않는다. 아무리 좋은 날이라도 암놈이 냄새를 피우지 않는 한 할 생각이 나지 않는다. 더구나 임신한 암놈과는 할 생각이 전혀 없다. 컴컴하고 으슥한 곳을 찾아 몰래 할 필요도 없다. 나는 때와 장소를 가리지 않는다. 암놈만 좋다면 나는 기다리지 않는다. 좋으면 그냥 좋지 소리를 질러대

먼서 하지도 않는다. 가장 안정되고 삽입이 좋은 후배위^{後背位} 자세로 하면 편하다. 사람들은 왜 섰다 앉았다, 위아래 혹은 거꾸로 자세를 바꾸는지 모르겠다. 아무튼 가만히 있지를 않는다. 다리가 두 개밖에 없기 때문이란 생각이 든다. 그것보다는 꽉 차있는 욕구불만을 그렇게 하면 좀 풀 수 있다고 생각해서인지 모르겠다. 사람이 벌이는 세상사는 일들이 다 억지인 것 같다. 단순한 걸 꼬이게 하는 것이 사람이란 동물인 것 같다. 아무래도 자연스럽지 않다. 이곳에 와서 아직 그런 꼴을 보지는 못했지만 사람들이 하는 얘기를 들으니 동성끼리도 몸을 섞는다고 한다. 나는 사람들의 변태성을 이해할 수가 없다. 사람들의 변태를 생각하면 한심하다는 생각에 앞서 웃음이 나온다. 남자와 남자, 여자와 여자가 한방에 들어 갈 수도 있겠지. 처음엔 그렇게 생각했다. 인생을 논하고 철학을 논하고 죽이 맞으면 할 말을 밤을 새우고도 모자랄 수 있다. 방문을 열고 들어서자마자 사람들은 문을 조심성 없이 쾅 닫는다. 철커덕 자물쇠를 잠그는 소리가 들리자마자 쿵 하며 침대에 뛰어서 눕는다. 혼자가 아니라 같이 동시에 침대에 뛰어 벌러덩 누우면 소리가 크다. 침대 다리와 방바닥의 마찰음이 심하게 들린다. 침대 다리가 부러진 건 아닐까 싶게 삐꺽하는 소리가 들린다. 피로에 지쳐 휴식이 필요한 것이 아님을 바로 알 수 있다. 엎치락뒤치락 아래위로 자리를 바꿔가며 가쁜 숨결 소리 뒤이어 옷을 벗어 던지는 소리. 샤워가 급한 것이 아닌 게 틀림없는 것은 '쪽쪽 쌕쌕' 소리가 밖에서 들리는 걸로 나는 단정할 수 있다. 젊은 사람들은 뭐가 급한지 쌕쌕대다가 수토끼가 암토끼 등에 올라타자마자 캥하고 뒤로 자빠지듯 떨어진다. 하나같이 변태인 포르노 영상을 그대로 따라 해서는 곧 싫증이 날 수밖에 없을 것이다. 달리 올바른 성교육이 없는 한 포르노를 참고할 필요는 있다는 것이 개인적인 생각이다. 여자는 흐-휴하는 긴 한숨 소리, 여러 번 듣다 보니 그건 채워지지 않은 아쉬움, 문전만 더럽힌 걸 알게 되었다. 동성 간은 좀 더 노련하고 세련되었다는 표현이 알맞을 것 같다. 시간적으로 오래 끈다. 다음 손님을 받아야 하는데 낮 12시 퇴실시간에도 남남, 여여 쌍쌍이 방을 비우지 않기 일쑤이다. 주인집 아줌마의 짜증을 이끌어내는 경우가 많다. 남녀 쌍쌍과 다른 것은 대화의 소재도 다양하게 다르다. 전용 클럽에서의 교제와 대화가 실력을 향상시킨다는 얘기를 들은 일이 있다. 키스와 애무 시간을 대개 오래 끈다. 애무하는 방법이 사뭇 다르다, 다양한 것 같다. 문틈으로 보는 게 치사하다 싶어 나는 귀로만 들어 비디오처럼 생생하지는 않다. 그 밖에도 내가 아는 것은 많으나 자세한 설명을 하기에는 낯이 뜨거워 못하겠다. 다양한 놀이 방법 때문인지 끙끙대는 신음이 다르다. 어떤 기구를 사용하는지는 나는 본 일이 없지만 상상은 간다. 민박집 삼 년에 소리만 들어도 안다. 어떤 자세인지, 어느 단계인지, 남녀인지, 남남 여여 인지 거의 알아맞힐 수 있다. 어디 한두 번 들어본 일인성적인 변태는 정신적인 변태를 낳는 가보다. 무슨 놈의 개새끼가 별난데 관심을 갖고 있는 거야? 야단을 치는 사람이 있을지 모른다. 착각은 사람들이 자유, 마음대로 생각해도 좋다. 나는 관심 없다. 인간이 한심하기 짝이 없다고 대답해줄 거니까. 너도 해보고 싶어서 그래? 쏘아댈 테니까. 우리 개들은 상상을 못 한다. 한심한 인간들! 쯧쯧 혀를 찰 뿐이다. 여러분 상상 한번 해보세요. 수놈끼리 몸을 섞는다? 네기 슈나우저나 진도 수캐의 등에 올라타 물이 질질 흘리는 돌기를 흔들어대다가 내려와서는 돌기를 서로 빨아준다? 네고가 다른 암놈과 마찬가지 짓을 한다? 그러다가 수놈은 밤

꽃 냄새나는 물을 찍, 사정하고 암놈은 암놈대로 통통 부은 음부에서 고름 같고 비린내 나는 물을 뚝뚝 떨어뜨린다. 어느 개를 보나 눈이 게슴츠레해서는 숨을 헐떡인다? 우리에게 그런 일은 있을 수 없다. 그것은 한마디로 〈미친 개 짓〉이다. 미치면 무슨 짓을 못해? 그렇게 해봐야 재미도 없을 것이다. 빠지지 않게 수캐는 돌기를 길게 집어넣은 다음 부풀린다. 암컷은 질문을 끝까지 벌려놓고 꽉꽉 조이고 액을 짜고 또 짜고 오랫동안 용을 쓰는 그 순간이 우리에겐 천국이니까. 천국은 사람보다 우리가 더 가까이 가고 있는지 모른다. 삼복 때 잡아먹히지만 않는다면 말이다. 조용히 잠자다가 잠든 채로 죽는 복을 받고 천국에 갈 수 있는 개들도 세상엔 제법 많다고 들었다. 우리 개들은 자연의 정상적인 법칙을 어기지 않을 것이다. 미치기 전에는 절대로 그런 일이 없을 것을 내 개인적으로 장담한다. 어린애를 대상으로 삼는 사람도 많다고 들었지만 내 눈에는 아직 띄지 않았다. 실제로는 많다고들 한다. 그건 사람들 사정이지 할 테면 하고 말 테면 말고. 내가 직접 보지도 못한 일을 가지고 비평하고 싶은 생각도, 관심도 없다. 변태성욕자들의 놀이에 우리 개까지 끌어들여 노리개로 하지 않았으면 좋겠다. 이곳에 들어온 이후 아직 나는 동네 개들에게 에이즈가 있어 고생한다는 소식을 못 들었다. 나이 든 주인집 아저씨와 아줌마는 물론이고 칠십 넘은 주인집 할아버지와 할머니도 그거, 거시기하는 소리가 들린다. 내 나이 이제 삼 년, 다시 삼 년 지나면 나는 더 이상 할 생각이 없어질지 모른다. 힘없는 열등인자로 종족 번식을 한다는 것은 자연의 순리 법칙에도 어긋난다. 늙었으면 주책 부리지 말고 점잖을 빼는 게 좋다. 개ㅊ인 우리는 그런다. 늙은이가 발버둥치는 건 젊은 우성인자의 번식기회를 박탈하려는 악행이다. 욕구가 없어지면 그대로 사는 것이지 나는 사람들처럼 회춘하려고 발버둥 치지는 않을 것이다.

어떻게 이런 일이 일어날 수 있는가. 주인집 아저씨가 저지른 짓이지만 아줌마와 사전 합의가 있었던 것 같다. 아줌마가 주는 사료 알맹이로 아침밥을 때우자니 입맛이 돌지 않았다. 마침 앞집 개가 짖어 올라가 봤더니 밥그릇에 생선 뼈다귀도 섞여 있었다. 앞집 개는 밥그릇에 입을 대고 먹고 있다가 꼬리를 내리고 나에게 자리를 비켜줬다. 간밤 언덕 숲에 산짐승이 부스럭거리는 소리에 잠을 설쳤던 참이라 밥이 많이 먹히지 않았다. 앞집 개는 나와 더 놀고 싶어 앞발로 나를 툭툭 치며 장난을 걸어왔다. 집에 가서 네 다리 쭉 뻗고 잠이나 잘까, 하고 나는 내려왔다. 마당에 나와 있는 아저씨 가까이 다가가 나는 반갑다고 꼬리를 흔들었다. 아저씨는 외출복 차림이었다. 금방 방에서 나온 게 아니고 나를 기다렸던 모양이다. 나를 가슴에 안아 차에 태웠다. 바람을 쐬러 가는 것은 아니고 볼일 보러 나가는 모양이라고 생각했다. 차를 멈추고 나를 품에 안은 아저씨가 내린 곳은 마을의 가축병원. 나는 요즘 아픈 데도 없고 몸 상태가 좋다. 또 무슨 예방주사를 맞히려는 거겠지. 주삿바늘이 꽂힐 때 따끔한 경우도 있지만 어떤 주사는 맞을 때도 아프고 한동안 뻐근하게 통증이 오랫동안 가는 것도 있나. 제발 아프지 않은 거로 놔 주세요, 하고 니는 빌었다. 깡 깡. 나를 번쩍 들어 안은 아저씨는 수의사와 함께 수술대의 가죽 벨트에 내 네 다리를 묶었다. 그들은 미리 모의했는지 척척 손발이 잘 맞았다. 내가 발버둥 치기가 무섭게 수

의사는 큰 주사기를 내 혈관에 찔렀다. 나는 소리는 지르지 않고 꾹 참았다. 조금 있자니까 어지럽고 눈꺼풀이 무거워졌다. 왜 이러는지 종을 잡을 수 없었다. 겁이 난 데다가 긴장을 해선지 아픈 것도 몰랐다. 의식이 가물가물해지는 중에 아랫도리가 따끔따끔했다. 잠에 빠지듯이 몽롱해지며 의식을 잃었다. 얼마쯤 뒤에 의식이 가물가물 다시 살아나면서 아랫도리가 뻐근했다. 오줌통에 이물이 꽉 들어찬 기분은 경험해본 사람은 알겠지만 소름 끼친다. 이물감은 조금 빼버리면 나아질 듯했다. 아무 데서나 오줌 누면 야단맞는 건 알지만 배설하면 좀 시원해질 것 같아 아랫배에 힘을 주고 오줌을 짰다. 아이고, 이런. 요도가 얼마나 아픈지. 살을 째고 피오줌이 나오는 것 같은 아픔이었다. 고개를 숙여 사타구니를 내려다보았다. 반창고가 넓게 붙여졌다. 코를 대고 킁킁댔다. 소독약 냄새가 진동했다. 오줌 방울이 맺힌 페니스는 성했다. 그 밑에 달린 고환 쪽이 허전했다. 덜렁거려야 할 고환이 없어진 것이었다. 기가 막혔다. 이 인간들이 내 불알을 까 버린 거야! 세상에. 이런 못된 인간들이 있어? 그래. 이 인간들 천벌을 받을 거야. 개보다 나을 것이 없는 인간들. 아랫도리를 움켜쥐고 끙끙대면서 나는 으르렁거렸다. 자기네들처럼 정관이나 묶으면 간단한 수술인 걸 내가 돼지인가? 불알을 까버려 이 고생을 시키다니? 개새끼보다 못한 사람 새끼들.

　열흘 후 실밥을 빼면서 상처는 아물어 들고 입맛이 돌아왔지만, 도대체 맥아리가 없는 거 아시나요? 아랫도리가 너무 허전했다. 종전에 힘을 줄 때는 페니스부터 주어왔는데 밑에서 받쳐주지 않으니 이제는 영 힘을 줄 수가 없는 거야. 처음이니까 그렇지 좀 지나면 괜찮겠지, 하고 기다려봤다. 내 숫기는 끝내 살아나지 않았다. 몸 상태보다는 마음 상태가 더 안 좋았다. 나돌아다니고 싶은 생각도 줄었다. 먹이를 찾을 때 말고는 바닥에 배를 깔고 그냥 웅크리고 있는 일이 많았다. 눈을 껌벅이며 먼 하늘과 산을 쳐다볼 때는 한숨이 절로 나왔다. 산천은 변함이 없는데 바라보는 마음은 허전하였고 울적해졌다. 동네에 돌아다니는 것도 귀찮았다. 개들이 놀러 와 나에게 인사했다. 내 사타구니에 코를 대고 냄새를 맡았다. 전처럼 장난을 칠 생각을 않고 머리를 갸우뚱거리며 돌아섰다. 고환이 빠져 불룩했던 자리가 쑥 들어간 걸 아는 모양이다. 나에게서 '숫' 냄새가 나지 않는다는 표정으로 머리를 갸웃거리고는 가버렸다. 씨는 그만큼 퍼트렸으면 할 만큼 했다. 그런데 도통 사는 재미가 있어야지, 원 참. 같은 집에서 사는 네고는 멀리 가지 않고 내 주위를 돌았다. 그동안 별로 눈에 두지 않았던 네고가 이제야 내 눈에 들어왔다. 내가 먼저 다가갔다. 가까이 가 살을 댔다. 네고가 거부하지 않고 맞아주는 것 같았다. 딴 개들처럼 네고도 내 냄새를 맡아보고는 이상하다는 듯 시커먼 머리통을 갸웃거렸다. 주인집 아저씨를 물어뜯고 싶다. 나를 이렇게 만들다니. 주위가 캄캄하기라도 하여 아저씨가 바람이라도 쐬러 밖에 나올 때, 무방비로 방심할 터이다. 이빨로 물어뜯어 반쯤 죽여놓고 싶다. 성질 같아서는 화풀이하고 싶지만 그런다고 내 물건이 다시 붙여질 수는 없는 일. 또 이 집에서 쫓겨나던지 잡혀 죽던지 할 판. 눈물을 머금고 참는 수밖에.

　네고가 암내를 내면서 몸을 비비 꼬았다. 나에게 다가와 몸을 비비기도 하고 엉덩이를 들이댄다. 암내가 향기롭고 자극적이었다. 내가 할 수 있는 일은 다정하게 핥아주고 가까이 동무해 주는 방법밖에 없었다. 네고가 나를 남겨두고 다른 집에 수놈을 찾아 돌아다니며 바람을 피우는 걸 말릴 수는 없었다. 그러나 수놈들이 내 집 마당까지 찾아와 네고와 노닥거리는 것은 참기 힘들었다. 특히 미운 놈은 고개 넘어 사는 독일산이라 자랑하는 슈나우저였다. 슈나우저는 내가 자리를 비우기만 하면 우리 집 주위를 얼씬거렸다. 네고를 좋아하는 모양이다. 뭉툭하게 튀어나온 입에 수염을 시커멓게 기른 이놈은 나보다 덩치가 약간 컸다. 나한테 호되게 혼난 다음 멀리서 네고를 기웃거리기만 했지 가까이 오지 못했었다. 무슨 낌새를 챘는지 어느새 네고 옆에 와 있는 것이다. 오른쪽 귀 끝이 잘린 채였다. 나한테 물려 잘린 흔적이다. 이놈이 무슨 배짱으로 내 마당에 와? 죽으려고 환장을 했군! 멍멍 소리 지르며 나는 슈나우저한테 달려들었다. 바로 앞에서 잠깐 멈추고 자세를 낮춘 다음 눈을 부릅뜨고 몸을 날렸다. 나는 슈나우저의 목을 향해 입을 딱 벌렸다. 슈나우저도 아가리를 벌려 으르렁거리고는 맞섰다. 나는 슈나우저의 얼굴 옆면을 살짝 물어뜯고는 바닥에 떨어져 나뒹굴었다. 내가 한번 허우적거리는 틈을 놓치지 않고 슈나우저가 내 목을 물었다. 아니, 이런! 달려드는 걸 알고 나는 피했으나 얼굴만 옆으로 돌려 피했을 뿐이었다. 몸의 움직임은 이미 늦었다. 전과 달리 내 몸의 순발력이 떨어지는 것 같았다. 목을 물고 있는 슈나우저를 앞발로 원투 원투하며 밀어냈으나 꿈적 않았다. 슈나우저는 위에서 누르고 나는 밑에 깔려서 발버둥 쳤다. 주인집 아저씨가 슈나우저의 엉덩이를 발길로 차지 않았으면 내 목덜미에 구멍이 뚫릴 뻔했다. 슈나우저가 도망간 건 내 힘이 아니었다. 아저씨한테 한 대 더 얻어터지고야 달아났다. 피가 흘러 아픈 목을 축 늘어뜨리고 나는 일어섰다. 아저씨한테도 네고에게도 볼 면목이 없었다. 다음날 다시 찾아온 슈나우저가 네고의 등위에 올라타 앞발로 네고의 배를 감싸 안고 끙끙대었다. 나는 턱을 땅바닥에 붙이고 눈만 껌벅였다. 눈을 돌려 먼 산을 쳐다보았다. 아이고! 내 팔자야! 꽤 길게 느껴진 시간이 흐른 후 네고가 축축해진 몸을 무겁게 이끌고 내 옆으로 왔다. 네고는 땅에 엉덩이를 대고 뒷다리 한 짝을 들고는 벌겋게 부어오른 음부에 묻은 오물을 핥아내었다. 나는 다시 눈을 돌려 먼 산을 쳐다보았다. 저런 개 쌍년!

　자포자기식의 절망감이 심한 스트레스로 작용한다. 스트레스는 욕구불만에서 시작되었고, 욕구불만은 외로움을, 외로움은 우울증을, 우울증은 극도의 심리적 불안을, 결국에는 아득한 좌절감이라는 수렁에 빠지는 것 같다. 사람이라면 신경안정제를 먹고 심리치료를 받아야 할 정도이다. 기운이 없어 먹지 못하는 것인지 아니면 먹지 못해 기운이 없는 건지 나는 도통 입맛이 없다. 살아있다고 사는 것은 아닌가 보다. 지금 하늘나라에서 오라고 손짓하면 순순히 따라가고 싶다. 원 없이 또 후회 없이 생을 살아왔기 때문이 아니라 더 살아봤자 보람을 느낄 것 같지 않다. 몸에 별다른 이상이 없을 때 곱게 가는 것이 좋을 것도 같다. 내 삶이 그리 오래 살 것 같지 않다. 내 나이 중년에 불과하다. 생에 애착을 갖고 입맛이 없더라도 뱃속에 음식을 골라 집어넣으면 목숨이야 한참 붙어있겠지만. 그러나 이렇게 산다는 것은 연명延命에 지나지 않는다. 조금 일찍 가버린다고 생각하면 억울할 것도 없다. 사람들처럼 총으로 머리를 쏘면 순간적으로 목숨을 끊을 수 있겠다. 총을 구할 수도 없고 쏠 줄을 모르니 그건 안 되겠다. 농약을 먹자니 용기가 나지 않았다. 쥐약 먹은 쥐를 잡아먹어 피를 토하

고 며칠을 고생하다 죽은 개들의 모습이 떠올랐기 때문이다. 내 표정이 우그러져 필 줄을 모른다. 머리도 지끈지끈 쑤신다. 낮잠도 그렇고 밤잠도 깊게 자지를 못한다. 귀가 예민해져 산 너머 마을에서 나는 작은 웅웅거림 소리도 들려온다. 냉장고나 에어컨 등 전자제품의 윙윙거리는 소리는 내 귀에 거슬려 깊은 잠을 방해한다. 집 마당과 뒷집에서 개들이 노닥거리는 소리는 귀가 아플 정도로 크게 들려온다. 몸은 바짝 말라간다. 이대로는 살 수 없다. 처량하게만 살라는 법은 없다. 할 일 없이 먹고 자고 하는 개 팔자가 좋다고 하는 사람이 있으나 그건 착각이다. 변화와 재미없는 생은 너무 따분하다. 도대체 따분해 죽겠다. 여생을 좀 더 건전하고 괜찮은 방법으로 보낼 수는 없을까.

그래, 떠나자! 여행길에 오르자! 따뜻한 곳을 찾아가자. 뭐 별다른 준비가 필요 없다. 챙길 것도 없다. 몸만 뜨면 된다. 굳이 남긴다면 같이 살던 이들에게 작별인사하는 것. 먼저 축 늘어진 배를 땅에 깔고 앉은 네고에게 다가간다. 나는 네고의 얼굴을 핥아준다. 네고는 눈을 감는다. 귀속도 핥아준다. 차례차례 온몸을 핥아준다. 남의 새끼들이 꿈틀거리는 네고의 배는 만지고 싶지 않다. 일어나 돌아서는 나를 네고는 눈을 뜨고 가만히 쳐다본다. 눈을 껌벅이며 나를 쳐다볼 뿐 더 이상의 반응이 없다. 속마음은 흔들리고 있으리라, 그렇게 나는 생각했다. 절차는 간단하다. 떠나면 된다. 방안에서는 아저씨와 아줌마 그리고 노 할아버지와 할머니가 겸상해 밥을 먹고 있다. 미워도 가끔 나를 쓰다듬어주고 밥을 챙겨준 사람들인데 얼굴이나 보고 가고 싶다. 나는 문 앞에 가 앉는다. 입맛이 돌아와 밥상 곁으로 온 지 알고 아줌마가 나한테 고기를 한 점 던진다. 나는 땅에 떨어진 고기를 쳐다보지도 않는다. 그동안 섭섭했던 얘기 일일이 다

할 수는 없지만 한두 마디는 하고 싶다. 서두나 말미에는 그래도 고마웠다거나 신세 많이 졌다거나 하는 인사말을 붙이겠다고 생각한다. 밥을 먹고 있는데 신경 쓰인다고 생각했는지 아저씨가 먹고 있던 수저를 위로 쳐들며 때린다는 시늉을 하며 소리친다. 저리 가! 안 가?

나는 그게 아닙니다, 하고 컹컹거리며 울먹였다. 그 소리가 으르렁대는 것처럼 보였는지 아저씨는 벌떡 일어나 손에 잡고 있던 수저를 나한테 던진다. 개새끼가 주인한테 으르렁거려? 이런 배은망덕한 개놈의 새끼 처음 봤네, 하며 주인은 욕을 하며 소리를 질렀다.

수저의 뾰족한 부분이 날아와 내 왼쪽 눈 밑을 찔렀다. 긴장한 탓인지 아픈 것도 몰랐다. 그런데 왼쪽 눈을 뜰 수가 없었다. 눈두덩 밑에 물기가 어렸다. 눈물이 나는 건 아닐 테고 피가 배어 나오는구나라고 생각했다. 그래 정을 붙이면 뭘 해. 정을 떼고 가는 것도 좋은 방법이야! 미련 없이. 나는 뒤돌아서서 살던 집을 나섰다. 고개를 돌려 쳐다보고 싶지도 않았다.

자! 이제 정처 없는 여행이다. 목적지가 딱 정해진 것은 아니지만 남쪽 끝을 향한다. 노숙자에게는 일 년 중에 가장 힘든 것이 겨울이다. 눈이라도 쌓이면 발도 시리고 뱃가죽이 얼얼해진다. 남쪽은 눈이 쌓이지 않고 아무래도 기후가 온화하다고 들었다. 땅끝까지 가보자! 올겨울만 잘 보내면 도착하리라. 산을 넘고 다리 건너가다 보면 도착하겠지. 이 여행에서 가장 힘든 일은 첫째가 먹이이고 그다음이 겨울 추위, 또 그다음이 비이다. 마침 장맛비도 그쳤다 하니 출발 일자는 잘 잡은 것 같다.

　한발 한발 발을 옮기면서 나 자신을 타이른다. 앞으로의 내 처신이 문제이다. 먹이를 찾으러 마을을 지날 때면 동네 개들이 다가올 것이다. 싸움은 먹이와 암놈에서 비롯된다. 암놈이 다가와 내 냄새를 맡고 또 꼬리를 쳐도 곁눈질 한번 하지 않으리라. 물론 장난질도 않으리라. 암놈과 살을 맞대면 피로가 눈 녹듯 풀리고 따스하겠지만 참으리라. 그동안 할 만큼 해봤다. 마지막 생을 담담한 마음으로 정리하자. 주어진 환경이 나로 하여금 철들게 한다. 이러다가 나에게 어떤 깨달음이 올지도 모른다. 먹이 옆에 다른 개들이 몰려 있을 때는 나는 멀리서 기다릴 것이다. 기다리다가 자투리가 남으면 집어먹고 쓰레기통을 뒤질 것이다. 피크닉 나온 사람들이 있으면 애들 앞에 머리를 땅에 대고 앉아 꼬리를 칠 것이다. 표정을 부드럽게 하면 먹던 고기를 던져주기도 하겠지. 개울을 지날 때는 고기를 잡을 수 있는 한 잡아먹어야지. 미련하다는 곰도 개울에서 고기를 잡아먹는다는데 나라고 못 할까. 벌레를 먹기도 해야 할 거야. 여름과 가을에는 나무 열매를 먹고 소화시켜야 할지도 몰라. 적자생존. 닥치면 몸에 익을 거야. 그래야 버티지. 먹고 자고 싸는 게 다라면 사는 게 너무 허망하다.

　궁금증이 인다. 살다 보면 세상 사는 이치가 이런 거였구나 하는 깨달음이 나에게 올까. 깨달음은 혼자 하는 것이지 누가 이끌어 주지는 못한다는데. 못 견디게 외롭고 괴로워 몸부림치다가 지쳐, 사방이 꽉 막힌 느낌으로 마음이 바닥에 떨어졌을 때 새롭게 태어나는 지혜가 생길지 몰라.

　한 끼 걸렀다고 뱃속에서 꼬르륵 소리가 들려왔다. 세끼를 거르니 다리에 힘이 없고 피로도 풀 겸 으슥한 곳에 엎드려 눈을 감고 짧은 잠을 청해보나 헛수고. 낯선 분위기가 썰렁해 허전하고 눈에는 먹을 것만 아른거렸다. 일상에서 탈출하면 빈 마음 될 줄 알았는데 첫날이라 그런지 영 마음이 잡히지 않았다. 다가올 추위와의 싸움, 먹이 구하기, 그리고 대면하게 될 개들과의 만남이 어떻게 될지. 감이 잡히지 않아 솔직히 말해 불안하고 초조하다.

 큰길은 사람과 차량의 통행이 잦아 불편하고 불안했다. 나는 강이나 냇물 등을 건널 때는 어쩔 수 없이 갓길 옆으로 비켜 다니고 소로를 주로 찾아다녔다. 마을을 지날 때는 동네 개들이 몰려들어 정말 귀찮다. 사람들도 그런지 모르겠는데 개들은 성질이 개마다 참 다르다. 덩치가 큰 놈은 작은놈을 눌러야 직성이 풀린다. 큰길에는 집에서 풀려나온 개들이 많다. 나 같이 떠돌기 좋아하는 개들이다. 자유를 바라는 개들이다. 같은 개 신세끼리 서로 도와주고 위로하면서 살면 좋을 텐데 도대체 양보란 게 없다. 그래서 개새끼, 라는 욕으로 사람들은 개를 얕보는가보다. 집을 나온 지 이틀째 나는 마을 다리께에서 끝내 당하고 말았다. 사람과 개를 멀리 피해 다닌다고 다녔는데 어디서 튀어나왔는지 잡색이 많이 섞인 진돗개 잡종 한 마리가 달려들었다. 나는 꼬리를 내리고 자세를 낮췄다. 끙끙 소리를 내면서 대항할 의사가 없음을 알렸다. 내 뜻을 아랑곳하지 않고 진돗개는 나를 덮쳤다. 나는 배와 네 발을 하늘로 향해 드러눕고 발을 비볐다. 내 목덜미를 물고 흔들다가 내가 기진맥진 축 늘어지는 걸 보고야 진돗개는 입을 풀었다.

　이러다가 못 일어나는 건 아닌가, 목을 좌우로 흔들어 보니 얼얼한 통증이 심하지만 움직여졌다. 몸 전체를 일으켰더니 바로 서졌다. 죽지는 않을 모양이군, 나는 안도했다. 내가 다시 움직이는 걸 보고 공격을 멈추고 비켜섰던 진돗개가 내 왼쪽 다리 관절을 물어버렸다. 우두둑 소리가 나면서 뼈가 아삭거리는 통증에 나는 정신을 잃고 말았다. 얼마가 지났는지 나는 눈을 떴다. 낯선 할머니와 할아버지가 걱정스러운 듯 나를 내려다보고 있었다. 온몸이 욱신거리고 목덜미와 다리가 쑤셨지만, 할머니의 극진한 간호가 고마워 아프다고 깽깽거릴 수 없었다. 날이 갈수록 몸이 차차 나아지면서 입맛도 돌았다. 대소변을 가리기 위해 밖에 나가는 경우 말고는 두문불출했다. 할머니가 머리를 쓰다듬으면 눈을 지그시 감고 꼬리를 흔들어 답례했다. 자식들이 찾아보지 않고 외롭게 살아가는 노인네들을 의지하고 바라보며 살아가자. 그것이 노인네들에게 보답하는 길이고 내가 갈 길이다. 나는 그렇게 마음먹었다. 방랑과 낭만은 나에게 맞지도 않고 주어진 은혜가 아니다.

　노인네들이 텃밭에서 빨간 고추를 따고 김장 김치 모종을 할 때 나뭇잎이 울긋불긋 물들었다. 곧 서리가 내리겠지. 할머니 옆에 앞발을 죽 펴고 앉아 있다가 할머니가 자리를 옮기면 따라다녔다. 할아버지가 부르면 다가가 무릎에 매달려 꼬리를 쳐줬다. 그러면 노인네들은 머리를 쓰다듬어 주고 과자를 내 입에 물려주었다.

　언덕 아래쪽에서 개의 컹컹거림이 들려왔다. 귀에 익은 목소리. 아! 네고. 얼마나 반가웠던지 할머니의 무릎에 앉아있던 나는 펄쩍 뛰어내렸다. 할머니가 깜짝 놀라서 뒤로 넘어져 엉덩방아 찧는 것도 아랑곳하지 않았다. 나는 아래로 뛰고, 네고는 위로 뛰어 중간쯤에서 만났다. 이게 얼마 만인가? 우리 둘은 빨고 핥고 몸을 비벼대었다. 좋아서 이리 뛰고 저리 뛰던 네고는 언덕 아래로 내려갔다. 꼬리를 고추 세워 팔랑거리며 뛰는 복스러운 엉덩이가 좌우로 씰룩거렸다. 섹시했다. 나는 따라가며 재회의 기쁨을 누렸다. 할머니가 다리야! 하고 나를 부르지만 않았어도 나는 네고를 따라 한없이 달려갔을 것이다. 할머니에게 내 이름은 '민'이라고 아무리 짖어도 알아듣지 못했다. 할머니가 나를 '다리'라고 마음대로 지어 불렀다. 다리 밑에서 주워왔다고 해서였는지, '달'을 연상시켜선지, '다리야' 하면 꽃 이름과 비슷해선지. 나는 아무래도 좋다. 할머니가 나를 부르는데 이의를 달수는 없다. 은인의 말을 거역해선 안 된다. 할머니한테 내가 다가가니 네고도 따라왔다. 네고를 쳐다보던 할머니가 어디서 온 개야? 너구리 같이 생겼군, 아니 왜 이렇게 지저분해! 아휴, 냄새, 꼬랑내가 너무 심하다, 저리 가! 안 가? 얼굴을 잔뜩 찌푸리면서 손을 저었다. 나한테서 떨어지지 않으려는 네고에게 할머니는 작대기를 휘둘렀다. 처음에는 작대기를 피하던 네고가 실컷 때려봐라, 날 잡아 잡수, 하는 식으로 머리를 땅에 깔고 몸을 움직이지 않았다. 달려와서 할머니의 작대기를 인계받은 할아버지한테 호되게 얻어터진 네고는 집 밖으로 내밀렸다. 멀리 가지 않고 대문밖에 쭈그리고 앉아버렸다. 네고는 짖어대면서 나를 계속 불러댔다.

  나는 복잡한 심정으로 심각해졌다 사랑을 따라야 하나, 의리를 따라야 하니? 밤새 깊은 잠을 이루지 못하고 문밖의 네고가 웅얼대는 소리를 들어야 했다. 아침에 일어난 할아버지는 돌을 준비했다. 네고의 울부짖음이 늑대의 울음소리같이 들려 노인네들이 잠을 설쳤다고 투덜댔다. 도저히 안 되겠다 싶었는지 할아버지는 네고에게 돌팔매질을 했다. 고개 아래로 쫓겨 가는 네고를 따라가면서 할아버지는 계속 돌을 던졌다. 네고가 불쌍해 눈물이 흘렀다. 나는 갈등했다. 네고를 따라갈까? 아니야! 나는 이를 앙다물고 참았다. 먼발치서 불러대는 네고의 끙끙댐에 내 가슴이 찢어지는 것 같았다. 나도 울었지만 몸은 방바닥에 대고였다. 뛰쳐나가고픈 충동을 그날도, 그 다음 날도 참고 또 그 다음 날도 참았다. 참아야 했다.

주제 파악! 개 팔자에 주인의 따뜻한 사랑만큼 중한 게 어디 있을까? 고생은 딱 질색이야! 배부르고 등 따신 게 제일. 편한 것이 좋아, 현실 직시! 스스로 내 마음속을 다독거렸다. 그 후로도 네고가 집 근처에서 몇 번 더 나를 불렀지만, 네고는 내 신세를 부러워할지도 몰라! 네고야! 날 잊어줬으면 좋겠다. 나도 너를 좋아했단다. 그렇게 주절거리며 마음을 다졌다. 네고가 내 말을 알아들었을까?

04

네번째 이야기
개 꿈

네번째 이야기

개 꿈

　나는 승용차 뒷자리에 앉아 창문을 열어놓고 있었다. 술을 마신 기억은 나지 않고 뭔가 음식을 잔뜩 먹은 포만감이 있었다. 속이 메스꺼워 열어놓은 차창에 고개를 바깥으로 약간 내놓은 상태였다. 옆자리에 누가 있었는지도 기억은 나지 않았다. 내가 멀미가 날 정도로 차가 움직였으니 분명 운전한 사람은 있었다. 내 기억이 없다고 운전하던 사람이 없을 리 없다. 스스로 굴러갔을 리가 없는 것이 많은 사람이 모인 곳에 차가 멈췄으니 말이다. 꿈이란 게 원래 그런 모양이다. 깨고 나면 그 자리에선 꿈을 거슬러 올라갈 수 있을 정도로 생생하다. 다시 잠들다가 깨어나면 꾸었던 꿈은 전혀 생각이 나지 않는다. 기억에 남는 경우에도 필름이 끊기듯 장면 한두 가지만 어른거릴 뿐이다.

　차가 멈추면서 진동이 좀 컸던지 내 머리통은 옆으로 기울어 차창 뒤쪽을 살짝 박았다. 큰 충격은 아닌 것 같은데 뱃속에서 부글거리던 음식물이 목구멍을 타고 올라와 입안으로 기어 나왔다. 입술을 꽉 오므리고 음식물이 밖으로 나오지 않게 이를 악물고 참았다. 뱃가죽이 늘었다 줄었다 하면서 꿈틀거리더니 속에서 다시 한 번 음식물이 목구멍을 타고 올라왔다. 입안에 머물던 1차분 음식물은 악물었던 내 잇몸을 아래위로 올릴 정도로 팽창했다. 오그렸던 입술을 더는 벌리지 않을 수 없었다. 나는 차창 밖으로 얼굴을 내밀었다. 동시에 입안에 머물고 있던 1차분과 목덜미를 타고 올라오던 2차분마저 연이어 터져 나왔다. 내 코끝에 시큼한 냄새가 풍겼다. 아, 악! 소리가 나서 눈을 바로 하고 보니 차창 밖 바로 앞에 어린애를 데리고 의자에 앉아있던 부인네들이 보였다. 내 배 속에서는 3차, 4차분을 올려보냈다. 내 얼굴이 벌게지면서 시야가 흐려졌다. 아이고, 저런! 여러 사람의 웅성거림이 내 귀청을 울렸다. 더는 나올 것이 없는지 5차분의 토악질은 없었다. 정신을 가다듬고 시야를 회복해 밖을 내다보니 눈앞에는 어느새 전경으로 보이는 젊은 경관 두 명이 딱딱한 표정을 하고 혀를 찼다. 안타까워하는 것 같기도 하고 측은하다는 표정 같기도 했다. 눈을 돌려 앞을 보니 운전자도, 옆자리도 비어 있었다. 운전석 차 문과 내 옆자리 차 문이 열려 있었다. 사람들이 타고 있다가 피신한 것이거나 냄새 때문에 자리를 뜬 것이라는 생각이 들었다. 꿈속에서도 '의리도 없는 것들!' 자리를 뜬 그들이 야속하다는 생각이 들었다. 그들은 직장동료였을까 아니면 친구들이었을까? 짚이는 놈은 없었지만 끝내는 밝혀질 것이란 생각이 들었다. 이런 놈들하고는 상종을 말아야지, 혼자 중얼거렸다. 경관들은 나를 차에서 내리라고 하지는 않았다. 그중 한 명이 등 뒤에서 집게에 스티커를 낀 책 크기의 반쯤 되는 깔판을 앞으로 꺼내면서 잔뜩 위엄스런 표정으로 말했다.

"손님, 신분증을 제시하세요!"

내가 손님이라니? 아니 내가 어떻게 너희 손님이냐고 악다구니를 치고 싶다. 그러기에는 내 기가 꺾여있었다. 백만 원짜리 범칙금이라는 생각이 들고는 겁이 났다. 꿈나라에서는 길바닥에 토할 경우에 백만 원의 범칙금이 물린다는 것이 내 상식이었다.

"온갖 방송 매체를 통해 차 안에 토한 음식물을 받아낼 비닐을 비치하라고 했잖아요? 손님. 공중위생법 위반입니다."

아니 이런, 나더러 또 손님이래? 대들고 싶었지만 앞좌석 뒷면에는 비닐이나 대체할 만한 것이 꽂혀 있지 않았다. 사람들이 내가 타고 앉은 차 주위에 몰려들었다. 앞 유리창으로 밖을 보니 정면으로 사람들 얼굴 사이에 경찰 지구대 간판 가운데 붙은 무궁화 마크가 눈에 들어왔다. 오른쪽은 상가건물이었다. 구름같이 많다는 표현은 지나치고 제법 많은 사람이 옹기종기 모여 있었다. 집안에서 무료함을 달래려고 상가 앞 길옆에 놓인 평상에 앉아 가족들이나 행인들이 멈춰 음료나 술을 마시고 가는 길목이었던 것이다. 지구대를 그냥 지나칠 수 없는 것은 좌로 꺾인 길이었기 때문이다. 내 가슴을 콩닥거리게 한 것은 차 안에 앉은 나를 지켜보는 얼굴들은 거의 다 눈에 익었다. 이런 창피할 일이, 온 동네에 소문이 쫙 퍼지겠구나, 어떻게 이런 일이 있을 수 있나? 앞으로 머리를 들고 다니지 못하게 되었다는 낭패감은 나를 한없이 초라하게 만들었다. 어깨에 잎사귀 두 개를 단 경관이 끼적일 것을 다 끼적거렸는지 스티커를 깔판에 낀 채 나에게 쑥 내밀었다.

"손님은 공중위생법 몇 조 몇 항 위반으로 범칙금 백만 원을 물게 됩니다. 사회봉사로 대신할 수도 있습니다, 자, 여기 자필 서명을 하시지요."

나한텐 백만 원이 적은 돈이 아니었다. 아내는 몇십만 원의 돈의 자유도 나에게 주지 않는다. 나는 난감한 표정으로 눈시울을 붉혔다. 아내의 얼굴이 떠올랐다. 동네를 떠나자는 애기가 나올 것이 분명한 것은 아내의 소심한 성격을 나는 잘 알고 있기 때문이었다. 잠깐만, 하고 나는 차 문을 열고서 일어났다. 두 경관이 내

양팔을 붙들고 비굴하고 불쌍한 표정을 섞은 나를 그들은 지구대로 이끌었다.
"파출소로 들어가서 서명하든지 하겠습니다. 여기서는 못하겠습니다." 많은 사람을 우선 피해야겠다는 생각. 조용히 그리고 원만히 처리하고 싶었다. 지구대 문을 여니 정 중앙에 무궁화 견장을 단 40대 중반쯤으로 지구대 대장으로 보이는 경관이 회전의자를 돌리고 앉아있었다. 뚱뚱했지만 눈매가 부드럽지 않았다. 무표정한 얼굴로 나를 째려보았다. 만만할 것 같지 않았다. 오물로 더럽혀진 모녀의 옷을 새로 사 주겠다. 합의를 봐 올 테니 내 체면을 살려 달라, 고 경관에게 사정했다. 걱정했던 대로 경관은 말 한마디 없이 얼굴을 돌리고 반응을 보이지 않았다. 스티커를 발부한 전경들에게 대장은 턱을 올려 보았다. 빨리 처리하는 뜻이었다. 전경들에게 사정해 보았지만, 말을 들을 리 없었다. 오물을 뒤집어쓴 모녀가 지구대로 들어왔기에 원하는 대로 물어드리겠다. 범칙금만은 물지 말게 경관들에게 사정해달라고, 이 은혜는 절대 잊지 않을 것이라고 빌어보았다. 모녀는 물수건으로 오물 묻은 옷을 연신 닦아내었다. 어린 애 엄마는 내 말을 들은 체도 않았다. 나는 두 손을 하늘로 높이 들고 울부짖었다.

　그렇게 꿈에서 깨어났다. 나는 자리에서 일어나 냉장고에서 찬물을 꺼내 두 잔을 마시고 쓴 입맛을 다졌다. 머리까지 띵했다. 화장실에 들어가 머리에 냉수를 두 바가지 부어 식혔다. 다시 침대에 누워 엎치락뒤치락하다가 다시 잠이 들었다.

　아침에 일어난 시간은 평상시처럼 출근 준비하기 알맞은 시간이었다. 이른 잠결에 꾼 꿈이라 잠에 의한 손해가 덜한 느낌이었다. 다소 언짢기는 했지만 대여섯 시간 깊은 잠을 추가로 잤기에 피로한 감은 느끼지 못했다. 어쨌든 오늘은 밖에 나가서 조심해야지, 말조심, 행동 조심하기로 마음먹었다. 차를 몰고 회사에 출근하면서도 꿈 내용이 머리에서 가시는 것은 아니었다. 어지러울 정도로 머리를 좌우로 몇 번 흔들어 대며 들입다 기합소리를 질렀다. 아자! 파이팅! 요시! 유행어와 국제어를 입에서 나오는 대로 지껄였다. 잡념이 좀 가시는 성 싶었다.

차 안에 누가 있는 것도 아니고 누가 들을 것도 아니었다.

내가 범칙금을 물게 되었나, 아내의 등쌀에 집을 옮겼나? 나를 팽개치고 달아난 두 동승자同乘者는 누구였던가? 꿈을 거슬러 올라갈 수 없었다. 꿈에서 중요한 부분의 필름이 끊겨 되새길 수 없었다. 으레 꿈은 그랬다. 이 정도나마 꿈 내용을 기억해 내는 것도 잠자리에서 일어나자마자 바로 메모로 정리했기 때문이다.

회사 건물 아래층에 있는 정신과 의원에 오후 다섯 시 진료예약을 하고 회사를 잠깐 비웠다. 의사는 갸름하고 하얀 얼굴을 하고 있었다. 나이는 사십이 안 돼 보였다. 앉은키가 커 보이지 않았고 손가락은 여자처럼 가늘고 손은 작았다. 장황한 내 꿈 얘기를 의사는 진료기록부에 가끔 메모하면서 진지하게 들어 주었다. 별 뜻 없이 머리를 끄덕여 주는 것 같았다. 얘기를 들어주는 것이 자기의 의무라는 표정이었다.

"전에는 악몽을 꾸어본 일도 많지만 요즘은 꿈들이 다 이래요. 가위눌린다거나, 급박하거나, 불길한 사정은 아니고 기분 좋을 것 없는 이런 류類의 꿈을 꾸다가 잠을 깨요. 그러다가 다시 선잠을 자고. 며칠에 한 번씩 이래요."

"아, 네."

의사는 더 이상의 대꾸 없이 내 입을 바라보았다. 내 말을 계속하라는 뜻 같았다. 마땅한 설명이 생각나지 않아 나도 의사가 하는 대로 입을 닫고 의사의 눈을 쳐다보았다. 멋쩍은지 의사가 질문을 만들어 내었다.

"불안하신가요?"

불안하지 않은 사람이 어디 있담. 대꾸를 하지 않고 딴청을 하면서 나는 의사의 다음 말을 기다렸다.

"뭐 고민거리라도 있어 마음이 편안치 않으냐는 말씀입니다."

그걸 질문이라고 하나. 원 참. 세상에 불안하지 않고 고민거리 없는 사람이 어디 있단 말인가. 있을 수도 있지. 예수나 부처 혹은 알라에게 걱정근심이나 무거운 짐을 내려놓는 종교적인 사람이 있기야 하겠지. 또 종교에 매달리지는 않지만, 천성이 낙천적이라 너도 좋고 다 좋다는 식으로 쓸개 빠진 사람처럼 허허거리는 사람도 있겠지. 내 주위에는 욕심을 내려놓거나 허허거리는 사람이 없는 것은 아니다. 속을 들여다보면 걱정근심과 욕심에 초연하는 사람을 아직까지는 본 일이 없다.

"마음을 편하게 가지세요."

어떻게 하면 마음이 편해지고 꿈자리가 사납지 않을 수 있을지 들으러 왔지, 마음을 편하게 가지면 좋다는 것을 몰라서 의사를 찾아왔나? 젠장!

"항우울 안정제와 수면제를 일주일 분 드릴 테니 일주일 후에 다시 오세요. 낮잠을 오래 자지 마시고 요가 같은 운동을 한번 해보시지 그래요. 주말 골프가 벅차시면 주말여행을 떠나 보시고요. 규칙적인 운동을 하시고 마음의 여유를 찾으셔야 합니다."

회사 다니는 사람이 낮잠 잘 시간이 어디 있으며 근무시간에 요가 하러 나갈 수도 없는 일이다. 퇴근하면 동료들과의 술자리를 피하지 못하는 경우가 많다. 핑계를 대고 집에 들어오면 아내 말을 받아주어야지 또 애들과 놀아주어야 한다. 쉽게 말하는 의사는 점심시간 두 시간 동안 낮잠도 자고 아마 요가도 할 수 있을 것이다. 자기는 저녁에 일찍 퇴근해 즐거운 가정생활을 누리면서 주말엔 골프도 하겠지. 규칙적인 생활을 할 수 없는 월급쟁이인 내가 어떻게 규칙적인 운동을 할 수 있나. 이건 상류와 하류, 형편이 다르잖아?

그렇다고 '우울, 불안, 걱정과 같은 정신적 갈등은 우리 몸의 내분비기관에서 스트레스 호르몬인 코티솔과 아드레날린을 분비케 합니다. 꿈을 자주 꾼다는 것은 잠이 깊지 않다는 것이고 평상심을 잃고 있다는 뜻이기도 합니다. 항우울제로 아데노실 메티오닌 일주일 분을 처방해 드릴 테니 약이 맞는지 혹은 효과가 있는지 일주일 후에 다시 나오세요.' 정도는 설명되어야 하는 것 아닌가. 인터넷에 들어가 보면 그 정도의 분석과 처방은 하고 있었다. 전문적인 식견을 가진 것처럼 얘기해 주었으면 의사에 대한 믿음이 갔을까. 의사한테 대놓고 말을 못하고 속으로 웅얼거리는 것을 보면 내가 우울증에 걸린 것 같다는 생각이 들기도 했다.

의사는 다음 환자를 기다리며 내가 나가 주기를 바라는 눈치로 진료부를 덮고 문밖 간호사가 있는 쪽을 쳐다보았다. 창밖에는 건너편 빌딩에 널린 간판이 보일 뿐이었다. '그래. 나간다.' 나는 병원에서 직접 지어준 약봉지를 들고 진찰실을 빠져나왔다. 마음을 가볍게 하러 왔다가 머리가 무거워진 내 신세를 탓하게 되는 것이다. 열등감까지 속에서 기어 올라오며 마음이 울적해졌다. 병원에서 나와 사무실로 올라갈 마음이 아니었다. 근무하는 사람들을 불러내 술 한 잔

걸칠 시간으로는 일렀다.

　나는 집을 향해 차를 몰았다. 아파트 문을 두들겼다. 열쇠는 갖고 있었지만 문을 열고 반가이 맞아주면 마음이 풀릴 것 같아서였다. 세 번을 두들겨도 안에서 인기척이 없으면 외출 중이라는 뜻이다. 대낮부터 아내가 잠에 떨어져 있을 리는 없으니까. 딸은 피아노, 아들애는 영어학원에 가 있을 시간이지만 아내는 어디 갔담. 입속이 마르고 마음은 찜찜했다. 아파트 문을 따고 들어와 냉장고를 열어 냉수를 병째로 들이켰다. 아내가 봤으면 병 꼭지를 입에 대지 말고 컵에 따라 마시라고 잔소리했을 것이다. 나는 병맥주를 마실 때도 입에 대고 마신다. 아내는 그것도 못마땅해 했다.

"아니 캔맥주도 아니고 병맥주를 병째로 들이키다니 품위도 없어 보이고 꼭 술꾼 같잖아요?"

"양말 벗어 던진 거 세탁기에 넣고 오면서 몸을 씻고 오면 더욱 좋고 아니면 손을 비누질해 씻고 오세요."

　그렇지 않으면 아내의 잔소리가 이어져 밥을 먹을 수 없다. 내가 아무리 술에 취해도 몸을 씻고 양치질을 하지 않으면 아내는 침대에 오지 못하게 한다. 내가 '그냥 좀 사사!'고 고집을 피우면 아내는 침실에 들어가 문을 잠가버린다. 아내는 찌개를 끓여놓고 앞 접시와 국자를 갖다놓는다. 나는 앞 접시에 떠먹는 것보다 펄펄 끓는 냄비에서 수저로 떠 후-후 불어먹는 것을 좋아한다. 앞 접시에 떠놓으면 뜨거운 자극이 없어 맛있게 먹은 것 같지가 않다. 아내는 여지없이 잔소리해댄다.

"당신 간염백신 한 번 더 맞아야 하잖아요? 특히 애들 보는 앞에서는 그러지 마세요. 식사예법을 가르쳐야 할 사람이 그러면 안 되잖아요? 국자는 뒀다가 뭘 하려고 그래요?"

 나는 먹다가 만 수저를 식탁에 던지듯 내려놓았다. 베란다로 나가 창문을 열고 담배를 꺼내 물었다.

 "금연구역이에요. 신발 신고 밖에 나가서 피우세요!"

 아내의 잔소리였다.

 아내 여신을 처음 만난 것은 아내가 근무하는 병원에 찾아가서였다. 여신은 동창 녀석의 여동생이다. 동창 녀석은 자기 여동생은 의사들한테도 인기가 있다고 했다. 죽자고 따라다니는 의사도 있다고 했다. 나 같은 정도로는 여신의 눈에 차지 않을 것이라고 약을 올렸다. 여신이 의사인지 간호사인지 사무직인지 기술직인지 약사인지 물어보지도 않았다. 뒷면에 이름과 전화번호가 적힌 여신의 사진을 얻어들고 여신이 근무한다는 병원 2층으로 갔다. 선을 본다는 뜻보다는 일하는 모습과 실물을 자연스레 관찰하고 싶어서였다. 호기심도 살짝 일었다. 찍어서 넘어갈 여자인지도 감을 잡아야 한다. 병실 복도에서 근무복을 입고 지나가는 여자들의 얼굴과 사진을 일일이 대조하면서 한참을 보냈다. 흥신소에서 나온 사람이나 빚쟁이가 아닐까 생각하는 사람도 있었을 것이다. 드디어 사진의 얼굴과 닮은 실물이 지나가기에 나는 날카로운 눈매로 조각을 감상하듯이 머리끝부터 신발 끝까지 관찰했다. 간호사였다. 뒤를 따라갔다. 201호 병실 문은 열려있었다. 여신은 환자 일이 끝났는지 병실에서 금방 나왔다, 들어갈 때처럼 집게로 서류를 물린 차트를 들고 나왔다. 군살은 없어도 엉덩이는 빵빵했고 가슴도 불룩했다. 얼굴은 하얗고 하얀 제복에 잘 어울려 나의 눈에는 부실 정도였다. 드디어 내 가슴이 가볍게 콩닥거렸다.

병실에 지켜 섰다가 지나가는 여신, 내가 여신이라고 믿은, 의 가슴에 단 명찰을 보았다. 분명히 이름은 '김안나'였다. 잘못 짚은 것이다. 다른 사람의 명찰을 달았을까? 그런 일은 있을 수 없을 것이다. 안 달면 안 달았지 남의 이름패를 다는 것은 먼 시절 군대에서나 있었던 일이다. 빤히 얼굴을 쳐다보니 김안나는 살짝 눈을 흘겼다. 여신과는 눈매가 조금 달랐다. 여신의 눈매는 늘어진 편보다는 약간 치켜 올려졌다. 사진상으로는 그랬다.

여신은 어디에 꼭 박혀 나오지 않고 있단 말인가. 간호사들에게 물어보면 여신을 금방 알고 찾을 수 있겠지만, 여자들을 감상한다 치고 좀 더 기다렸다. 엘리베이터 앞 벽에 기대 나는 핸드폰을 만지작거렸다. 시선은 병실의 처음부터 끝까지. 병실 가운데 한쪽은 간호사들이 모여 있고 반대편 쪽에는 병리검사실과 초음파와 X-ray 실이 있었다. 병리검사실에서 차트를 들고나오는 여자는 먼저 간호사보다는 눈매가 올라가고 얼굴 균형이 잡힌 편이었다. 나는 발걸음을 옮겨 간호사에게 다가갔다. 저쪽에서 오고 이쪽에서 가며 거리를 좁혔다. 내 눈은 삼빡거릴 시간도 아까운지 깜빡이지도 않고 간호사를 아래위로 관찰했다. 간호사는 의사들이 입는 하얀 가운을 입었다. 의사인가. 의사라고 해도 손색이 없을 정도로 차분한 인상이었다. 저렇게 예쁜 여의사라면 인기도 많겠지.

"지금 나오시던 방에 할머니 한 분 안 계시던가요. 제 어머니가 검사실로 간다고 가셨는데요."

가슴에 단 명찰에는 '신어신'이라고 되어있었다.

"환자분 성함이 누구신데요?" "김말자 씁니다."

"김말자 님? 아직 접수되지 않았는걸요. 들어가서 일단 기다려 보세요. 이 차트를 의사 선생님께 갖다 드리고 제가 곧 돌아갈 테니까요."

아, 아. 의사는 아니었구나. 그 자리에 선 채로 내 머리에는 여러 생각이 오갔다. 여러 생각을 글로 옮긴다면 내 심리상태가 복잡하게 써질 것이다. 여신이 병원에 근무한다고 하니까 의사로 기대한 것인가. 아니라도 좋다. 나는 얼른 1층에 내려가 초진 내과 진료를 신청했다.

술을 계속 마셔댔더니 칫솔질할 때 구역질이 난다고 했다. 의사는 더 이상 내 얘기를 듣지 않고 간 검사를 해보라고 나를 병리검사실로 보냈다. 여신을 다시 한 번 이모저모 뜯어볼 기회를 만든 것이다. 첫인상이 좋으니 흠이 잡히지 않았다. 피를 빼고 검사실을 나오면서 뒤를 돌아보았더니 여신도 나를 쳐다보았다. 눈이 마주친 것이다. 여신은 생끗 웃었다. 나는 여자들의 미모를 좀 본다. 내 외모가 부족해서인지 열등감이 많아서인지 그 부족함을 내 여자가 채워주기를 바라는 것 같기도 하다. 나 스스로를 내가 잘 판단할 수는 없지만 아마도 그렇다.

동창 녀석에게 2차까지 사 먹이면서 여신을 데리고 나온다는 약속을 받아내었다. 그날로부터 이틀 뒤가 여신의 비번 날이다. 회전초밥집에서 맥주를 곁들여 저녁을 셋이서 먹었다. 여신은 기분 나쁜 표정까지는 짓지 않았다. 한마디 했다.

"동물원에 있는 사슴을 구경하듯이 나를 감상하고 가신 사나이군요. 매너가 왕매너는 아닌 분 같아요." 입을 삐죽이며 말했다.

나한테 미리 얻어먹은 게 있는 동창 녀석은 학교 다닐 때 나하고 제일 친했다고 말했다. 국어성적은 전교 일등이었고 시 낭송은 도맡아 한 감성 풍부-순수한 청년이며 평범하지만 비범한 면이 있는 친구라고 여신에게 나를 소개했다. 더 이상 떠벌일 태세였지만 냉수 잔을 들고 물을 마셨다. 잘못하다간 여학생 뒤꽁무니를 같이 따라갔던 일, 여러 번 시도한 끝에 하나는 성공하여 디스코텍에도 가보았던 일, 첫 키스도 해보았던 것 등 주책없이 말을 꺼낼 지도 모를 일이었다. 녀석은 남자치고는 말이 많은 편이었다. 얼른 자리를 뜨게 하는 것이 상책일 것 같았다.

"볼 일 다 봤으면 먼저 가 봐! 내일 내가 저녁 쏠게."

녀석을 보내고 나는 여신과 단둘이 되었다. 카페에서 아이스크림을 나눠 먹었다. 효과 있는 말만 골라 하려니 말문이 터지지 않았다. 여신은 받아만 치려는 수동적인 자세. 앞에 앉은 쌍은 어깨동무하고 개중에는 여럿이 보는 건 안중에도 없이 입을 빨아대는 쌍쌍도 있었다.

"여신 씨! 나 괜찮은 사내예요. 우리도 빨리 친해져 저 쌍들처럼 다정해지고 싶어요. 저는 세상에 태어나서 여자는 여신 씨가 처음이에요."

"호호, 거짓말 마세요. 오빠 하는 짓 보면 댁도 같았을 거예요. 비난하고 싶은 생각은 없어요. 그렇다는 것이지."

"우리 영화 하나 보러 갈까요? 프로는 영화관 앞에서 결정해요."

"그래, 좋아요."

카페 밖으로 나가는데 앉아있던 쌍 중에는 여신의 얼굴과 몸매를 힐끔힐끔 쳐다보는 사내도 있었다. 나는 기분 나쁘지 않았다. 나도 이 정도 여자는 데리고 다닐 수 있는 남자야, 야, 인마. 알았지? 그렇게 말하고 싶었다.

월남전 패망할 때의 참상과 군상들을 그린 '수애' 주연 영화였다. 청승맞은 연기에 나는 눈물을 찔끔했고 여신은 손수건으로 두 눈을 찍었다. 수애가 눈물 흘릴 때 나는 여신의 손목을 잡았다. 여신은 뿌리치지 않았지만 그렇다고 받아들인 것도 아니었다. 아주 조심스럽게 내 손을 들어 내 무릎에 돌려놓았다. 끝나기 직전 애틋한 장면에서 나는 손 잡기를 다시 시도했다. 이번에는 여신이 나를 바로 쳐다보면서 오른손을 저었다. 하지 말라는 뜻이다.

나는 조금 불안해졌다. 헤어질 때 애프터를 약속받아야 하는데 전조가 이상했다. 아니나 다를까 여신은 다음 약속에 대한 내 부탁에는 대답을 하지 않았다.

"댁은 친근감이 가는 남자예요. 시시한 남자 같지 않아요. 책임감도 있는 것 같고 거창한 칭찬이지만 영혼도 맑으신 것 같고… 나를 쫓아다니는 사람이 있어요."

"의사라는 사람 말이죠?"

"그것까지 뒷조사했어요? 무서운 분이군요. 좀 겁나네요."

"그런 게 아니라 오빠가 대충 여신 씨 사정을 얘기해준 것뿐이에요."

조건 좋은 남자가 다가오는데 여신으로서도 저울질할 수 있지. 여자의 일생이 달린 문제인데 왜 조건을 생각지 않을 수 있나?

그 이후로 나는 여신의 오빠하고만 어울렸다. 여신의 집에 놀러 가 자는 일도 많았다. 나는 컴퓨터 그래픽 자격도 있고 컴퓨터로 제법 그림도 잘 그린다. 여신의 오빠를 옆에 앉히고 가르쳐 주면 여신의 엄마는 웃음을 띠며 과일도 깎아오고 친절히 대했다. 그것도 얼마 가지 못했다. 내가 여신을 마음에 두고 있다는 걸 눈치챈 여신의 엄마는 나에 대한 태도를 냉랭하게 바꾸었다. 의사 사위를 맞고 싶은데 내가 방해될까 봐서임이 틀림없다.

 일주일 후 나는 약을 지으러 정신과의원에 갔다. 의사의 나이가 어린 것에 믿음이 덜 갔다. 그러나 일주일 치 지어준 약을 먹고 편두통도 가라앉고 꿈도 꾸었다. 사흘 후 다시 의원에 갔더니 약이 맞는다 생각했던지 의사는 한 달 분의 약을 지어주었다.

 전화를 하면 여신은 자다가도 받아주었다. 여신은 나의 목표이고 꿈이다. 경쟁 상대가 워낙 조건이 좋은 강적이라 싸움에서 이기리라는 자신은 없다. 질 때 지더라도 포기하지는 않을 것이다. 그렇다고 더 이상의 작업을 여신에게 걸고 싶지도 않았다. 어쩌다 남자친구들한테 답답한 마음이나 속을 들어 낸 일이 종종 있다. 여신은 내 잡담을 잘 받아주었다. 여신에게 일상사를 보고하고 상의하고 힘들다는 내 전화를 여신은 자기 나름대로 소화해 의견을 주고 위로했다. 답답한 웅어리가 풀려나갈 때는 쾌감과 함께 보람도 느꼈다. 여친은 남친과 다른 맛이 있구나. 행복감이 가슴에 젖을 때도 있었다. 말끝마다 여신에게 덧붙였다.
 '너도 나처럼 속에 있는 기 털어놔봐! 그날 일어났던 일 털어놔봐! 네가 고마워서 나도 갚고 싶어서 그래. 나 절대로 부담 주지 않을 거야. 네가 의사건 박사건 검사건 재벌에게 건 팔려간대도 나 질투 안 하려 노력할 거야. 그 치들이 스스로 떨어져 나가면 나는 너한테 달려갈 거야. 혹시 그 치들이 너를 힘들게 하면 내가 달려가 패줄 테니까. 너는 나의 여신이고 나는 너의 영원한 종이야. 네가 행복하게 사는 걸 보면 나 그때 너를 잊을게. 너 뒤엔 내가 있다는 걸 명심

하고 편하고 단순하게 살아.'

　여신과 나의 만남이 백 일째 되는 날이 크리스마스이브이다. 여신을 포기하기에는 내 마음속에 여신을 차지하고 싶은 욕망이 따리 틀고 있다. 아는 친구 중에 노래를 부르고 개그를 하는 애들이 있다. '멋진 밤' 제의는 그네들이었다. 여친 데리고 와! 밤새도록 놀자는 얘기였다. 첫눈이 내리는 날, 여신이 보고 싶어 헤살수로 여신을 전화로 불렀다. 개그맨인 두 녀석의 이름을 대니 여신은 안다고 했다. 언더그라운드 수준이지만 방송 매체에 한두 번 나온 걸 여신이 본 모양이다. 딴따라들과 만나면 재미가 있다. 재치도 있고 우스갯소리도 잘한다. 분위기를 띄울 줄도 알고. 술이라도 몇 잔 들어가면 술기운에 들어있던 속 재능이 다 튀어나와 재미를 더한다. 동석하면 시간 가는 줄 모른다. 여신은 순순히 나왔다. 두 녀석이 고정 출연하는 뮤직카페에 여신과 나, 그리고 두 녀석과 여친들 모두 여섯이 한자리를 했다. 손님이 일찍 끊긴 뮤직카페에서 폭탄주를 돌리며 흥을 돋웠다. 여신은 자연스레 분위기에 젖었다. 몸을 비틀고 노래도 불렀다. 서툰 솜씨였지만 나는 여신의 흐트러지는 모습을 처음 보았다. 나는 연신 웃어주었고 박수를 쳐주었다. 여신은 내가 뒤에서 지키고 있다는 안도감에 스트레스를 원 없이 풀고픈 마음인 것 같았다. 폭탄주는 남몰래 여신의 몫을 내가 대신 마셔 주었지만 여신의 얼굴은 맥주 몇 잔에 홍당무처럼 되었다. 두 시 넘어 나는 여신을 밖으로 불렀다. 미리 대기시켜 놓은 대리기사를 시켜 내 차로 집에 보냈다.

　여신을 품에 안고 싶은 욕심이 생겼다. 딴따라 두 녀석은 가평 쪽 펜션에 방

세 개를 예약했다고 했다. 여신더러 나오라고 또 따라오라고, 하면 미상불 그럴 것으로 나는 믿는다. 여신을 내 사람으로 만드는, 그것은 아주 좋은 생각이다. 떠오르는 여신의 몸매를 탐하니 군침이 넘어갔다. 생각이 깊어진다 싶다가 이내 나는 머리를 좌우로 흔들었다. 그렇게 해서 하룻밤 여신과 잔들 달라질 게 뭐 있을까. 여신에게 부담감을 주기 십상일 것이다.

여신은 그냥 친구야. 풀어주자. 그리고 잊자. 세상에 여자가 여신 하나뿐인가.

세상일은 참 모를 일이다. 염려하고 걱정하는 일 중에서 실제로 그런 사태가 벌어지는 것은 아니다. 기대한다고 다 이루어지는 것도 아니다. 실제로 염려되는 일이 생기기도 한다. 또 기대되는 일이 실현되는 경우도 있다. 어느 목사가 심심했던지 성인 1,600명을 상대로 추적통계를 냈다. 염려한 일을 실제로 당한 사람은 5% 미만에 그치더라는 것이다. 백에 아흔다섯은 쓸데없이 걱정하고 있다는 뜻이다. 그의 결론은, 염려하며 사는 것도, 기대하면서 사는 것도 다 부질없는 일이라는 것.

여신을 쫓아다니던 의사는 군의관으로 가 벽지진료를 하고 있다고 했다. 결혼식을 올리고 여신과 같이 가사고 제의했지만 여신 쪽에서 거절했다고 한다. 여신의 부모도 의사 사위 보다는 고생 안 시킬 평범한 신랑감을 찾기로 방향을 바꾸었단다.

이렇게 되자 여신의 부모 쪽에서는 나를 집으로 불러들여 음식을 정성껏 차려 먹였다. 내가 돌아갈 때는 '자주 들리라구, 있는 반찬에 숟가락 하나 더 놓으면 되잖아?' 웃음을 띠었다.

못 오를 나무같이 멀리 있던 여신이 금방이라고 따먹을 수 있는 복숭아가 된 격이다. 나는 생각에 잠겼다. 내가 여신을 사랑하는가, 여신은 나를 사랑하는가, 성격 차이는 어느 정도일까, 솔직히 말해 더 좋은 여자들도 만날 수 있을 것 같은데. 누러 갈 때의 다급함과는 달리 누고 나서의 여유로움-이건 분명 인간의 간사함이다.

저울질과 고심, 고비를 넘기고 나는 여신과의 만남 200일 만에 결혼했다.
여신이 행복해하는 모습을 보고 나도 행복을 찾았다. 살아보니 여신은 화성에서 왔고 나는 금성에서 온 것처럼 성격과 가치관의 차이가 컸다. 요즘은 꿈도 잘 꾸어지지 않는데 꿈은 모두 개꿈일 가능성이 크다고 하면 프로이트 아저씨가 화를 낼까? 죽은 아저씨가 나에게 따지러 올 리가 없을 것이다. 화를 내건 말건 나하곤 상관없는 일. 해몽은 거의 다 엉터리야, 하면 내 무식의 발로일까? 나는 이렇게 여신을 사랑하고 아들딸 낳고 잘 살았을까요? 그것참. 내 승용차 뒷좌석에 여자 스타킹이 벗어져 있는 것을 여신이 발견한 것이다. 전날 회식 때 뒷좌석에 타고 있던 여직원이 갑갑했던지 구멍이 났던 건지 벗어던져 둔 스타킹을 미처 치우지 못한 것이다. 다음날 나와 쇼핑하러 나가던 여신이 이를 발견하고는 모든 게 끝난 것처럼 난리법석을 떤 것이다.
"그리고 보니 당신 와이셔츠에서도 여자 향수 냄새가 나던걸. 이걸 어떻게 해석해야 하는 거지?"
내 눈을 똑바로 쳐다보면서 여신은 따졌다. 사실 아무것도 아니었다. 내가 부주의했을 뿐이었다. 사실 그 여직원과 내가 서로 호감을 갖고 있는 건 사실이다. 자유분방한 그 여직원은 유부남이 무슨 상관이야, 서로 말이 통하면 됐지, 할 정도이다. 나더러 자기 스타일이라고 우기는 여자이다. 어떻게 보면 가볍게 얘기하는 거로 볼 수도 있었다. 내가 조심할게, 별일 없었어, 다시는 그런 일 없을 거야! 했으니 거기에서 끝날 수도 있는 일이다. 애먼 꼬투리를 잡은 것이 여신의 핑계가 될 줄은 몰랐다. 나라고 못 할 줄 알고, 흥. 얼마 후 군의관 제대하고 병원에 근무하는 그 녀석을 만나러 다니는 여신은 핸드폰으로 오는 약속 문자를 지울 생각도 않았다. 꼬투리와 핑계의 상관관계였다. 여자와 산다는 게 이렇게 힘들구나. 내가 죽을 때까지 힘들면 어쩌나, 라는 생각에 밤잠을 못 이룰 때가 많아졌다. 잠을 자도 얕게 자니 꿈을 자주 꿨다. 밑도 끝도 없이 개망신을 당하기 일쑤였고 여신을 때리는 일도 있었다. 어떤 때는 그 녀석과 다투다가 칼을 휘둘러 피를 보기까지 했다. 꾸었다 하면 개꿈. 마음이 편치 않다. 약을 다시 먹어야 할까보다.

05

다섯번째 이야기
딸 이름은 주니

다섯번째 이야기

딸 이름은 주니

'아버지를 찾습니다.'

프랑스에서 온 한 혼혈 여성이 출연한 아침방송을 보며 그날따라 '주니' 생각이 났다. 추억의 저장고를 열어 앞쪽 것을 하나씩 치우고 안으로 들어가 본다.

네덜란드 헤이그에 도착한 후 처음 며칠간은 몰랐는데 난생처음 혼자 있어 보니 심심했다. 특히 타향살이의 밤은 시간 죽이기 힘들 정도로 길었다. 볼 책도 만만치 않았다. 공부는 9월부터다. 나의 지난 학창시절은 너무 정신이 없었다. 마음의 여유라곤 없이 코피 터지게 일해야 했고 시험 준비에 항상 바빴다. 내가 뭐 기계인가, 기회는 이때이다. 몇 달 놀아보자. 놀다가 지치면 그때 책을 봐도 늦지 않는다. 두세 달 놀다가 9월부터는 본격적으로 책을 파고들 거야, 라고 나는 마음먹었다.

고국에서 끊어온 유레일패스 석 달짜리 하나를 우선 꺼내 썼다. 기차가 가는 대로 내 몸을 맡기고 배낭을 낀 채 밤이면 좌석에 누워서 잤다. 관공서, 은행, 시장이 일찍 문을 닫는다. 사람들도 일찍 집에 들어간다. 우리와는 좀 다르다.

야간열차는 빈자리가 많아 다리를 뻗고 누울 수도 있었다.

 한 달간의 여행에서 돌아온 다음 날 나는 여왕이 산다는 헤이그 왕궁 앞 광장 건너편에 있는 영사관을 찾았다. 형식은 신고이지만 왔다는 인사를 해야 했다. 좁은 길에 빽빽한 건물 중의 하나를 찾기가 힘들어 영사관에 전화를 했다. 전화 받는 여자의 목소리는 독일어의 투박한 억양이 섞인 네덜란드 사람같지 않았다. 영어회화 테이프를 틀면 나오는 또렷하고 세련된 내레이션 목소리였다. 오른쪽 신호등을 바라보고 왼쪽으로 돌면 오른편으로 삼층 건물이 보입니다. 그 건물 오른쪽으로 끼고 한 번 더 돌면 4층 빨간 벽돌집이 저희 영사관입니다. 바로 앞 4층 건물이 나이지리아 대사관이고 그 옆이 프랑스 대사관입니다. 그 건너편 집입니다, 라고 친절하고 자세하게 설명하였다. 나는 손짓 발짓이 없는 영어는 알아듣기 힘들었다. 귀로만 듣는 영어는 감을 잡기가 힘들었다. 이곳 겨울이 따뜻하다고 하나 봄여름에는 안개비에도 옷이 적신다. 하늘을 쳐다봐야 태양은 얼굴을 감추고 잘 내밀지를 않는다. 북조선인민공화국 영사관 정문 앞까지 갔다가 놀라서 도망 나와 식은땀을 흘렸다. 겨우 프랑스 대사관을 찾은 후에 길 건너 한국대사관을 찾을 수 있었다. 한국영사관의 경비가 서 있는 이중 유리문을 열고 들어가니 바로 보이는 앞 책상에 앉아 컴퓨터를 두드리고 있던 여자 셋 중 하나가 얼굴을 돌려 나를 쳐다보았다. 하얀 얼굴에 큰 눈을 하고 눈알이 파란 게 인상적이었다. 미스터 키, 하면서 반기며 자리에서 일어났다. 하이힐을 신고 내 앞에 다가와 손을 내미는 여자의 눈높이가 나와 비슷했다. 긴 머리카락은 금발에 갈색이 약간 섞였다. 몸에 달라붙게 입은 블라우스 때문인지 몸매가 두드러졌다. 나이는 몇 살쯤 되었을까 하고 생각해 보았다. 외국 여자들

나이 알아맞히기가 쉽지 않다. 웃기를 잘하는 여자들이 그렇듯이 눈가에 잔주름이 많이 잡혔지만 기미 없이 팽팽한 피부로 보아 서른은 안 돼 보였다. 이름이 웬디라고 자기를 소개하면서 오른손을 나에게 내밀었다. 젊은 여자의 손은 따스하고 부드러웠다. 미소 짓고 상냥한 여자의 모습을 가까이해본 지 오래여서인지 웬디의 모습에 친근감을 느꼈다. 살아오면서 여자의 눈을 많이 봤지만 눈동자가 새파란 것은 확실히 인상적이었다. 부끄럼 없이 눈을 계속 맞췄다. 첫 눈길이지만 두 팔 벌리면 안길 수 있을 것 같은 착각이 들 정도로 정다웠다. 내 얼굴의 근육도 풀어져 미소를 짓는다는 게 입이 헤 벌어져 가지런하지 않은 내 이가 드러났다. 미스터 키, 웃는 모습 보기 좋아요. 한국 사람들 소탈하고 친절해서 좋아요. 웬디가 소리를 내 웃으며 나에게 말을 붙였다. 방안에 있던 영사가 마침 할 일 없이 앉아 있다가 밖의 웃음소리가 궁금했던지 얼굴을 내밀었다. 굵은 테 안경을 끼고 인상 좋은 웃음을 띤 영사가 나에게 다가왔다. 날씬한 체격에 딱 맞는 양복을 입고 외교관다운 세련미가 몸에 배었다. 영사의 목소리는 여자처럼 가늘고 부드러웠다. 말 상대가 없는데 잘됐다 싶었다. 심심하면 찾아와 놀다 가리라 내가 마음먹고 있는 차였다. 김 영사와 웬디가 자주 놀러 오라고 말해주니 앞뒤가 맞았다. 영사관의 한가한 참을 맞아 나는 이 얘기 저 얘기 참고삼아 듣고 유학생 명단을 얻어 나왔다. 바쁠 것 없어 걸어오면서 헤이그 중앙역을 거쳐 재래시장인 호프 마켓에 들렸다. 닭 다리 두 개와 김치 담글 양배추와 빨간 무를 조금 샀다. 숙소를 가기 위해 HS 역을 지났다. 유리 창안의 여자들이 야한 치장을 하고 지나가는 남자들에게 손짓을 했다. 대낮인데도 여자를 찾는 남자가 많은가 보다. 천 년 된 고풍스러운 스피노자 거리의 끝, 돌을 깎아 박은 길옆에 숙소는 자리했다. 돌아와 3층을 거쳐 올라가려니 일찍 퇴근한 주인 리즈가 계단을 청소하고 있었다. 환갑을 넘기고 혼자 사는 아줌마인데도 직장을 다니고 있었다. 혼자 사는 딸 마티와 3층을 같이 쓰고 있었다. 미스터 키, 안녕. 쿠엔도 학교에 갔다 왔어. 어서 올라가 봐, 했다. 쿠엔은 인도에서 온 유학생이다. 여름이면 후진국개발에 대한 연구로 석사학위를 받고 고국으로 돌아갈 예정인 멋쟁이였다. 키는 작은 편이지만 콧수염까지 기른 게 영화 '닥터 지바고'의 남자 주인공처럼 생겨 가지고 표정도 그럴 듯했다. 유창한 영어를 구사하는 굵고 잔잔한 목소리는 여자들의 마음을 간질이기 알맞았다. 웰, 하면서 양손을 벌리며 여유를 부린다든지, 미소 지은 얼굴로 눈을 가늘게 뜨며 유머를 섞어 재치를 부린다든지, 만나면 손을 들어 반가움을 표시하며 살짝 껴안는다. 깨끗이 다려 입은 와이셔츠에 붉은 색조의 넥타이를 맨 정장 차림이 어울렸다. 자기 의견을 밝힐 때 말고는 아, 그래, 그렇지, 맞아 맞아 하면서 상대가 하는 얘기에 맞장구치면서 들어준다. 상대방은 신이 나서 자기 얘기에 빠져 버리곤 한다. 남의 얘기를 끝까지 듣는 재주가 있는 쿠엔은 누가 봐도 프로 세일즈맨이나 외교관 출신일 것으로 생각하게끔 한다. 항상 웃음을 띤다. 먼저 하라고 한 손을 앞으로 내밀며 사양한다든지 아무튼 상당히 세련된 친구였다. 하루 종일 머리를 끄덕이라면 끄덕이고 온종일 미소를 지으라면 그러고 있을 사람 같았다. 공부도 잘하는 것 같았지만 옷도 잘 다려진 양복을 주로 입었다. 부드러운 목소리로 말도 잘했다. 공부한 만큼 유식했다. 4층 15평 정도 되는 다락을 가운데 공동 거실로 했다. 계단 쪽 방 하나는 쿠엔이 쓰고 안쪽 방은 내가 썼다. 나중에 암스테르담에 가서 본 안네 프랑크가 숨어 지냈다는 4층 다락방이 꼭 이랬다. 비가 지붕을 때리면 빗소리가 방음이 되지 않은 채로 들려왔다. 울적한 날 비가 오면 지붕을 때리는 소리는 가슴을 저며왔다.

내가 온 지 한 달 때쯤 지나선지 쿠엔이 날 밖으로 불러내었다. 술이라도 한잔하자는 것이겠지 하고 가볍게 따라 나갔다. 큰코다칠 뻔했다. 공원으로 데리고 가는 것이었다. 다짜고짜 주인집 딸 마티를 어떻게 생각하느냐면서 눈을 부라리는 것. 항상 미소 짓던 얼굴만 보다가 찡그린 얼굴로 변해 달려드니 순간 섬뜩했다. 죄진 게 없으니 담담했지만 봉변당할지도 모른다는 생각에 나는 긴장했다. 무슨 뜻인지 뒤늦게 알아차린 나는 장난기가 발동했다. 나는 마티 같은 스타일 좋아한다, 마티도 나를 좋아한다고 말했다가 주먹으로 턱을 맞았다. 멱살을 잡는 쿠엔의 일그러진 얼굴을 보고 나는 웃음을 참지 못했다. 야, 이놈아 '퍽' 할 생각 좀 참고 공부나 열심히 해, 짜샤, 라고 '나는 한국말로 뇌까렸다. 알아듣지 못하고 나를 쳐다보는 쿠엔에게 진지하게 영어로 말해주었다. 너도 알다시피 그 여자 이혼녀야, 너보다 나이가 많고 인도에 돌아가면 젊고 예쁜 여자 많을 거 아냐? 어렵게 얻은 기회 놓치지 말고 공부나 열심히 하라고 타일렀다. 쿠엔은 일 년 넘게 묵으며 밤에는 리즈와 마티가 있는 3층에 내려가 차와 과자를 먹으며 얘기하다가 돌아오곤 했다. 마티에게 정이 든 것이다. 나는 마티에게 관심 없어, 마티는 내 스타일이 아니야 이왕이면 젊고 예쁘고 상냥한 여자를 사귀지 마티는 내 스타일이 아니야!, 마티는 너한테 따뜻하게 대하지만 널 이성으로 보는 것 같지 않아, 라고 말해주었다. 덧붙여서, 너한테 대하는 친절은 동정 섞인 따뜻함이지 애정은 아닌 것 같아, 얘네들 가난한 아시아인인을 배우자로 할 생각 전혀 없는 것 같아' 라고 말했다. 네가 마티와 한 번 잘 수도 있겠지만 자고 나면 너는 빠져 헤어 나오는데 상처 많이 받을 것 같고 마티는 강물 지나간 것처럼 아무렇지도 않게 생각할 거야, 틀림없다니까, 내 진심이었다. 서양여자들에 대한 호기심이 나에게도 있지만 마티처럼 키가 머리만큼 차이지게 큰 여자는 사양할 것이다. 마티처럼 체격이 큰 여자는 더더욱 싫다고 쿠엔에게 얘기해주었다. 아무래도 사이즈가 맞지 않을 것 같다는 생각을 나는 하고 있다. 쿠엔은 학교에서 현장실습인 필드워크로 가는 단체여행 말고는 여행 한 번 하지 않고 절약했다. 밥 먹고 학교로 달려갔다가 바로 숙소로 돌아와서는 밥해먹고 책상에 앉아 책을 들추는 게 쿠엔의 평상시 일과였다. 장학금으로 보조를 받는 숙식비와 책값도 아끼며 저축한 쿠엔은 마티에게 선물 사주고 식사하고 춤추러 다녔다. 통장의 잔고를 바라보는 쿠엔의 표정이 어두웠다. 다 털어먹지 말아야 할 텐데, 나는 남의 일 같지 않게 안타까웠다. 마티가 자기에게 거리를 둔다고 짜증 내며 다툰 쿠엔이 도움을 요청하면 나는 마티를 불러 쿠엔의 순정을 전달해 주었다. 마티의 엄마 리즈는 둘이 사귀는 걸 눈치채고는 쿠엔을 집에서 내보낼 생각까지 한다고 했다. 사랑이 무슨 죄냐? 국경도 없는 게 사랑이라는데. 사랑에는 '적당'이나 '중용'이 통용 안 된다. 푹 빠져야 사랑이고 가슴 아파야 사랑이다. 안됐다 싶었다. 쿠엔을 그냥 내보내면 정신적 충격이 클 거라고 생각한 마티는 쿠엔이 공부를 마치고 돌아갈 때까지 집에 돌아오지 않을 생각도 하는 것을 마티의 친구 수지에게서 들었다. 제발 정신 차리고 공부나 하라고 내가 다시 타일렀지만 쿠엔은 말을 듣지 않았다. 세발 정신 좀 차려라, 소리도 질러봤지만 소용없었다. 내가 개입할 상황이 안돼 나는 손을 떼었다. 나는 나대로 사진 찍고 여행 감상 쓰기에 바빴다.

찌푸린 날씨에 눈발이 조금 날리는 며칠 후 저녁, 마티와 쿠엔이 한참을 다투었다. 마티는 달래고 쿠엔은 사정하는 투였다. 드디어 귀찮게 하지 말라고 마티가 쿠엔의 뺨을 때렸다. 마티의 엄마인 리즈가 쿠엔에게 방을 빼달라고 소리치며 선불로 받은 방값을 쿠엔에게 내 던졌다. 마티는 친구 수지한테 간다며 집을 나갔다. 다음날 마티가 퇴근할 시간에 쿠엔은 회사에 전화를 걸었다. 마티는 당분간 회사에 나오지 않는다고 했다. 아직 수리되지 않았지만 사표를 냈다고 덧붙였다. 마티와 회사가 짜고 하는 짓이라는 생각이 들었다. 쿠엔은 더 이상 회사에 전화를 하지 않았다. 퇴근 무렵 회사 앞에서 마티가 나오기를 쿠엔이 기다렸으나 헛수고였다. 다음날 쿠엔은 불쑥 마티의 사무실에 찾아 들어갔다. 마티의 책상이 비어있었다. 쿠엔은 숙소에 돌아와 울었다.

나는 문득 웬디 생각이 났다. 보고 싶으면 영사관에 찾아가면 되었다. 그 안에 학교 소강당에서 고국으로 돌아가는 졸업생 환송연이 있었다. 그 자리 초대된 김 영사와 웬디를 한 번 만나 가볍게 인사한 일은 있었다. 여럿이 같이 만나는 날이라 간단한 인사말 말고는 얘기를 나누지 못했다. 록 밴드 소리와 떠드는 소리에 옆 사람의 얘기를 들으려면 귀를 가까이 댈 수밖에 없었다. 나는 옆 사람의 얘기를 들으면서도 웬디를 쳐다봤다. 눈도 깜박이지 않고 웬디를 뚫어지게 쳐다보았다. 내가 웬디에게 관심을 갖는 걸 남들이 눈치챌까 봐 시선을 피했다가 다시 쳐다보곤 했다. 내가 왜 이래? 젊은 남자가 젊은 여자를 한번 안아보고 싶은 게 뭐 잘못인가? 한번 잘 수도 있는 거지, 뭘, 그렇게 생각하다가도 웬디에게 직접거리는 남자들 많을 텐데, 나한테 그런 기회가 올까? 키 크고 좋은 직업을 가진 서양 남자들도 많을 텐데. 내가 무슨 복 있는 남자라고 파란 눈의 예쁜 여자를 품에 안을 수 있을까, 에이! 조금만 더 놀다가 공부나 해야지, 혼자 말하고 혼자 대답하며 나는 머리를 흔들었다.

　김 영사는 만날 때마다 예의 미소 진 얼굴로, 찾아간 나를 맞아 주었다. 장미 꽃다발을 건네주면서 나는 웬디에게 미소 지었다. 차 한 잔 얻어 마시고 날씨가 좋다, 일이 많은가 등 알맹이 없이 가벼운 얘기만 하다가 영사관을 나왔다. 진한 말을 걸 분위기가 안 되었다. 얼굴을 맞대고 하기에는 수줍었고 딱지라도 맞을까 겁났다. 밖에 나와 핸드폰을 꺼내 웬디에게 걸었다. 얼굴을 마주할 때보다는 훨씬 용기가 났다. 아직 웬디의 핸드폰 번호를 몰라 영사관 전화번호를 찍었더니 웬디가 받았다. 이름도 대지 않았는데 여보세요 하는 내 목소리를 알아들었다. 웬디는 목소리의 톤을 높이며 반겼다. 토요일에 약속이 있느냐고 나는 물었다. 웬디는 어머니가 있는 북쪽의 베르겐에 간다고 했다. 그러면 할 수 없지, 나는 웬디하고 영화를 보고 저녁을 먹고 춤추러 가고 싶어서 들렸는데… 말끝을 흐렸다. 만남을 거절하는 것으로 순간 알아들은 내 목소리가 기어들어갔다. 잘 갔다 오라고 하며 내가 전화를 끊으려 하자 잠깐만! 하고 웬디는 금요일 저녁엔 괜찮다고 말했다. 헤이그 북쪽 대서양 방향으로 나체 수영족과 카지노로 유명한 스케브닝센의 쿠라우스 내식당이 있다. 나는 금요일 저녁 다섯 시 예약을 했다. 면도하고 양치질을 했다. 빨간 넥타이 차림으로 나는 쿠라우스에 도착했다. 대서양(여기 사람들은 북해라 부른다)을 향해 탁 트인 바다에는 섬 하나 없이 넓고 푸르기만 했다. 해안가에 수백 대의 요트가 쏭부니에 각국의 깃발을 펄럭이며 정박해 있는 것이 창 아래로 부터 나게 보였다. 내다보이는 양옆으로 해안을 따라 활처럼 굽은 도로가 끝없이 이어진다. 차들이 양방향으로 움직이고 있고 뭍 쪽으로는 별장, 카페와 모텔들이 예쁘게 늘어섰다. 내 앞에 웬디는 즐겨 입는 블라우스를 색깔만 다르게 하고 나와서 미소를 지었다. 나는 관객 앞의 광대 같은 몸짓으로 웃기는 소리를 많이 했다. 웬디는 내가 한없이 귀엽다는 듯이 많이 웃어주었다. 웬디는 런던에 살던 그녀의 엄마 모니카가 네델란드인 새 남자를 만났다고 했다. 바닷가인 베르겐으로 같이 이민 와 카페를 겸한 모텔을 하는 그들 부부의 생활과 김 영사에 대한 얘기를 주로 했다. 시간은 금방 흘렀다. 이렇게 레스토랑에 나와서 둘은 해님의 머리끝이 거의 수평선에 닿을 무렵 바닷가를 거닐었다. 웬디가 내 팔짱을 낀 앞으로 많은 쌍쌍들이 시시덕거리며 지나갔다. 날이 추워 벌거벗고 수영하는 사람들은 없었다. 빨고 핥고 끙끙대는 남녀들은 옆에 누가 있는지는 전혀 신경 쓰지 않았다. 화제는 영국, 네델란드 그리고 한국을 넘나들며 웬디와 나는 많은 얘기를 나누었고 시간도 많이 흘렀다. 웬디는 그만 돌아갔으면 했다. 그녀의 엄마한테 가기 위한 여행준비를 웬디는 하고 싶은 모양이었다. 웬디의 딱정벌레 승용차를 타고 내 숙소인 HS 역을 향했다. 30분 거리가 왜 이렇게 짧은지 거의 다 와 버렸다. 공원 앞에 잠깐 차를 세우라고 나는 웬디에게 말했다. 웬디가 차를 세우고 주위가 한적함을 확인한 나는 머뭇머뭇 말을 꺼냈다. 웬디를 쳐다보며. 웬디가 나를 말끄러미 바라보았다. 웬디, 나 오늘 밤 당신과 함께 있고 싶어. 아무 말 않고 나를 쳐다보는 웬디를 향해 다시 한 번 얘기했다. '나 오늘 밤 당신과 함께 지내고 싶어.' 한참 동안 눈을 깜박거리던 웬디의 표정이 굳어졌다. 파란 눈알을 뱅글뱅글 돌렸다. 한국에서도 그랬니? 여자와의 첫 만남에서 같이 자자고 그러니? 영화하고는 달라! 하고 언성을 높였다. 순간 나는 움찔했다. 한국 남자 망신을 내가 다시키는 거구나, 창피해 얼굴이 벌게졌다. 미소를 짓던 웬디의 얼굴만 박혀있는 내 머릿속이 순간 혼란에 빠졌다. 말을 더듬거리고 할 말의 초점이 잡히지 않았다. 아니, 그게 아니고-, 당황하다가 마음을 추슬렀다. 나는 웬디의 두 손을 잡았다. 그렇게 받아들인다면 미안해! 내 뜻은 그게 아니야, 나는 웬디를 좋아해, 정말이야. love라는 단어는 못 쓰고 like를 썼다. 너도 나를 좋아하고 있어, 그렇지? 나의 얘기에 웬디는 가만히 눈만 깜박였다. 내가 웬디를 분명히 좋아하지만 사랑하는지는 내 마음을 나도 몰랐다. 아직. 다소 가라앉은 웬디는 더 이상 파란 눈동자를 굴리지 않았다. 나는 다가가 웬디의 입술에 내 입술을 가볍게 댔다. 눈을 감은 웬디는 가만히 있었다. 입술을 밀착시키고 웬디의 몸을 껴안았다. 오른손으로 웬디의 왼쪽 젖가슴을 만지며 나는 입술을 빨았다. 웬디는 빠져 들어왔다. 웬디의 풍만한 젖가슴은 돌기가 딱딱해졌다. 나는 만지다가 빨고 얼굴을 젖가슴에 비벼댔다. 세상 부러울 것이 없었고 다른 생각이 나지 않는 황홀경이었다. 나는 참기가 힘들어 숨을 헐떡거렸다. 영화에서의 클라이맥스처럼 하고 싶었다. 웬디도 온몸을 부르르 떨었다.

별일도 많다. 웬디가 조금 전에 눈동자를 굴리던 파란 눈알이 갑자기 떠올라 섬뜩한 기분이 되었다. 웬디의 몸에서 노린내가 풍겼다. 힘차게 커졌던 나의 돌기가 오그라들었다. 아니 이럴 수도 있나. 이렇게 좋은 찬스에 섬뜩한 상념은 왜 스쳐 지나가는 것인가. 평소에는 신경 안 쓰이던 노린내가 하필 결정적일 때 내 코를 자극하는 것인가. 딜라붙어 있는 웬디를 나는 떼 내었다. 잘 갔다가 와요, 엄마한테 잘 해드리고. 나는 스페인에 갔다가 올게, 하며 떨어진 웬디의 입술에 가볍게 내 입을 갖다 대었다. 웬디는 침이 묻은 입을 헤 벌리면서 숨을 가다듬으며 아쉬워하는 표정이었다. 나는 차에서 내리고 웬디를 보냈다.

쿠엔은 여전히 끙끙대며 수업도 몇 번 빠졌다. 마티는 휴가를 얻어 수지와 노르망디 쪽 해변에 갔다. 웬디는 베르겐에 엄마를 만나러 갔고 나는 파리에 내려왔다. 다시 리옹을 거쳐 마드리드에 왔다. 몇 군데 들러 시간을 보낸 다음 바로 바르셀로나행 야간열차에 올라타 포도주를 몇 병 비웠다. 자리가 빈 이등칸에서 통로 문을 닫고 배낭을 베개로 삼고 잠을 청했다. 러닝셔츠에 달아맨 호주머니가 신경 쓰였다. 묵직해 부담스러운 데다가 끝이 맨살에 찔려 거북했다. 카드와 유레일 패스만 속주머니에 남겨놓았다. 여권과 핸드폰을 가방에 옮겨 넣고 지퍼를 닫았다. 가방을 머리에 베고 엎치락뒤치락하면서 이 생각 저 생각 하다가 잠이 들었다. 모포를 뒤집어쓴 잠결에 섬뜩하여 눈을 뜨니 문이 열려 찬바람이 들어왔다. 문고리는 원래 없었는데 많이 닳아 발차할 때는 문이 잘 열렸다. 종이를 말아 문틈에 끼고 다시 잠을 청했다. 섬뜩하면 문이 열려있어 몇 번을 깨다가 억지로 잠에 떨어졌다. 창이 밝아지면서 통로에 사람들이 지나다니기 시작해 일어났다. 어! 이런! 베개 삼았던 배낭이 없었다. 신발을 꿰차고 밖으로 뛰어나갔다. 문밖 조금 떨어진 통로 바닥에 배낭이 떨어져 있었다. 가방에 발이 달린 것도 아니고 이상했다. 배낭의 지퍼가 끝까지 열려 있었다. 핸드폰과 카메라가 없었고 아무리 찾아도 여권이 보이지 않았다.

그렇게 돌아다니면서도 도둑질당한 일이 없었는데 드디어 스페인에서 당한 것이다. 카드와 패스 두 장은 가슴주머니에 고이 넣어두었다. 핸드폰과 카메라는 새 걸로 바꾼다고 해도 당장 여권이 문제였다. 하필 토요일 아침이었다. 비상 연락망을 통해 바르셀로나영사와 연락이 되었다. 임시 여권을 만들어 달라고 했더니 영사는 소리소리 지르며 짜증을 냈다. 일요일 저녁에야 여행에서 돌아가니 그때까지 기다려야 한다는 것이다. 학생이면 공부나 하지 쓸데없이 왜 돌아다니며 귀찮게 하느냐는 짜증을 들었다. 주말여행을 방해하지 말고 기다리라고 했다. 결국 월요일 아침까지 기다려야 했다. 칸을 거쳐 로마로 가려던 계획을 포기해야 하는 아쉬움보다는 주말을 죽치고 기다리는 게 무료했다. 스냅사진 두 장을 갖고 바르셀로나 영사관에 갔다. 한 차례 더 훈계를 듣고 영사로부터 임시 여행증명서를 받았다. 여행지는 바르셀로나에서 네덜란드까지로 한정했다. 더 이상 군소리 않고 나는 역으로 바로 가 기차에 올라탔다. 아비뇽에서 하루 자고 다음, 다음날 새벽 숙소에 도착했다. 문 앞에 마티의 자전거가 없는 걸로 보아 아직도 마티는 돌아오지 않은 모양이었다. 계단을 조심스레 밟고 3층을 거쳐 4층 숙소로 올라갔다. 쿠엔의 방에 불이 켜져 있었다. 미친 자식, 아직도 잠을 못 자고 끙끙대는구나, 라고 나는 혀를 끌끌 찼다. 내 발자국 소리를 듣고 쿠엔이 방문을 열고 나왔다. 굿모닝, 미스터 키, 오랜만이야, 여행은 즐기웠어? 하며 멋쩍은 웃음을 띤 얼굴로 나를 반겼다. 쿠엔의 방안 책상에는 스탠드가 켜져 있고 책 옆에는 노트북이 켜져 있었다. 공부하는구나, 라고 내가 물었더니 논문 준비하고 있어, 라고 쿠엔은 대답했다. 잘했어, 아주 잘했어, 하고 나는 쿠엔의 어깨를 두들겨 주었다. 더 이상 리즈는 쿠엔에게 방을 비우란 얘기를 하지 않았다. 마티는 여름에 쿠엔을 위한 귀국송별회가 있기 전날까지 집에 들어오지 않았다. 쿠엔이 떠나기 전날에 얼어준 송별회에서도 마티와 쿠엔은 아무렇지도 않은 듯 웃고 떠들었다. 아프고 거북스러웠을 속마음을 그들은 겉으로 티를 내지 않았다. 영원히 만나지 못할지도 모르는 헤어짐에도 담담

했다-겉으로는. 쿠엔이 돌아간 후 보내온 인사 편지는 리즈와 나에게는 엽서로 대신했다. 그동안 고마웠고 기회가 닿으면 인도에 들르라는 것과 직장에서 열심히 일하고 있다는 간단한 내용. 마티한테 편지를 보내왔는데 두터웠다. 뭐라고 썼는지 마티는 얘기하지 않았다. 그 이후로 우리들은 쿠엔을 더 이상 화제로 삼지 않았다.

 책을 좀 봐야지, 마음만 그랬지 내 손에 책이 잡히지 않았다. 빈둥빈둥 댔다. 여권을 재발급받을 핑계도 있어 영사관에 갔다. 들어서는 내 얼굴을 힐끗 쳐다보는 웬디의 얼굴에 웃음이 가시고 찬바람이 돌았다. 다가가 사진과 임시 여권을 내밀며 자초지종을 얘기했다. 말하는 나를 시종 쳐다보지 않고 아무 말 없이 웬디는 듣고만 있었다. 내 얘기를 다 듣고 난 후 웬디는 영사실에 들어갔다. 나오더니 웬디는 나와 시선을 맞추지 않았다. 나더러 손가락질로 영사실로 들어가라고 했다. 문을 열고 들어갔더니 의자를 빙글빙글 돌리고 앉아있는 사람은 김 영사가 아니었다. 김 영사님은요? 놀라서 묻는 나에게 김 영사는 본부로 발령 났다고 하며 자기는 후임자인 박✽✽이라고 했다. 의자를 빙글빙글 돌리면서 박은 나더러 자리에 앉으란 말도 하지 않았다. 그리고는 대뜸 두꺼운 A4용지를 4등분으로 접어 여행증명서라고 쓴 걸 나에게 주며 공부를 하러 왔으면 공부나 열심히 해요, 국민 각자가 자기 본분을 지켜야 나라가 유지되는 것 아닙니까? 했다. 고압적이라기보다는 훈계조였다. 네, 잘 알겠습니다. 귀찮게 해드려 미안합니다. 고맙습니다, 라고 나는 고개를 몇 번 숙였다. 밖에 나와 여행증명서를 펼쳤더니 여행지는 네덜란드에서 서울까지로 되어있고 중간 경유지 난이 빈칸이었다. 막 바로 귀국해야지 중간에 들리는 건 안 된다는 뜻이다. 여행을 금한다는 얘기와 같았다. 나는 박에게 뛰어들어갔다. 박은 거만하게 턱만 살짝 올리고 나를 쳐다보았다. 박에게 왜 여행을 제한하느냐, 이러면 안 된다, 고 나는 따졌다. 자국민을 보호하고 자국민이 본분을 잊지 않고 행동하도록 지도 편달할 수 있는 권한이 영사에게 있다고 박은 대꾸했다. 배울 만큼 배우고 알 만큼 아는 사람입니다, 내 할 일은 내가 알아서 합니다. 자국민 어쩌고저쩌고 애들 다루듯이 하는 속내가 뭡니까? 이러시면 나 대사님에게 얘기할 수밖에 없습니다. 내 얘기를 들은 박이 발끈했다. 앉아만 있던 자리에서 벌떡 일어났다. 배웠어? 나도 배웠어, 배운 사람이 공부하러 와 놀러만 다녀? 뭐, 대사님에게 고자질하겠다고? 맘대로 해! 자국민의 여행지 제한은 영사의 권한이야, 당신 하고 싶은 대로 어디 해봐! 하면서 박은 밖에 있는 경비를 불렀다. 정복을 한 경비에게 나를 데리고 나가라고 했다. 끌려나갈 수는 없어 할 수 없이 내 발로 걸어 나왔다. 힐끗 쳐다본 웬디의 표정이 묘했다. 한두 마디로 설명할 수 없는 마음의 변화가 웬디의 표정에 담겨있었다. 공부하러 온 작자가 공부는 하지 않고 건들거리며 외국 여자나 섭렵하러 다니는 건달이 국익에 무슨 도움이 되겠나, 나라 망신이어요, 영사님! 저 친구 혼내세요. 웬디는 그렇게 박에게 일러바쳤는지 모른다. 박은 내 첫인상을 나쁘게 본 면도 있을 것이다. 박은 샘이 많은 데다가 권위의식에 젖어있는 사람이라는 생각이 들었다. 그런데 웬디는 나한테 가슴을 비비며 달라붙을 때는 언제고 야멸차게 돌아서는 것은 또 뭐람? 왜 돌변했을까? 예쁘게 미소 짓던 표정이 한순간 쥐 잡는 고양이 얼굴이 되어. 몇 년이 지난 지금도 여자의 그런 마음을 나는 헤아릴 수가 없다. 여자를 새로 만날 때는 '변덕'을 각오하고 한 발 뒤로 물러서서 방어 자세를 취하는 것이 내 습관이 되었다.

물론 나는 아주 물러서지 않았다. 그후 주말 웬디가, 엄마가 있는 베르겐에 갈 것 같다는 정보를 영사실의 다른 여직원한테 전해 들었다. 나는 세 번을 찾아가 베르겐 모텔에 묵었다. 모니카 옆에 바싹 붙어 넉살 좋게 말을 붙였고 선물로 정성을 보였다. 나에게 모니카의 환심을 사는 기회가 왔다. 웬디를 파도가 치는 바닷가에 데려가 달래고 있었다. 사내들 셋이 옆을 지나가다가 손가락을 쑥 내밀며 야풍, 야풍(일본 놈) 하면서 우리를 놀렸다. 내가 쫓아가 한 놈을 붙들었다. 체격은 컸지만 십 대로 보였다. 주먹으로 몇 대를 갈긴 후 돌려보냈더니 얼마 후 얻어맞은 녀석이 경찰 백차를 타고 왔다. 베르겐 파출소에 가서 조서를 꾸몄다. 웬디와 모니카 그리고 남편인 새 아버지가 파출소로 와 변론했다. 욕을 하고 놀린 것도 폭행이며 외국인에 대한 모욕은 인종차별이라고 주장했다. 얻어맞은 녀석이 진단서를 떼어왔지만 가벼운 찰과상에 불과해 경찰은 각서를 받고 나를 풀어주었다. 그후 모니카는 나더러 용감한 한국인이라고 치켜 주며 나를 거들었다. 조용히 웬디를 밖으로 불러냈다. 조명에 비추이는 물거품을 보면서 나와 웬디는 벤치에 붙어 앉았다. 차 안에서 껴안았을 때의 분위기처럼 나는 다시 웬디를 끌어안을 수 있었다. 노린내를 걱정했지만 괜찮았다. 그러나 웬디가 왜 박 영사에게 나를 나쁘게 고자질했는지, 물어보지 못했다. 언제 또 웬디가 파란 눈알을 굴리며 변덕을 부릴지 몰라 나는 항상 조심조심 대했다. 내가 조심하는 것과는 달리 웬디는 나에게 다가오는 느낌이었다. "키와 나를 반반쯤 닮은 딸 애를 낳으면 얼마나 이쁠까? 안 그래, 키." 나는 대답을 하지 않고 웬디의 입술과 젖가슴만 찾았다.

스히키폴 공항에 따라온 웬디는 넋이 나간 듯 어깨를 늘어뜨리고 말을 못하고 있었다. 나는 오른손에 귀국 여권과 비행기 표를 들고 왼팔을 웬디의 어깨에 올렸다가 내리고는 그녀의 오른손을 꼭 잡아주었다. 고국에 돌아가면 자리를 바로 잡을 수 있을까, 가봐야 안다. 웬디가 원하는 대로 내가 이곳에 주저앉으면 내 앞길은 어떻게 되나? 나는 눈을 감고 깊은 생각에 빠졌다. 웬디와의 결혼 생활을 상상하는 것이다. 딸을 낳으면 이름을 주니라 붙인다고 생각하는 것이다.

웬디와 나는 성당에서 가족은 물론 이웃과 친구들까지 초대해 성대히 결혼할 수도 있다. 가족이 많지 않은 대부분의 소시민처럼 시청에서 시장을 주례로 모시고 가족 몇 명만 함께 자리한 결혼식을 올린다. 신혼여행은 나와 웬디가 교대로 운전하며 웬디가 좋아하는 지중해변으로 차를 몰고 간다. 잠은 파리에서 한번, 아비뇽에서 한번, 마드리드에서 한번, 바르셀로나에서 한번. 다음날부터는 칸에서 싫증 날 때까지 묵는다. 여행에서 돌아와 집에 돌아온 날은 둘이서 퍼질러 짐을 진다. 집온 우선 웬디가 살던 4층 방 두 개짜리 다락방을 쓰기로 하다. 쿠엔과 내가 쓰던 방과 구조가 비슷하다. 시청에서 결혼식을 올리면 바로 결혼 신고가 된다. 바로 영주권을 신청한다. 시간은 걸리겠지만 언젠간 나오겠지. 다음날 정오를 넘겨 일어난다. 기피와 빵 조각으로 아침을 때운 우리는 여행하면서 모은 기념품을 침대에 늘어놓는다. 이거는 모니카와 그 남편, 이거는 수지와 캔디 거, 이거는 미스터 드보르 거, 하면서 하나씩 줄 선물을 골라 봉투에 넣는다. 어두워지기 전에 우리 둘은 시장과 백화점을 돌아다닌다. 손님들 치를 음식 거리를 준비한다. 칠면조라도 한 마리 빙빙 돌려 바비큐 해서 내놓으면 좋겠는데. 야외 잔디나 테라스가 없어 스테이크와 연어를 구워 내놓기로 한다. 포도주와 위스키 한 병씩과 샐러드용 채소를 산다. 빵은 냉장고에 있는 걸 쓰면 된다. 웬디 측은 결혼식에 참석했던 가족과 친구 몇을 오라고 하면 된다. 나는 주임교수였던 미스터 드보르와 한국 유학생 몇만 부르기로 한다. 참석한 사람들은 우리 둘에게 뺨을 대고 손을 만지며 친근감을 표하면서 축복한다. 축복을 받은 우리 둘은 손 붙잡고 앉아 수시로 입을 맞춘다. 다음 달에 웬디의 휴가가 나오면 한국으로 갈 것이다. 한국에 가서 친척, 친지들에게 인사를 드린다. 본가에서는 전통 혼례식을 치른다고 한다. 한 여자와 두 번 결혼식을 하게 되네. 시청직원이 신혼 방을 세 번이나 불시 확인한 후에야 내 영주권이 나온다. 웬디는 영사관에 계속 출근한다. 나는 시청의 직업소에서 운영하는 컴퓨터 프로그래머 과정에 들어가 수업을 받는다. 한국에서 배우고 닦은 실력이 그 수준을 넘어서도 한참을 넘어서나 자격증은 새로 따야 한단다. 한국에서 얻은 학력과 자격증은 인정을 거의 안 한다. 주위에서는 한국의 상사지점에 일자리를 찾을 것을 나에게 권한다. 양쪽 사정 즉 한국을 알고 이곳 사정도 한국 주재원들보다는 더 잘 안다는 것을 인정한다. 내가 가지고 있는 능력을 충분히 발휘할 수 있으리라고 판단하는 모양이다. 웬디도 적극 권한다. 한국의 상사지점에 이력서와 자기소개서를 써 들고 가 책임자를 만난다. 나는 원하는 급여 수준을 호되게 높여 부른다. 너무 높다고 생각하는지 지점장은 본사에 품의를 받아야 한다며 그 자리에서 언질을 주지 않는다. 그들은 현지인에게 쉽게 다가갈 수 있는 나 같은 사람이 절대 필요하다. 내가 영업적인 재능만 발휘해 준다면 회사는 나한테 주는 급여의 몇 배 혹은 몇십 배를 빼 먹을 수 있다. 그런데 영업적인 수완이 나에게 있는지 나도 모르고 그들도 모르겠다. 뚜껑을 열어 봐야 한다. 내 능력이 있고 없고는 두 번째고 우선 내 마음이 내키지 않는다. 당장 출근을 하라고 통지가 와도 나는 좀 더 신중히 생각할 것이다. 한국에 돌아가면 더 나은 자리를 찾아 간부직에 들어갈 수 있을지도 모른다. 현지 지점에 들어가면 일단 인턴으로 들어갈 수밖에 없다. 임시직이니 종신 직장이 된다는 보장도 없다. 이 나라 직장에 근무할 때만큼의 복지혜택을 받을 수도 없을 것 같다. 온전한 직장을 잡기 전까지는 슈퍼마켓에서의 계산원이나 웨이터가 제일 손쉽다. 내가 웬디와 갈라서지 않는 한 이곳에서 살길을 찾아야 한다. 내가 한국으로 웬디를 데리고 돌아가는 것도 생각해 본다. 웬디는 한국에 가 살려는 적극성이 없다. 웬디 입에서 한국에 놀러 가자는 얘기는 듣는다. 한국에서 일자리를 찾아 영주하자는 얘기는 아직 듣지 못한다. 나는 늙어 죽도록 이곳 귀신이 될지도 모른다. 웬디는 현재 벌이도 괜찮고 더 나은 직장을 찾을 수도 있다. 자기가 나보다 돈을 더 벌어 온다고 나를 괄시할 웬디가 아니라고 나는 굳게 믿는다. 말은 않지만 웬디도 내 자존심을 건드리지 않으려고 조심하는 눈치다. 내가 꼼꼼하고 시간적인 여유가 많으니 가계부는 내가 쓸게, 어때? 어느 날 밤 넌지시 웬디에게 뜻을 묻는다. 웬디도 좋다고 한다. 웬디가 수입이 생기면 전부 나한테 가지고 온다. 웬디가 가지고 오는 수입이 절반도 안 되지만 내 돈도 통장에 같이 집어넣어 출납한다. 웬디가 필요한 돈은 나에게 타 쓴다. 내가 쓰는 돈도 일일이 적는다. 교회에 낼 십일조와 휴가비를 위해 일정액은 별도로 떼어놓는다. 교육을 끝내는 앞으로 육 개월쯤 후. 나도 제대로 된 일자리를 얻게 될 것이고 수입도 늘어날 것이다. 한국에서 갖고 온 돈 조금과 웬디의 저축을 합쳐 작은 집 하나 장만할 수 있다. 집값으로 선불금만 조금 있으면 나머지는 장기할부가 가능하다. 웬디는 나한테 용돈을 타 쓰는 게 마음이 편하다고 한다. 경제권을 내가 갖게 되는 것이다. 웬디는 딱정벌레 작은 차를 갖고 있다. 급한 용무나 장모가 있는 베르겐에 갈 때나 휴가 때 말고는 거의 쓰지 않는다. 버스를 타고 출근하며 나는 걸어서 다닌다. 다른 집에 초대받을 때는 양복 두벌로 해결하고 평상시의 복장은 구애받지 않는다. 주위 사람들이 그러니 나라고 잘 차리고 다닐 필요가 없다. 스낵 말고는 외식은 아주 어쩌다 한번 한다. 나중에 큰돈 벌면 멋지게 쓰면 된다는 생각이다. 웬디와 내가 벌어들이는 액수가 적은 것은 아닌데 떼는 게 너무 많다. 웬디는 화장을 별로 안 한다. 주로 입는 겉옷은 청바지와 블라우스 차림에 바바리 코트를 걸친다. 미장원에도 별로 가지 않는다. 욕심을 낼 수 없는 상황이라 일확천금 즉 좋은 찬스에 대한 기대는 아예 접는다. 장사를 해 돈을 잘 버는 사람도 주위에 어쩌다 있다. 질서가 꽉 짜인 사회에서 큰돈 벌기는 쉬운 것 같지 않다. 더구나 외국인 출신인 내 실정으로는. 나는 결국 월급 생활자로 내 생애를 끝낼 것 같은 생각이 든다. 가족 이산의 안타까움과 외로움에 눈시울이 젖을 때가 없는 건 아니다. 한국에서 친척과 친지들이 하나둘씩 여행 와 묵었다 가면 정이 새롭다. 만나면 좋아 잘해주게 된다. 그들도 흡족한 얼굴로 돌아간다. 나도 일 년에 한 번씩은 한국에 간다. 휴가는 한국으로. 그런 식이다. 그래 애기가 있으면 외로움이 달래질 거야. 언젠가는 가져야 할 자식, 미리 애기를 하나 갖자. 웬디도 좋다고 한다. 아직 실증이나 권태를 느끼는 건 아니지만 부부간 뜨거움도 처음과는 다르다. 매일 웬디의 몸을 더듬던 것이 뜸해진다.

나는 딸을 원한다. 웬디는 아들인가 딸인가 처음이자 마지막일 선택을 위해 고심한다. 결국 내 뜻을 따른다. 둘은 낳지 않을 테니까. 나는 큰 회사 컴퓨터실에 취직해 원부자재와 제품관리를 맡는다. 수입이 웬디만큼 되고 능력을 인정받아 회사생활에 안정적으로 적응한다. 드디어 딸 하나를 낳는다. 이름은 주니라고 짓는다. 성은 물론 나를 따라 '기'이다. 기 주니(Key, Juny). 혼혈이 예쁘다는 얘기를 들었지만 주니는 정말 예쁘다. 자라면서 날씬해지며 더 예뻐진다. 주니, 주니 부르면 주니는 마마, 파파 라고 부른다. 내 눈에는 주니가 웬디 즉 서양 쪽 얼굴을 닮아 보인다. 웬디를 포함한 이곳 사람들은 주니의 얼굴이 동양인 같다고 한다. 신기한 것은 주니의 엉덩이에 푸르죽죽 몽고반점이 있는 것이다. 웬디가 놀라 나를 부르더니 이거 이상하다고 소리친다. 멍이 든 건지 피부병인지 모르겠다며 병원에 가 봐야 한다고 호들갑을 떤다. 나는 웃는다. 크게 웃는다. 내 설명을 듣고도 알아듣지 못한다. 웬디는 백과사전을 꺼내 들춰본 다음에야 내 말을 믿는다. 저녁 모임에서 몽고반점 사건이 두고두고 화제가 된다. 동양인의 유전자가 서양인보다 우성이라는 둥. 저녁 시간은 오늘은 저 집 내일은 그 집 모레는 우리 집 그런 식으로 돌아다니며 먹는다. 웬디는 태생인 영국 친구도 있고 네덜란드 친구도 있다. 대개 결혼한 사람들 집을 돌아가며 저녁을 먹는다. 웬디도 마찬가지지만 여자들은 말이 많고 잘 웃는다. 저녁 시간도 길었고 얘기는 끝이 없다. 외식을 안 하며 돈을 쓰고 돌아다니지 않는다. 결과적으로 돈을 아끼게 된다. 점심을 싸가서 먹는 소시민들이 사는 방식이 다 이렇다. 바겐세일 할 때나 선물할 때 백화점을 찾는다. 짠돌이들이다. 그렇지 않고는 저축을 하지 못하고 주택할부금을 내지 못한다. 웬디의 직장이 한국인들이 모여 있는 곳이라 한국식 회식이 잦다. 웬디는 술도 마시고 얼굴이 벌게서 들어온다. 비틀거릴 때는 폭탄주를 마시고 들어오는 날이다. 집에 혼자 있으려면 이 생각 저 생각으로 신경이 많이 쓰인다. 오늘은 수지네 집 내일은 우리 집 이 집 저 집 저녁을 보낸다. 술 한 잔 걸치는 자리에서 나오는 젊은 부부들의 얘기는 진지함과 농담이 왔다 갔다 한다. Y담도 있고 정치 얘기도 있고 한국 관련 뉴스가 나오면 화제가 많다. 북한 얘기도 심심치 않게 한다. 개중에는 말을 배배 꼬는 인간도 있다. 친한 친구와 남편 사이라지만 남녀가 붙들고 툭툭 치고 농할 때는 신경이 많이 쓰인다. 말하는 것에 재미가 들려있는 사람들이다. 자기들이 재미있다고 떠들어 댈 때는 사전에 없는 단어가 많이 튀어나온다. 특히 말이 빨라 나는 제대로 알아듣지 못하고 감으로 어림짐작한다. 내가 알아듣도록 배려하지는 않는다. 그러나 그런 분위기에 나는 익숙하지 않다. 나도 건실한 남편은 못되나 내 가정은 유지되어야 한다. 내 딸의 엄마인 웬디의 정절은 지켜져야 한다. 나도 노력할 것이다. 참다못해 주로 내가 시비를 걸지만 웬디는 내가 옹졸하다고 몰아붙인다. 아무리 친한 친구와 그 남편들끼리라지만 외간 남녀의 가족모임도 지킬 선이 있어야 한다. 나는 그렇게 웬디에게 말한다. 내가 네 친구 수지하고 계속 붙어 춤추며 비비대고 진한 농담을 하면 웬디 너는 좋겠니? 그러다가 내가 수지에게 마음을 두거나 또 반대로 수지가 나에게 몸을 비벼오기라도 하면 너는 어쩔래? 아까 춤출 때보니까 네 친구 캔디의 남편 윌리가 네 히프를 계속 만지던데 너는 왜 뿌리치지 않고 가만히 있었던 거야? 혹시 좋아서 그러는 거 아니야? 남자가 앞뒤로 꽉 막혔다는 비난받을 각오를 하고 나는 웬디에게 대든다. 영사관직원들과의 잦은 회식과 늦은 귀가도 나는 거론한다. 사랑싸움치고는 자주 다투는 편이다. 내가 집을 나가 기차에 올라타고 가는 대로 몸을 맡기고 다음날에 돌아오는 일도 생긴다. 주말에 말도 없이 웬디가 엄마 모니카가 사는 베르겐에 가버리는 일도 있다. 내가 짜증을 심하게 내고 나간 어느 날 웬디는 방안의 침대를 바꾸어버린다. 더블침대를 싱글 침대 두 개로 상의도 없이 바꾸어버린 것. 같이 붙어 자지 않고 떨어져 자겠다는 것. 망할 년의 여편네! 며칠 후 서로 삿대질도 한다. 소리 지르고 내가 탁자를 뒤집으니 웬디는 소파의 베개를 던지며 맞선다. 싸우다 지쳐 목이 쉰 상태로 주저앉은 웬디에게 나는 손을 내민다. 웬디를 가까이 당기며 품에 안는다. 너 없으면 나는 못 살아, 사랑하기 때문에 네 모든 행동이 신경 쓰이는 거야, 너와 주니가 내 모든 것이야, 알았어? 말하는 나에게 웬디는 품에 안겨 운다. 다시 더블침대를 들여놓는다. 부부 싸움 덕에 큰돈 쓰고 만다. 유리와 그릇 깨진 건 값으로 쳐 얼마 안 된다. 싱글 침대 두 개 값과 더블 침대 하나 값은 크다. 생각지도 않은 돈을 써 두 달 정도는 외출을 삼가고 절약해야 한다. 다시는 싸우지 말자고 웬디와 나는 다짐한다. 그러고도 가끔 다투게 된다. 여느 여자들처럼 웬디는 나를 옭아매려고 하지는 않는다. 묶어놓으려는 웬디에게서 벗어나려고 발버둥 칠 필요가 없다. 편하긴 한데 나는 벗어나고 싶은 생각 자체가 없다. 벗어날 필요가 없는 나와 자유분방한 웬디. 이것도 성격 차이라고 해야 하나. 보고 듣고 배운 여건 즉 살아온 환경. 완전히 넘지 못하는 언어장벽과 체질적으로 다른 남녀 생각 차이도 한몫한다. 연고도 없고 조직에 섞이기도 힘든 외국 생활이 나에겐 쉽지 않다. 나이가 들어갈수록 더 힘들어질지 모른다. 가만히 생각해 본다. 웬디와 나는 먹어본 음식도 다르고 체질도 다르다. 읽어본 책도 다르다. 웬디와는 다르게 나는 소용돌이치는 정치, 경제와 사회에서 살아왔다. 웬디가 뉴스에 나오는 한국 사정을 잘 이해 못 한다. 나도 이들이 사는 모습에 머리를 갸우뚱거릴 때가 제법 있다. 밤새워 설명해주고 또 들어도 쉽게 메워지지 않을 차이. 방향감각이랄까 관觀의 차이. 좋아하는 영화도 다르고 가고 싶은 곳도 다르다. 서로 맞춰 산다고 하지만 욕구불만은 남는다. 몇 계절을 묵혀 냄새 고약한 치즈나 삭힌 연어를 나는 먹지 못한다. 그밖에는 웬만한 서양음식을 나는 다 먹는다. 웬디도 아주 맵거나 묵은김치와 청국장을 빼고는 한국음식을 대개 잘 먹는다. 그래도 둘 사이의 식성은 엄청나게 차이가 진다. 날씨도 추울 때는 추워야 하는데 이곳은 매서운 추위도 없다. 비가 오려면 쌓인 찌꺼기가 쓸려 내려 가도록 쏟아져야 하는데 그냥 촉촉이 내린다. 허구한 날 안개비 같이 내린다. 그러다 보니 해 볼 날이 드물다. 주니를 키우면서 과외를 시켜야 한다는 내 주장과 내버려두자는 웬디의 의견이 맞선다. 나쁜 버릇을 고치자면 매를 들어야 한다는 내 의견과 한술 더 떠 방에 가두고 굶기자는 웬디의 의견이 맞서 다투기도 한다. 웬디는 집안일을 안 해봐서 그런지 내가 치우지 않으면 집안은 엉망이다. 침대맡에 까놓은 귤 껍질을 내가 치우지 않으면 그대로 있거나 온 방 안을 어지럽힐 경우가 많다. 웬디의 버릇이기도 하지만 내가 치워줄 거로 으레 생각하고 있는 것 같다. 침대에 기대 TV를 보기 좋아하는 만큼 웬디는 비스킷 먹기를 좋아한다. 주니를 낳고부터 웬디는 몸이 처지기 시작하여 군것질을 줄이라고 나는 충고한다. 먹는 걸 말릴 수는 없지만 비스킷을 이불 위에서 씹으면 부스러기가 지근지근하게 밟힌다. 영 신경 쓰인다. 셈도 나보다 한참 느리다. 내가 더 꼼꼼한 편. 살아온 환경과 성격 차이에서도 오는 것 같다. 그런데 남녀관계가 항상 말썽거리. 웬디의 주위에 서성거리는 남자관계로 일어나는 신경 쓰임은 수시로 웬디와 나의 말다툼의 씨가 된다. 한국에서 다니러 온 여자한테서 나에게 전화라도 온 걸 웬디가 아는 날은 또 신경전이다. 집안에 잠깐 여자가 다녀간 흔적을 웬디는 귀신같이 안다. 당신 외톨이가 되고 싶어? 내 약점을 찌른다. 언제 외톨이가 되고 싶다고 그랬어? 마누라가 헤프게 그러는 거 같아서 그러지, 하며 웬디에게 대고 소리를 지른다. 나 만나기 전에 해프너 그 사내하고 죽자사자했다며? 아무리 모임이라지만 껴안고 춤추는 꼴은 못 봐주겠다, 이거야! 이웃 간의 유대관계와 직장생활에서의 기본적인 교제를 막으면 어쩌겠다는 거야? 최소한의 사교모임마저 이해를 못 하면 이 나라에서 어떻게 살아가느냐고 웬디는 뼈있는 말로 내 가슴을 호빈다. 젠장, 이런 말까지 들으며 살아야 해? 속이 끓어올라 물 마시던 컵이라도 집어 던지고 싶은 때가 한두 번이 아니다. 주니가 쳐다보고 있는 것 같아 대개 참는다. 주니를 껴안는다. 여자애라 그런지 품에 잘 안긴다. 나를 꽤 따른다. 점심때 얼른 집에 와 주니를 보고 입을 맞추고 가기도 한다. 학교에 달려가 잠깐 보고 가기도 한다. 가장 큰 내 삶의 보람이다. 주니가 운다고 하는 연락이 와 학교에 찾아간 일도 있다. 얼굴이 까무잡잡하다, 혹은 꼬레아 라는 둥 애들이 놀린다는 것이다. 내가 보기에는 주니의 얼굴색이 하얀 편인데. 담임과 얘기하고 교장실로 찾아가 항의한다. 그냥 넘어가면 주니가 인종차별성 모욕감을 느끼게 될 수도 있다. 왕따 형태로 발전될 수도 있다고 생각한다. 다시 이런 일이 일어나지 않도록 나는 신신당부한다. 부담을 느낀 교장은 전 직원과 학생들을 모아 놓고 한바탕 엄포성 훈시를 한다. 다행스럽게도 주니가 졸업할 때까지 학교에서의 말썽은 더 이상 없다-겉으로는. 주니가 사춘기에 접어들면서 다른 애들이 자기를 돌리고 따돌림 한다는 특히 얼굴 생김새에 따른 자격지심에 빠진다. 혼자 괴로워하며 남들과 어울리지 않고 말수가 준다. 내가 보기에는 외모의 차이가 별로 없는데도 자기네들끼리는 그게 아닌 모양이다. 나는 주니가 보고 싶어도 학교에 가 얼굴을 비치기를 삼간다. 가난한 옷차림으로 도시락을 전달하러 온 어머니가 창피해 학교에 오지 마, 하고 짜증을 내던 내 학교시절이 문득 생각난다. 학교에서 돌아온 주니를 앉혀놓는다. 나는 어느 정도 꾸민 얘기를 한다. 북한의 내 고향에서는 마을의 절반 정도가 우리 집 땅이며 훌륭한 가문이라, 고 얘기 해준다. 주니는 나의 가문 자랑을 듣기만 할 뿐 아무 반응이 없다. 학교에 가면서도 간다는 말없이, 돌아와서도 인사말이 없다. 집에서 말을 잊은 얼마 후 나는 주니를 붙들어 앉히고 다시 타이른다. 아빠는 뭐 잘났다고 그래, 외국인 주제에, 하고 대드는 주니의 뺨을 나는 때린다. 숨을 돌리고 구슬리려는 나를 뿌리치고 주니는 집을 나간다. 며칠 후 웬디가 주니를 찾아 데리고 집에 돌아온다. 나하고는 당최 얘기를 않으려 한다. 빤히 쳐다보면서도 머리 한번 끄덕이지 않는다. 아버지 속을 이렇게 썩일 수가 있나. 손을 붙들고 빌다시피, 내 피붙이는 이 세상에 너밖에 없어, 내 사랑은 너 하나야, 네가 내 운명이야, 라고 눈물을 머금어도 주니의 냉혹한 눈망울만 확인할 뿐이다. 결혼 후 모임에 갔을 때 한두 잔 받아 마시는 것 말고는 거의 끊었던 술을 다시 입에 대기 시작한다. 교회에 다시 나간다. 새벽에도 나간다. 하나님을 찾으며 매달린다. 울부짖어도 하나님은 쉽게 도와주지 않는다. 웬디도 보통 일이 아니라고 판단한다. 웬디의 친구들을 만나 왜 그러는지 원인을 알려고 담임선생과 상담을 한다. 특별한 이유가 있는 것 같지는 않고 우리가 상상한 이상은 아닌 것 같다. 사춘기 병을 심하게 앓는 것으로 판단하고 부모 품에 돌아오기를 느긋하게 기다리기로 한다. 주니의 대학 입학이 좌절된다. 공부를 안 했고 지망을 높여 했으니 낙방할 수밖에. 직업학교에 가기를 주니는 거부하고 방에 박혀 며칠간을 운다. 그러더니 처박혔던 방에서 나와 나가 버린다. 연락도 없다. 어디 간단 말을 남기지도 않는다. 나는 회사에 가서도 일손이 잡히지 않지만 내색을 할 수 없다. 입에 음식을 넣어도 맛은 모르고 꾸역꾸역 넘길 뿐이다. 잠을 자도 깊지는 않고 일어나 하루 종일 하품을 한다. 아침에도 발기가 안 되고 오줌발이 약해진다. 죽는 게 어디 쉬운가. 어디 가서 죽지는 않을 거야. 껄렁패한테 걸려 각성제나 마시고 잠이나 자빠져 자겠지, 자식 하나가 내 가슴을 이렇게 찢어놓는구나. 참다 못한 웬디도 이게 다 내 탓인 듯이 얘기하고 대들어도 나는 맞대꾸할 기력을 잃는다. 내가 이러려고 결혼해 살고 있나, 제기랄! 이 꼴을 보려고 애를 낳았나, 내 팔자야, 자신이 처량했다. 보름을 기다린 후 연락이 없자 나는 회사에 휴가를 낸다. 알아본 끝에 주니가 차를 렌트한 회사를 찾아낸다. 주니와 토미가 마르세유까지 차를 렌트했음을 알아낸다. 그렇다고 거기까지 찾아간들 어떻게 주니를 찾을 수 있담. 웬디와 나는 마르세유 경찰서에 주니의 가출신고가 이첩되게 하여 수배를 하게끔 한다. 그곳에 사는 웬디의 친구의 친구를 소개받아 그 친구의 차로 나는 며칠 돌아다녀 보기로 한다. 첫날을 그곳에서 지내면서 렌터카 회사에 가 확인하니 주니는 마르세유에서 더 이상 렌트를 하지 않아 다행이다. 기차로 떠났을 수도 있지만 멀리 가지 않고 도시 안에 머물 가능성도 있다. 내일 아침에 어디서 어떻게 주니를 찾으러 돌아다녀야 할지 막막하지만,

경찰도 나서 주겠다 한다. 우선 숙박업소부터 확인하자고 마음먹고 있다. 잠을 못 자고 말도 알아들을 수 없는 TV 코미디를 보고 있는데 웬디한테서 연락이 온다. 주니가 돌아왔다고. 더 이상 무얼 바라리. 주니가 돌아왔으면 됐지. 공부를 하건 말건 가만히 내버려두리라. 딸이 대들면 속은 상하지만 피해버리자. 내가 가르치기에는 딸애도 나이가 들어버렸구나. 한국과 달리 애들을 때려서 다룰 수 있는 곳이 아니야. 집에 돌아와 의자에 앉은 채로 나를 말끄러미 쳐다 만 보는 주니이다. 나는 다가간다. 껴안는다. 그제야 주니도 마음이 풀어지는지 나를 부둥켜안고 울기 시작한다. 아빠, 나 아빠를 사랑해요. 아빠를 잠시나마 부끄러워했던 것 미안해요. 아빠가 자랑스러워요, 하고 주니가 운다. 웬디도 다가와 셋이 부둥켜안고 한참을 운다. 기차를 타고 우리 셋은 웃으며 네덜란드 헤이그로 돌아온다. 그날 밤엔 오랜만에 발기가 돼 나는 웬디의 옷을 벗기고 껴안는다. 내 여독도 풀고 웬디도 만족해 단잠을 잔다. 깨어난 아침 우리 둘 다 지각을 한다. 주니는 책을 다시 잡기 시작한다. 학원에도 등록하고. 일곱 달은 금방 지나가고 주니는 원하는 대로 다음 해 대학에 합격한다. 「뿌리」라는 제목의 책과 영문판 한국 역사책이 주니의 책상에 놓인다. TV를 같이 보다가 한국 관련 뉴스가 나올 때 수지의 남편이 상을 찡그린다. 혼자 말로 한국의 노사분규와 북한 핵 문제를 들어 비꼬다가 이를 들은 주니한테 혼이 난 일도 있다. 여기는 안 그런 줄 아세요, 문제가 없나요, 사람 사는 곳 어디나 마찬가지예요, 하며 주니는 수지의 남편한테 쏘아붙인다. 아버지의 고국에 대한 모욕을 참을 수 없다는 뜻이다. 주니는 한국말 교본을 보다가, 모음으로는 어나 여의 발음, 자음으로는 기역을 어려워한다. 어렵다고 하면서도 애들이라 주니는 한국말을 금방 배운다. 주니가 있을 때는 나는 한국 유학생들을 집에 자주 놀러 오게 한다. 처음 오는 여자 유학생들은 주니가 안내하며 개중에는 친구가 되어 자주 만나는 것 같다. 주니는 내가 집에서 유학생들을 하숙 치면 좋겠다고 한다. 그래 그러면 밥은 굶지 않겠구나, 나는 그것도 방법의 하나라고 생각한다. 집에서 쓰는 가전제품은 거의가 다 Made in Korea이다. 핸드폰과 디지털 카메라는 물론 자동차까지. 웬디는 한국 사람들은 애국심이 지나치게 강하다고 말한다. 나와 주니는 그 말에 구애받지 않는다. 주니는 졸업 후 한국에 가서 얼마간 있을 생각을 한다. 한국에서 직장을 잡을 수 있는지 주니는 한국 친구들에게 가능성을 진지하게 타진한다. 졸업을 한 해 앞두고 여름과 겨울방학 때는 한국에 가 아르바이트를 하면서 얼마간 정착할 방법을 찾는다. 남자친구들도 제법 있다. 졸업을 얼마 앞두고 주니는 토미로부터 사랑고백과 함께 프러포즈를 받는다. 주니가 가출해 마르세유에 갔을 때 토미는 주니의 전화를 받고 수업도 빼먹으면서 주니한테 달려가 내내 같이 있었다 한다. 이웃에 살면서 중-고등학교를 같이 다닐 때만 해도 둘은 그렇게 가깝지 않더니. 토미 집으로 놀러 간 주니가 토미의 엄마로부터 상처를 받았다 한다. 그녀는 딴 여자애들과 주니를 번갈아 쳐다 보면서 피부색이 어떻다는 둥 분위기에 맞지 않는 썰렁한 얘기를 한다. 딴 애들과 비교하는 게 속이 뒤틀려 주니는 토미 집에 더 이상 가지 않는다. 토미와도 거리를 둔다. 주니는 자진 가출, 토미는 동정 가출로 마르세유에서 같이 먹고 자면서 둘 사이는 깊어졌던 모양이다. 둘이 붙어있겠다고 하는데 나서서 말릴 수가 없다. 웬디와 내가 둘의 결합을 원하지 않는다는 걸 주니는 잘 알고 있다. 겉으로 말은 안 하지만 표정과 태도에서 주니는 부모의 뜻을 읽는 모양이다. 사람을 차별하는 듯한 토니 엄마의 표정도 싫지만 나는 정말 주니를 내 품에서 떠나보내기 싫다. 정말이다. 나는 어떻게 살라고? 또 주니의 결혼 생활이 순탄하지 않을까 불안하다. 토미의 엄마는 주니 애기만 나오면 얼굴을 찌푸리는 모양이다. 그런데 애들의 생각은 조금 다르다. 부모야 으레 자식들의 결혼에 못마땅해 하는 것. 자기 둘은 숙명적인 만남이라고 생각하는 것 같다. 집에 같이 오면 다정한 듯이 진한 애정표현을 하며 둘이 붙어 앉아 낄낄댄다. 나는 웬디를 끌고 밖으로 나간다. 이제 내 품에서 떨어져 나가는 거야, 어쩔 수 없지. 나는 마음을 접으려 한다. 억지웃음이라도 지어주어야 한다. 나 말고 주니를 보호하겠다는 젊은 남자가 나섰으니 주니에게는 좋은 일. 마음이 놓인다, 그렇게 나는 생각하기로 한다. 결국 나는 사위를 맞게 된다.

생각을 멈추고 눈을 뜬 나는 여권을 펼쳤다. 내 얼굴 사진을 본다. 아버지와 닮은 얼굴, 형과 동생을 연상시키는 얼굴. 웬디와 내 얼굴을 어떻게 섞어야 내 딸 얼굴 모습이 나올까? 아니야, 아니야, 나는 고향을 떠나서는 못 살아, 웬디를 위해서도 그래서는 안 될 것 같아. 외국 여자와 사는 것 또 그녀와 딸을 낳는 것 나는 마다치 않는다. 그러나 나는 부모를 제외한 일가친척을 북녘 고향에 두고 온 사람이다. 한번 고향을 떠나온 것도 이렇게 한이 맺히는데 또다시 주거를 옮길 순 없다. 그녀가 기꺼이 한국에서 살아만 준다면 내가 외국 여자와 사는 것 아무 상관 없다. 혼혈인인 딸이 뭐 문제가 되나. 그러나 그녀는 이곳에 정착

할 생각이 없다. 그녀의 나에 대한 사랑이 깊지 않기 때문이라고? 그럴지도 몰라. 이민은 아무나 하는 게 아냐, 나에게는 번지수가 틀려. 여권과 비행기 표를 힘껏 움켜쥐고 일어서 나는 출영구出迎口 앞에 가 섰다. 웬디가 있는 뒤를 돌아보지 않았다. 도착지는 한국 인천공항. 2년만이었다.

※

웬디의 가슴에 상처가 남았다고 또 한국 남자는 다 그렇게 폭이 좁으냐고 나를 원망한다는 소리를 전해 들었다. 딸을 낳았다는 소리는 없었다. 전해준 사람한테 나 역시 가슴이 아프다는 것과 내 그릇이 그것밖에 안 된다는 얘기를 웬디에게 전해달라고 나는 부탁했다. 나는 지금의 아내를 만나 아들만 둘을 두고 있다. 웬디와 네덜란드에서 살았으면 나는 지금의 아내를 못 만났을 것. 또 지금의 아들 둘은 없었을 것. 내 인생은 어떻게 되었을까? 위에서 상상했었던 것처럼 되었을까? 앞날은 예측되지 않는다고 생각된다. 사람과 사람 간의 변수는 어떤 여자와 어떤 남자가 만나 어떤 사회에 속하느냐에 따라 엄청난 차이로 변해간다. 있을 수도 없는 일이 생겨나고 없을 수도 있는 일이 생겨나고, 상상도 할 수 없는 인생을 살았을 거야. 웬디와 지금의 아내, 상상 속의 딸 주니와 내 아들 둘의 차이는 크다. 만남. 나침반의 침 꽁무니를 조금만 돌려도 나침반의 침 끝은 엄청난 차이를 보인다. 시작과 끝의 거리와 방향.

인도에서 거의 일 년 만에 전화가 왔다. 쿠엔이다. 애가 둘이 되었다는 얘기와 함께 나하고 네덜란드로 추억여행 한 번 같이 하지 않겠느냐는 제의였다. 웬디와 마티 얼굴이 순간적으로 떠올라 잠시 망설이다가 잠깐 뜸을 들인 후 나는 좋다고 응답했다. 뜸 들이는 동안 아내의 허락을 얼른 받고 난 다음이었다.

"여보, 인도 친구 쿠엔 있잖아? 인도 상공부 과장으로 있는, 네덜란드에서 같이 공부한 친구. 다음 달에 나하고 네덜란드 같이 갔다가 오재. 내년에는 가족들 데리고 우리 집에도 오겠대. 나 네덜란드 같이 갔다가 와도 되겠어?"

사실 가게 되면 웬디를 만날 것이다. 내 상상 속의 딸 주니 얘기도 물어볼 것이다. 솔직히 말해서 그리운 얼굴들이다.

06

여섯번째 이야기
삐딱하게 산다

여섯번째 이야기

삐딱하게 산다

정면에 목표가 있다. 목표물을 향해 다들 직진하는데 오직 한 사람만 몸을 비틀고 삐져 나간다면 '저 사람, 다리가 삐뚤어졌나?' 이상하게 볼 것이다. 도시를 벗어난 시골 동네, 지역사회에서, 그런다면 필경 삐딱하게 걸어나가는 '예외적인 사람'은 남의 입에 오르내릴 것임이 틀림없다. 시골 동네에서는 보통 길 쪽을 마당으로 하여 꽃나무를 심어 보기 좋게 한다. 그다음 안쪽에 집을 들여 짓는다. 입구를 넓고 시원하게 하고 주차공간을 겸하는 것이 상식이다. 집을 길 쪽에 붙여 짓거나 안으로 바짝 들여 짓거나 하는 것은 집주인의 취향이라기보다는 집의 용도에 따르는 경우가 많다. 공통적인 것은 어느 집이나 길과 나란히 평행하게 짓는다는 것이다. 바깥쪽이건 안쪽이건 마당이 있으면 직사각형이든 정사각형이든 네모 반듯하다. 미관상美觀上 그리고 남들이 다 그렇게 하니까 공통사항이 되어버린 것. 그런데 건물 첫 모서리는 길에 닿고 끝 모서리는 쑥 들어간, 찌그러져 삼각형이 된 마당이 눈에 띄는 집이 동네에 하나 있다. 삼각 마당에 꽃밭과 주차공간이 있는 이 집의 모습이 생소하고 사람들의 눈에 낯선 모양이다. 동네 최장수 노인 98세 장수 영감이 사는 집이다. 이런 집을 본 일이 없다고요? 거짓말 같다고요? 정말 있어요. 직접 와 보시라니깐요.

집 마당은 당연히 네모난 것으로 사람들은 알고 있다. 땅의 생김새가 원래 찌그려져 집을 짓고 나니까 자투리 뒷마당이 세모가 되어버린 경우는 있을 수 있다. 건물의 앞마당이 세모난 집이 어디 있어? 그럴 리 없다고 생각하는 사람들은 이곳에 오면 사실인지 아닌지 확인할 수 있다. 이 집의 마당만은 뾰족한 삼각형이다. 바보들은 분명 아니고 특이한 취향을 가진 사람들이 집을 지어서 그럴까. 특이하다면 특이한 사람이 집안에 살고 있기 때문이다. 이 집엔 특별한 내부사정이 있다. 사람들의 뒷공론 중에 사람들의 외모가 제일 많이 입에 오른다. 생김새가 특이한 집 모양에 대해 군말이 많을 수밖에 없다.

이런 군말을 듣고 살기가 싫은 영감의 아들과 며느리인 똘이 엄마.

"똘이 엄마! 집이 왜 그렇게 삐딱해?"

"응. 특별나게 보이려고 이렇게 지었지. 이런 집 처음 봤지?"

"집이 들어선 땅이 원래 삼각형인가? 아니면 길이 날 때 삼각형으로 잘려나갔나? 그래도 그렇지. 뒤로 물러서 길과 평행하게 집을 지을 수 있었잖아?"

"땅이 원래부터 삼각형도 아니고, 길이 날 때 삐뚜로 잘려나간 것도 아니야."

"그런데 왜 이렇게 됐어?"

"톡톡 튀어야 사는 세상이야! 안 그래?"

"아, 하! 그렇구나. 읍내에서도 똘이네 집은 유명하다니까."

"그렇지? 유명하지? 우리만의 개성도 있지만 사정도 있는 거야."

"똘이 엄마. 어차피 이렇게 된 거 방송국에 연락 한 번 해봐. 왜 그런 거 있잖아. '세상에 이런 일이.' 전화하면 방송국에서 카메라 들고 금방 달려올걸."

읍내 친구가 돌아간 다음 똘이 엄마는 부아가 치밀었다. 여자의 울분은 뾰죽이는 눈과 작은 입술에 잔뜩 서려 있다. 늙은이 뒤치다꺼리 하는 것도 지겨운데

망신살까지 뻗쳤다는 게 똘이 엄마의 생각이다. 아이고, 내 팔자야! 고집불통인 시아버지가 정말 미웠다. 동네 사람들 눈만 아니면 시아버지를 쥐어박고 싶을 정도였다. 시아버지를 모셔 내려온 것부터가 잘못이다. 비워놓은 본가本家, 영감의 생가生家로 다시 올라가던지 마을 밖으로 이사를 하던지 해야겠다 싶었다. 정처定處는 나중에 정하기로 하고 '삐딱한 집'을 팔려고 복덕방에 내놓아도 보았다.

"그런 집을 누가 사요. 땅값은 쳐 드릴 수 있는데… 원매자가 집을 철거하는 비용을 빼달라고 해요. 그렇지 않으면 사지 않겠다고 하는데요. 똘이 엄마."

지은 지 1년도 안 되는 새집을 팔면서 사는 사람한테 철거비용을 물어주는 조건이어야만 한다는 것이다. 집을 짓기 위해 끌어 썼던 농협융자금을 갚고 나면 남는 게 많지 않다는 계산이다.

"여보! 똘이 아빠. 나 미치겠어. 어떻게 할 거야? 말 좀 해봐!"

"어떻게 하긴 어떻게 해? 그냥 이대로 살던지 손해 보고 팔든지 해야지. 날더러 어떻게 하라구우."

"아니 여기서 어떻게 살아? 오다가다 한마디씩 하고 가는데 아유 지쳐버리겠어. 똘이가 울어. 동네 애들이 뭐라고 그러는지 알아? 똘이 더러 '삐딱이'라고 놀린대. 아버님더러는 삐딱이 영감이라고들 한데. 아니, 글쎄. 당연히 우리 집은 삐딱 집 일 거고 당신은 삐딱이 큰아들, 나는 삐딱이 큰며느리라고 하겠지."

똘이 엄마는 똘이를 데리고 놀린다는 아이의 집을 씩씩거리며 찾아갔다. 똘이 엄마는 놀린다는 아이를 제 엄마 옆에 앉혀놓았다. 똘이는 놀린다는 아이를 보더니 엄마 뒤로 피해 앉은 후 눈물을 찔찔 짜기 시작했다.

"너. 똘이한테 뭐라고 했어?"

아이는 눈을 부릅뜨고 소리 지르는 똘이 엄마 앞에서 머리를 숙이고 말을 하지 않았다. 아이의 엄마가 대신 나서 자칫 애들 싸움이 어른 싸움으로 번질 기세다.

"똘이 엄마! 우리 애가 뭘 잘못했다고. 남의 집에 서슬이 퍼렇게 찾아와서는 남의 귀한 자식을 왜 윽박지르는 거여요? 왜?"

"놀림을 받아 똘이가 학교 가기 싫다는데 엄마가 돼가지고 가만히 있을 수 있단 말인가요? 너! 똘이한테 뭐라고 했어? 또 그렇게 놀릴 거야? 응?"

"똘이 엄마! 진정해요. 애들이 천진난만해가지고 삐딱한 집을 삐딱한 집이라고 했기로서니 그게 뭘 잘못했다고 이러신담."

"그래요. 우리는 삐딱한 집에서 살고 있어요. 그게 어쨌단 말이에요? 삐딱한 집에 살고 있다는 거와 똘이한테 '삐딱이, 삐딱잠지'라고 놀리는 거와 다르잖아요. 안 그래요? 입장을 한 번 바꿔 생각해 봐욧!"

"듣고 보니 그렇긴 그렇군요. 내가 우리 아이를 타일러 다시는 놀리지 않도록 주의를 줄게요. 화를 푸세요. 똘이 너, 그만 울어!"

아이의 엄마는 다시는 똘이를 놀리지 말라고 자기 아이를 타일렀고 상대 아이는 머리를 끄덕였다. 아이의 집을 나오면서 똘이 엄마는 손수건으로 똘이의 눈물을 닦아주었다. 바보같이 운다고 야단칠 수도 없었다. 대가 약해 시아버지의 말에 꼼짝을 못하는 남편이 더 미웠다. 2000년대에 1900년대의 사고방식으로 사는 시아비지기 원망스러웠다. 그렇게 집을 지을 수누 없다, 절대로 안 돼! 왜 내가 좀 더 밀고 나가 말리지 못했을까. 후회가 막급했다. 노인네하고 상의할 필요도 없이 그냥 집을 지어놓고 아버님! 산에서 혼자 사실래요? 저희들을 따라 내려가 사실래요? 선택하세요! 이렇게 밀어붙였으면 노인네도 어쩔 수 없이 그냥 따라왔을 것이다. 처음에는 바로 따라오지 않고 산속 고향집에서 눌러 산다고 노인네가 고집을 피웠을지도 모른다. 정 고집을 피운다면 노인네를 생가生家에 그대로 살게 내버려두고 똘이네만이라도 길가의 새집으로 이사를 갔어야 했다. 옆집에 부탁해 영감의 아침과 저녁을 챙겨드리게 하고 똘이 엄마는 찬거리를 사들고 낮에 한 번 올라가서 돌보고 내려오면 될 것이었다. 며칠 지나면 영감은 혼자 살기 힘들어 할 것이 틀림없을 것이다. 산속에서 불편을 감수하면서까지 오래 버틸 영감이 아닌 성싶었다. 똘이네로 내려오려 할 마음이 든 영감을 두 번 세 번 설득하면 못이기는 체하며 따라올 것이었다.

"아버님! 불편하시지요? 외로우시지요? 똘이가 보고 싶지 않으세요? 혼자 이렇게 사실래요? 내려가 같이 사실래요?"

영감은 같이 간 똘이를 부둥켜안을 것이고 귀여운 손자, 똘이가 돌아갈 때면 헤어지기 못내 아쉬워할 것이 뻔했다.

"아버님! 내려가서 함께 살아요. 네? 오늘 똘이가 내려가면 한 달 후나 다시 올지 말지 그래요. 아버님 어떻게 하실래요? 결정하세요."

영감의 약점을 계속 찔러대면 영감의 고집도 끝내 무너졌으리라. 노인네는 똘이를 세상사는 동안의 마지막 핏줄로 여겼다. 장손인 똘이를 그렇게 귀여워했다. 시동생들한테도 여러 명의 아들이 있고 똘이보다 나이가 위인 똘이의 사촌형이 셋이나 있지만, 영감은 장손인 똘이만 챙겼다. '똘이하고 같이 사셔야지요?' 하면 영감의 고집을 얼마든지 꺾을 수 있었을 것이다.

"그렇게 지으면 집이 찌그러져 보이잖아! 세상을 돌아다녀 보아도 그렇게 삐딱한 집은 본 일이 없어요. 말도 안 돼. 어때 내 말이 틀리냐?"

"맞아요. 작은 형님. 나도 그런 집을 본 일이 없어요. 그렇게 집을 지으면 동네 사람들 입에 오르내릴 거예요. 비뚤어진 집안이라고 놀릴 텐데요."

설날에 내려온 가족들 모두 비뚤어진 집짓기를 반대하였다. 돌아가면서 영감을 설득하려 했지만 영감은 똥고집을 피웠다. 싫어! 안 돼!

형님이 잘 알아서 처리하세요. 우리는 물러갑니다, 하며 형제들은 집 짓는 문제를 큰아들과 큰며느리한테 미뤘다.

"그렇게 짓지 않은 집엔 들어가지 않겠다. 지금 살고 있는 생가에서 한 발자국도 움직이지 않을 터이니 너희들 마음대로 하렴."

영감은 막무가내 고집을 피웠다. 큰아들 내외도 딴 도리가 없었다. 집 지을 당시는 그렇게 생각했다. 집을 비뚤게 지어놓으면 오가는 사람들이 군말은 하겠지만 큰일이야 되겠나, 그렇게 생각했다. 큰아들 내외는 영감의 말이 말도 안 된다고 생각했다. 그렇다고 영감을 혼자 살게 내버려 둘 수는 없었다.

이놈의 조 까불이 영감탱이! 못돼먹었어. 어디 한 번 따져봐야지. 똘이 엄마는 싸우기 싫다며 같이 가기를 미적거리는 똘이 아빠를 끌다시피 하며 조 영감한테 갔다. 조 영감은 언덕배기 장수 영감 생가의 앞집에 살고 있는 토박이로 마을에 둘밖에 안 남은 노인네다. 나이는 장수 영감보다 열다섯 해 밑이지만 늙어가며 두 영감은 서로 유일한 말동무이다.

"형님은 고향을 떠나 사실 분이 아닙니다. 여긴 나라도 있지, 큰길로 내려가면 형님은 적적해 못사십니다. 동무가 없잖아요. 똘이 학교 가지, 똘이 아범은 아범대로 어멈은 어멈대로 나돌아다닐 터인데. 형님, 무슨 재미로 사실라고?"

"그래 맞아. 나도 내려가고 싶지 않단 말이야."

"절대로 내려가시면 안 돼요. 알았죠? 형님! 큰길 땅도 형님이 뼛골 빠지게 번 돈으로 사신 거 아니에요?"

"그렇고말고. 그런데 똘이 학교 다니기 힘들다고 내려가겠다니. 이럴 수도 없고 저럴 수도 없고. 원 참! 안 내려가겠다고 했어."

"똘이 학교 핑계를 대니 막을 수도 없으실 테고, 지들끼리 집 짓고 내려가 살게 하세요. 형님은 여기서 나하고 살아요. 살아도 내가 더 살 터인즉 형님과 의지하며 내가 잘 보살펴 드릴게요."

"자네가 더 산다고?"

"아니 그게 아니고. 그래, 그래요. 형님이 더 오래 산다고 합시다. 형님이 사시는 동안 내가 잘 모실게요. 전 씨 아저씨가 살아계셨으면 형님 얼마나 좋으실까. 단짝이셨잖아요. 그리고 똘이 아범과 어멈도 전 씨 아저씨를 얼마나 어려워했다고요. 형님한테 이렇게 막하지 못할 거고. 영호 언제 들렸던가요? 작은 전 씨 말이에요."

"작은 전 씨? 영호? 전 씨 아들 말인가?"

"네."

"응, 어제 막걸리 한 병 갖다놓고 가더라구. 제 아비보다 심성이 착해. 계모를 깍듯이 모시는 거 봐. 계모소생 아이들을 친동생처럼 뒷바라지하느라 장가도 못 들고."

"요즘 그런 젊은이 드물지요. 그런데 나이 50을 넘겼으니 장가들기는 틀린 것 같아요. 참.”

"그래. 전 씨가 요즘 따라 몹시 그리우이. 나처럼 촌에서 썩기는 아까운 인물이었지. 고향을 그렇게 그리더니 지금쯤 혼백이나마 고향에 가 있겠지.”

"저도 그 아저씨를 따랐어요. 절 아껴 주셨지요.”

 어린 똘이가 십 리 가까이 걸어서 학교에 다니는 게 똘이 부모는 안쓰러웠다. 초등학교만 다니게 하고 중학교에 들어갈 때부터는 서울 사는 시동생 중 하나에게 맡겨 공부시키고 싶었다. 돈벌이할 방도가 선다면 당장에라도 땅을 팔아 서울로 거처를 옮기고 싶었다. 그러나 산골에서 태어나 산골에서 자란 똘이 부모는 외지에 나가 벌이할 자신이 서질 않았다. 물론 시동생들은 형님! 돈만 대세요, 한다. 자기네들과 돈벌이를 같이하자고 한다. 코를 베어 먹힐지 모른다는 두려움에 선뜻 나설 수도 없다. 본인들도 산골에 사는 게 불편했다. 큰길가에 집 지을 땅이 있었다. 우선 길가로 내려가 살기로 마음먹었다. 건축허가를 낸다, 담보대출을 한다, 집 지을 준비를 다 해놨다. 그런데 의외의 복병, 영감이 같이 내려가 살지 않겠다고, 고향 집을 떠나지 않겠다고 고집을 피우는 것이다.

"아버님. 앞으로 똘이 볼 생각을랑 하지 마세요. 정말이에요. 일부러 그러는 게 아니고요, 똘이를 올려보낼 수가 없어요. 학교가 끝나면 과외공부 시킬 거예요.”

 똘이의 학교공부가 신통치 않다는 걸 들어 알고 있는 영감이었다. 태권도다 속셈이다 피아노다 과외 공부를 시키면 똘이가 놀러 다닐 틈이 나지 않는다는 걸 들은 터였다. 똘이 교육상 학교 근처로 집을 옮긴다는 데야 영감은 이사 자체를 반대할 수는 없다. 한일합방 때 산골에서 태어나 초근목피하며 살아왔으니 영감이 학교 문턱에 가봤을 리 없었다. 그때는 큰길가에 학교가 없었다. 사십 리를 걸어 가야 하는 읍내 학교에 다닐 수는 없었다. 한글을 터득하고 천자문 한 권 읽은 게 영감의 학력이다. 머리는 좋아 셈은 빠르다는 평을 들었지만 낫 놓고 기역 자도 모르는 게 영감의 실력이다. 학교에 다녀야 대접받고 성공한다는 걸 영감은 뼈저리게 알고 있다.

 장수 영감을 못 내려가게 충동질하는 조 영감을 찾아간 똘이네는 처음에는 부드럽게 나갔다. 말을 안 들으면 면박을 주리라 마음 잔뜩 먹고 있었지만.
 남의 집 분란만 일으킬 거예요? 아저씨. 정 그러시면 우리도 다 생각이 있어요, 말 할 참이었다. 조 영감이 꾸어간 돈을 당장 갚으라고 윽박지를 것이며 도지 없이 사용하고 있는 집 뒤의 똘이네 밭을 내놓든지 사용료를 내든지 하라고 할 셈이었다.
 "아저씨. 우리 아버님 잘 설득해 주세요. 우리 아버님이 아저씨 얘기는 잘 듣잖아요. 아버님이 저희와 같이 내려가 사시게요. 네?"
 조 영감은 의외로 쉽게 무너졌다. 꾸어간 돈을 얼른 갚으라고 한 것도 아니었고 공짜는 안 돼! 사용료를 내라고 한 것도 아니었다.
 조 영감의 머리 속에 들어가 본 것은 아니지만 똘이네가 찾아갈 때 가지고 간 선물, 청주 한 병과 쇠고기 닷 근의 위력이었던가 싶다. 또 조 영감 내심으로는 갖다 쓰고 있는 돈과 공짜로 사용하고 있는 집 뒷밭에 대해 내심 부담스러움을 갖고 있었던 같다. 물론 선물의 힘이 더 큰 것은 틀림이 없는 성싶다. 꾼 돈과 땅의 공짜 사용은 조 영감이 장수 영감에게 부탁한 것이었으니 두 영감의 친분에 의한 거래였다. 아들 내외가 아버지를 통하지 않고 조 영감에게 압력을 넣기는 힘들기는 했을 것이다.

"자네들이 말하는 뜻을 알겠네. 사시면 얼마나 사시겠나. 같이 내려가 잘 모시게. 자네들이 형님을 잘 모셔야 그걸 보고 자란 똘이가 자네들에게 효도하는 것이지 불효하는 부모한테 효도하는 자식은 없는 법이야. 고기는 잘 먹겠네. 고마우이. 따끈한 정종 생각이 나는구먼."

어려운 고비를 쉽게 넘겼다. 똘이네는 그렇게 생각했다. 조 영감을 배석시킨 자리에서 똘이네는 장수 영감에게 같이 내려가 살 것을 강력히 권했다. 이제까지 해오던 얘기를 반복했다. 조 영감도 똘이네가 얘기할 때는 머리를 끄덕여 주었다. 담판은 끝났다. 드디어 장수 영감이 머리를 아래위로 내렸다 올렸다. 알았어! 같이 내려가마. 집은 어떻게 짓는 거야? 이층집을 지어 1층은 장사하는 사람에게 세를 주고 2층을 똘이네가 쓰게 된다. 방은 세 칸. 현관 바로 옆방은 똘이네 부부, 화장실 지나 끝 방은 똘이 방. 현관 왼쪽으로는 거실 그리고 고향을 바라볼 수 있는 거실 옆방은 아버님 방, 이라고 자세히 설명했다. 머리를 끄덕이는 영감을 두고, 후련한 속으로 콧노래까지 부르며 똘이네는 돌아내려 갔다. 똘이네가 일단 집 지을 터에 임시 거처로 갖다놓은 컨테이너가 그들의 숙소였다. 그들이 내려간 다음 조 영감은 숯불을 피워놓고 장수 영감을 데리고 왔다. 따끈하게 데운 정종을 따라 장수 영감의 잔에 채웠다.

"형님. 장수하세요."

"에끼. 이 사람. 장수더러 장수하세요, 라니 말을 놓는 거야?"

"취소, 취소. 장수 영감님, 오래 사세요."

"알았어. 오래 살께!"

"그런데 형님. 내려가시더라도 항상 생가 쪽을 보고 사셔야 해요. 나도 형님이 보고 싶던지 적적하면 내려갈게요."

"암. 내가 바라볼 곳이 이곳뿐이지 어딜 보고 살겠나. 자네와 헤어지는 게 너무 섭섭하네. 자주 내려오게."

"알았어요. 형님. 한 잔 더 드세요. 이게 이별주군요. 이 잔 한 잔 더 드시고 만수무강하세요. 이제 가면 언제 오나. 정든 임 떠나가면 나는 어이 살라고, 나는 어이 살라고, 나는 어떻게 해."

"자네 지금 상여 메고 나가는 소리하는 거여? 응?"

다음날 똘이네는 차를 한 대 빌려 가지고 와 영감을 길가 건축현장에 데리고 갔다. 설계도를 보여주면서 집 지을 구상을 설명해 주었다. 집 앞을 가급적 넓혀 마당으로 가꾸고 주차공간을 넓히며 집을 경계선 끝까지 안쪽으로 들여 짓는다고 설명했다. 영감은 집터 가운데서 생가 쪽을 바라보았다. 고갯마루 나무가 무성한 사이에 닦여진 길이 밝은 색깔로 칠해진 듯 보였다. 양옆으로 전봇대가 두 개 나무젓가락 세워놓은 것처럼 보였다. 고개를 넘자마자 오른쪽 전봇대 옆으로 길가에 조 영감의 집이 있다. 그 옆 샛길로 해서 바로 장수 영감의 고향집이다. 고개 위 오른쪽으로 소나무가 빽빽하다. 그 앞 고개 아래쪽으로 사이사이에 키가 좀 작은 조팝나무가 담장을 이룬다. 큰길에서 올려다보면 늦봄부터 서리가 내릴 때까지 조팝나무의 하얀 꽃이나 이파리가 영감의 집을 완전히 가려진다. 이파리가 떨어졌을 때는 장수 영감의 생가, 빨간 양철 지붕이 빗살처럼 다시 보인다. 저게 고갯마루구나! 오른쪽 전봇대 옆이 장수 영감의 집이야! 시야를 가렸던 이파리가 떨어진 다음에도 빨간 지붕은 아무나 익히 볼 수 있는 것은 아니다. 고갯길 오른쪽 전봇대 바로 그 옆 빽빽한 소나무 기둥 사이로 뿔긋뿔긋 보이잖아. 그게 내 집 지붕이야. 시력이 젊은 사람만 못할 것 같은 영감의 눈에는 확연히 보였지만 다른 사람들은 쳐다보고서 소나무 사이가 뿔긋뿔긋 한 것 같구먼! 그렇게 반응했다.

영감은 폭탄 같은 선언을 아들 내외에게 했다. 빌려 탄 차를 도로 타고 고개를 넘어 전봇대 옆 소나무 숲을 지나 빨간 지붕, 고향 집으로 돌아왔다.

"내 방에서 고향 집을 똑바로 바라볼 수 있어야 해. 거실에 제사상을 차릴 테지만 상牀은 고향을 바라보게 차려야 해!"

그러면서 빤히 보이는 고갯길을 영감이 손가락으로 가리켰다.

이런 영감탱이! 갈 곳을 찾아 얼른 떠나가지를 않고. 씨팔, 똘이 엄마는 시아버지를 노려보며 쫑알거렸다. 물론 영감도 듣지 못했고 영감의 아들인 남편도 들을 수 없을 정도로 낮은 투덜댐이었다. 똘이 엄마의 입이 툭 튀어나와 이글어진 걸 두 부자는 볼 수 있었다. 영감부자는 똘이 엄마의 살기 찬 눈길을 마주하기 거북하여 얼굴을 돌렸다. 며느리의 노골적인 불만표시를 받아본 기억이 별로 없는 영감은 순간 당황했다. 영감이 쓰는 방과 거실이 동쪽 즉 영산, 고갯길을 바라보게 하자면 집이 앉은 방향을 뒤틀어야 한다. 그러자니 집과 길이 나란히 일렬이 못되고 한쪽이 쏙 들어가게 되는 것이다. 집이 삐딱하게 들어 앉을 수밖에 없다.

결국. 집을 다 지은 다음 내려온 영감은 잘 때도 머리를 영산 방향으로 두고 잤다. 밥상을 차려줘도 동쪽을 향하게 앉아 먹었다. 마당에 나가 앉을 때도 영산 기슭 언덕배기에 두고 온 생가를 향한다. 그런 영감의 고집을 누가 꺾을 수 있었으랴. 영감은 나이답지 않게 영리했다. 땅 소유권 등기를 아들한테 일절 넘겨주지 않았다.

"내가 죽으면 다 너희들 것이야. 내가 죽을 때까지도 못 참겠단 말이냐? 내가 머슴 살다가 독립하면서 이 땅들을 사들이는 게 얼마나 힘들었는지 너희는 몰라. 네 어미가 살아있으면 내 지금 당장 네 어미한테 등기를 다 넘길 거야. 죽을 때 갖고 가겠다는 게 아니야. 나와 네 어미의 피와 땀이 서린 이 땅을 얼마 남지 않은 죽음까지 이름이나마 내 손에 쥐고 싶은 거야. 너희들 마음대로 땅을 사용하고 있는데 불편할 것 없잖아. 안 그래? 나와 네 어미의 피와 땀이 구석구석에 서린 게 내 눈에는 보여."

영감의 단호함에 감히 대들 용기를 아들과 며느리는 내지 못했다. 늙으면 죽어야 해! 속으로만 불평불만 할 뿐.

고향 집이라야 길을 따라가도 십 리 정도라 정적이 깃든 밤이면 자동차 경적 소리가 들릴 정도이다. 영감한테는 언덕 즉 작은 등성이에 무성한 나무숲이 살짝 집을 가려 볼 수 없는 것을 안타까워했다. 나무만 몇 그루 없어도, 조팝나무를 쳐버려도 영감은 창밖으로 고향 집 지붕을 볼 수 있는데. 얼른 찬바람이 불어 낙엽이나 떨어져야 붉은 지붕이 시야에 어른거릴 것이다. 중동사람들은 여행하다가도 나침반으로 확인한 다음 메카 방향으로 무릎을 꿇고 절을 한다. 중동이 어디에 있는지 마호메트가 누구인지는 모르지만 영감은 회교도들이 하는 식이다. 영감이 회교도식을 본뜬 것은 아닌 것 같다. 자기 나름대로 고향을 향한 의식을 치르는 것으로 보였다. 영감의 일과는 고향 집을 향하는 것으로 시작한다. 문밖에 나가 의자에 걸터앉을 때도 앉기 전에 의자의 방향을 고향 집 쪽으로 바로잡는 것이 순서이다. 고향 집 있는 자리 위로 고향 산인 영산의 편편한 꼭대기가 바로 보인다.

"아버님 일 년 내내 제사 지내는 거예요? 무슨 밥을 그렇게 잡수세요? 청승스럽게 시리, 아이, 참!"

못마땅한 목소리로 며느리가 입을 쑥 내민다. 밥상을 갖다 주면 영감은 고향 집이 있는 언덕배기를 향해 밥상이 놓인 방향을 수정한다. 선장이 키를 돌려 방향을 잡듯. 그걸 보고 며느리가 못마땅한 듯 투덜대는 것이다.

큰아들이 큰길가로 집 짓고 이사 나오는데 따라 나오지 않을 방도가 없었다. 지팡이 짚고 온 영감이지만 마음은 언덕 너머 고향 집에 가 있다. 어쩌다 몸 상태가 좋아 저녁밥에 곁들여 마신 반주 한잔에 기분이 좋아진 영감이 '고향이 그리워도 못 가는 신세-' 하고 빠진 이 사이로 소리가 새는 노래를 웅얼거린다.

"어젯밤 꿈에 고향 집을 봤어, 그리고는 뜬눈으로 밤을 새웠지. 여보게! 나 좀 집에 데려다줘!"

"알았어요. 다음에 꼭 모시고 갈게요. 그래도 아저씨는 복이 많으세요. 고향에 살 수 없는 사람이 얼마나 많은데요. 또 고향에 가더라도 오십 년 지나가 본들 뭐가 남아 있겠어요. 그런 사람들에 비하면 아저씨는 축복이어요."

큰아들의 친구인 작은 선 씨가 하는 소리를 가는 귀로 대충 알아들은 영감은 그래! 정말 그래. 숙은 네 아버지 같은 사람 참 불쌍다고 동감히면서 머리를 연신 끄덕인다. 작은 전 씨라 함은 실향민으로 이곳에 정착하여 살다가 죽은 전 씨의 아들 영호를 말한다. 영감보다 몇 살 밑인 삼팔따라지 전 씨는 이곳에 흘러들어 와서 처음 얼마 동안은 영감에게 의지하였다. 토박이인 영감의 형편이 조금 나으니 가진 것 없는 전 씨는 영감을 가까이하는 게 도움이 되었다. 그러다가 전 씨는 나무를 베어다 파는 산판 업자를 따라다녔다. 요령이 붙은 전 씨는 얼마 후 직접 나무를 잘라다 팔았다. 지게를 지고 산에 오르고 나무를 지어 다시 내려오고, 능률이 오르지 않았다. 산판에서 배운 것을 전 씨는 직접 써먹기로 했다. 굵은 마닐라 로프를 풀어가면서 산으로 기어올랐다. 갈 수 있는 곳까지 가서 로프를 큰 나무 기둥에 묶고 산 아래에서도 마찬가지로 기둥에 묶었다. 또 다른 로프 쪼가리를 헐겁게 매듭을 지은 다음 남은 줄로 나무를 묶는다. 이미 언덕과 아래를 연결한 로프에 파이프를 끼워 나무를 매달았다. 그리고는 나무묶음의 로프를 잡았던 손을 놓아버린다. 나뭇단은 아래로 내려가 떨어진다. 내려가는 케이블카의 원리를 이용한 것이다. 수동手動 하향下向 고물 케이블카. 지게에 지어 나르던 것보다 몇십 백배 능률이 올랐다. 전 씨의 맨주먹에 돈이 쥐어지기 시작했다. 당연히 전 씨는 땅도 얼마큼 사들였고 집도 지었다. 농사만 짓는 장수 영감보다 여유가 더 생겼다.

  그렇게 돈을 만지던 전 씨는 통일이 되기까지 기다리며 잘 먹고 행복하게 잘 살았을까? 그렇지 않았다. 전 씨는 칡뿌리 캐 먹고 나무껍질 벗기던 맨주먹 시절의 초심初心이 흐트러졌다. 전 씨의 아내는 옛날 생각 좀 하며 살자고 바짓가랑이를 붙들고 사정했지만 전 씨는 막무가내였다.

  "아니 이년이 도대체가. 바지가 찢어졌잖아?"

전 씨는 아내를 발로 걷어찼다. 더 이상 말렸다간 손찌검할 판이다. 부족하면 몽둥이를 들고 팰지도 모른다. 아내는 몇 번 만류하다가 제풀에 주저앉았다.

전 씨는 저녁이면 도리 짓고 땡 화투판에 가 살았다. 고향이 눈에 어른거려 사는 맛이 안 난다고, 화투장을 붙들고 있는 순간에는 온갖 시름을 잊을 수 있다고 했다. 돈을 잃기도 하고 따서 오기도 했다. 남들이 보통 하는 얘기처럼 투전판에서 가산을 탕진하지는 않았다. 전 씨를 두고 눈썰미가 있다고들 말했다. 영리하였고 마음이 굳은 편이었다. 원래부터 담배를 하지 않았고 못 먹고 살고부터는 술을 입에 대지 않았다. 어울려서도 색싯집에는 가지 않았다. 수족처럼 부리는 일꾼을 위로하는 술자리에서도 색시들을 배분하고는 정작 자신은 자리를 빠져나왔다.

"이 잔 한 잔 받게. 자."

"난 싫어. 한 잔이 두 잔 되고 두 잔이 석 잔 되는 법이야. 대신 자네 한 잔 따라줄게. 자!"

"전 씨 자네가 안 들면 우리도 술 안 먹겠네. 자 한 잔 만 받아. 어서."

"싫어. 안 들면 돈 굳고 좋지. 자네들 하겠으면 하구 말겠으면 말구. 난 술 안 먹네."

전 씨는 결심이 굳었다.

"고향 땅을 밟기 선에는 술을 입에 질대로 대지 않겠어."

그러던 전 씨가 보신탕집에 들렀다가 과수댁을 보고는 고향에 두고 온 누이의 얼굴을 떠올렸다. 눈으로만 가만히 웃는 모습. 착 가라앉은 목소리. 도톰한 입술의 갸름한 얼굴은 농매에도 그리던 누이의 모습이있다. 그 모습은 젊었을 때의 어머니 모습이라는 생각도 들었다. 고향에서는 개를 때려잡아 천렵한다. 사내들의 보신행사요 낙 중의 낙이었다. 그러던 전 씨는 술을 안 들고부터는 육류가 입에 받지 않았다. 냄새도 싫었다. 전 씨는 개 삶는 노린내나 삼겹살 굽는 기름내를 역겨워했다. 그것참 이상하다. 세상에 영원한 것은 없다. 식성도 바뀌나 보다. 과수댁에게 마음을 두고부터는 사람들을 끌고 가 놀아도 노린내가 역하지 않았다. 과수댁에게 서너 번 가고부터는 전 씨는 보신탕 국물을 떠먹었고 고기도 몇 점 집어먹었다. 그냥 먹을 만했다. 보신탕집은 과수댁이 주인이 아니었다. 사촌 언니가 몸조리하는 동안 부탁하여 남편을 잃은 과수댁을 데려다 놓고 일을 시키고 있었다. 술도 잘 안마시고 고기도 좋아하지 않는 전 씨가 뻔질나게 가게에 들르는 걸 보고 사촌언니는 금방 눈치를 챘다.
"전 씨 아저씨. 내 동생한테 눈독 들이지 말아요. 전 씨는 처자식 있는 몸 아닌가. 행여나 댁내가 알면 난리가 날 터인데."
"나도 맘 없습니다. 과수댁을 보면 북녘에 두고 온 누이 얼굴이 떠올라 쳐다보는 것에 지나지 않습니다. 마음 놓소."
"그렇다면 다행이구. 내 말이 섭섭하다구 우리 가게에 발을 끊지는 마시구려."
"아무렴요. 과수댁은 딸린 아이가 없습니까?"
"하나 있는데 시댁에서 데려가 버려 혈혈단신이오. 불쌍한 아이지."
전 씨도 누이 얼굴 본다 치고 가게에 들러 밥을 먹고 가긴 했다. 한 번 보고 두 번 보니 과수댁에게 마음이 자꾸 끌려들어 갔다. 문밖에서 일행을 보내고는 입에 받지도 않는 술을 한 병 시켜놓고 과수댁이 한가하면 불러 옆에 앉혔다. 오다가다 가게에 들러서 밥을 시켜놓은 전 씨는 사촌 언니가 없으면 과수댁에게 실없이 말을 걸었다. 드디어 가게가 쉬는 날 전 씨는 과수댁을 밖으로 불러내었다. 과수댁은 나오라는 데로 나왔다. 외로운 여자가 여유가 있어 보이는 남자의 따뜻한 손길에 녹는 것은 당연한 것인지. 이러면 안 돼. 처자식 있는 남자는 안 돼, 하면서도 과수댁은 전 씨가 만나자면 만나주었다. 아내는 피난 나올 때 파편을 맞아 여자구실을 못해 각방을 쓰고 있다. 아내는 제대로 먹지 못해 황달기가 있어 오래 못 살 것 같다, 고 전 씨는 말했다. 작은 집을 하나 지어 과수댁이 기거하면 아내와 얼굴 마주치지 않아도 된다고 달래며 전 씨는 과수댁에게 매달렸다. 진중한 편인 전 씨는 과수댁 앞에서 몸을 비비 꼬았다. 사촌 언니는 전 씨가 맡아서 설득하겠다고 했다. 전 씨가 사촌 언니의 집을 몇 번 찾아가더니 언니의 태도가 누그러졌다. 장담하던 대로였다. 전 씨가 선물 공세 등으로 수완을 부린 것이다. 아직 여자들이 혼자 살기에는 너무 힘든 사회실정이었다. 과수댁에겐 남편이 죽고 나서 적극적으로 대시하는 남자는 전 씨가 처음이었다. 전 씨가 몇 번 찍지도 않았는데 과수댁은 넘어갔다. 그렇게 전 씨는 작은댁을 하나 얻어 살게 된 것이다.

"아니 내가 아들을 못 낳줬나? 집안일을 못하나? 이제 겨우 먹고살 만하니 첩질이야 첩질이. 나쁜 새끼. 고향 잃은 사람이 어디 한둘이야? 사는 게 재미없다는 핑계가 겨우 계집질이냐구? 그럼 난 뭐야? 내 고향은 어떡하고, 나도 사내질 좀 해야겠네?"

전 씨의 아내는 펄쩍 뛰며 과수댁은 물론 전 씨까지 집에 들여놓지 않았다. 그것도 잠시뿐이었다. 전 씨의 말과는 다르게 아내가 지병이 있었던 것도 아니고 여자구실을 못하는 것도 아니었다. 까마귀 날자 배가 떨어진 격. 아내는 시름시름 앓아누웠다. 죽기 얼마 전부터 아내는 과수댁을 집으로 불러들였다. 계모의 역할을 간곡히 부탁했다. 과수댁은 정성스레 전 씨의 아내를 간병했다. 생모가 죽은 후 작은 전 씨 즉 영호는 계모인 과수댁을 엄마라고 불렀다. 영호는 과수댁이 죽은 후에 과수댁이 낳은 이복동생 둘을 보살피고 있다. 장수 영감의 고향 집에서 고개 하나 더 넘은 박골에 살고 있다. 만만한지 영호가 집에 들르면 영감은 자기를 고향 집에 데려다 달라고 보챘다.

지난번에 영호가 영감에게 인사차 들렀을 때였다.

"생가 부엌으로 흐르는 샘물이 어떻게나 달고 시원한지 물이 줄줄 바지에 흐르는 것도 상관 않고 바가지로 한없이 퍼마셨지."

"또 꿈에 일을 저지르셨군!"

이부자리에 오줌이 흥건하게 밴 걸 안 며느리한테 핀잔을 받고는 영감은 눈물을 찔끔찔끔 흘리는 걸 영호는 손수건으로 닦아주고 한참을 달래야 했다. '죽어야지, 죽어야지.' 상투적으로 하는 노인네한테는 백 살도 더 살라 하면 위로가 되는지 고맙다 하고는 눈물을 그치곤 한다.

"에이! 그렇게 살아 무얼 해?"

말하고는 잠시 후, '그렇게 살 수 있을까?' 하고 영감은 오히려 되물어 왔다. 삶의 애착은 나이들 수록 더해진다고 들었다. 그러나 영호는 이해를 할 수 없었다. 자신은 절대 그러지 않을 거라 했다. 백 살을 살 수 있는 사람은 죽을 때도 곱게 그리고 깨끗하게 죽을 것이다. 기력이 다 한 어느 날 소리 없이 숨을 거둘 테니까. 그렇다고 해도 오래 살고 싶은 생각이 작은 영호에게는 없었다.

"마누라가 죽으면 나는 새 장가 안 들어!"

"아저씨! 돈이 아까워서지요?"

영호가 바른말을 하면 영감은 정곡을 찔린 듯 겸연쩍어 어색한 표정을 짓곤

했다. 나이 육십 넘어 아내 죽은 지 한 달 만에 새 아내를 얻기 시작하더니 벌써 세 번째. 밥그릇에 밥을 풀 때도 논공행상論功行賞을 했다. 일을 덜 했다고 생각되는 식구들에겐 밥그릇 위가 불룩하지 못하고 평평하게 깎아 주도록 했다. 불쑥 튀어 오르기라도 하면 불호령이 떨어진다. 영감은 열심히 일하여 밥값을 한 식구들만 배불리 먹을 수 있도록 했다. 식구들은 영감의 불호령이 무서워 땅바닥의 쌀 한 톨도 주어야 했다. 떨어진 밥상의 밥풀은 주워 먹어야 했다.

"쌀 한 톨이 만들어지려면 농부의 손이 아흔아홉 번 가느니라, 요즘 젊은것들은 굶어보지 못해 가지고… 쯧쯧."

영감이 영호를 보면 하는 소리가 그것이고 만나는 사람마다 동정을 구한다.

"언제 시간 나면 내 생가에 한 번 데려다주렴."

영감의 사정하는 목소리는 간절하다 못해 처량했다. 아니 애절해 보이기도 하는데 누구에게나 영감의 넋두리가 주는 느낌은 비슷했다.

집안에 박혀있기 답답하여 문 앞에서 사람과 차가 지나다니는 걸 내다보고 있던 영감이 어느 날 기겁을 했다. 앉아 있던 의자에서 일어나지도 못하고 엉거주춤한 자세로 왼손을 허우적거렸다. 오른손에 든 지팡이를 허공에 대고 왼손과 박자를 맞추듯이 흔들어 댔다.

"저런, 저런, 망측할 일이. 이런, 이런…"

몇 미터 앞 길가에서 입을 대고 쭉쭉 빨고 있는 젊은 남녀를 보고 하는 영감의 말이다. 아들, 손자와 증손자들이 오면 두고두고 하는 얘기이다.

"내 오래 살다 별일 다 본다. 말세야 말세. 나를 빨리 죽여다오."

세상은 정신없이 변해 돌아간다. 세태의 변화를 따르지 못함은 영감의 절반

나이도 안 되는 영호도 마찬가지인지 젊은이를 바라보는 시각이 비판적이다.

"좀 더 있어봐라, 여자들끼리 입을 빨고, 부모들이 보는 앞에서 버젓이 키스하는 애들 곧 나타날 거고, 길옆에서 빨다가 흥분을 못 참으면 남들 보는 벌건 대낮에 배꼽을 맞대고 신나게 비비는 일 생길 거다."

말이 씨가 되었는지 영감은 백 살을 하나 못 채우고 죽었다. 사흘을 자리에 누워 시름시름 하다가 기력이 다해 숨을 곱게 거두었다. 설날을 닷새 앞두고 죽어 오일장 장사 날이 설날이 되었다. 장지는 영감의 생가 뒷산, 선산이다. 호상의 조건을 모두 갖춘 죽음이었지만 30년 만의 혹독한 추위로 힘센 굴착기가 산소 자리 언 땅을 파는 데 애를 먹었고 상주들의 고생과 속 불평이 심했다. 영감의 장사를 치르고 온 날 저녁, 영감 맏아들의 아들 즉 장손인 똘이의 뺨을 영감의 둘째 아들 즉 작은아버지가 후려쳤다.

"넌 위아래도 없어? 건방진 자식. 사촌 형한테 돌을 던져?"

똘이는 얻어터지고 울면서 자기 엄마에게 가 일렀다. 큰며느리는 자기 아들을 때린 시동생의 얼굴을 손톱으로 흠집을 내었다. 집안의 장손에게 감히 누가 손찌검을 해? 큰며느리가 시동생에게 소리를 지르고 대들었다. 동서가 팔을 걷어붙이고 나서 여자들 싸움이 되는가 싶었다. 옆에 있던 큰아들은 에이 못난 놈, 하고 동생의 배를 걷어찼다. 형제들 간의 집단 패싸움 양상이었다. 동생가족들은 침을 뱉고 물러 나와 각각 자기 집으로 돌아갔다. 장례식장에서 바로 흩어지고 말았다.

영감이 죽을 때까지 움켜쥐었던 수백 마지기의 땅 소유권이 어느새 큰아들과 큰조카에게 다 넘어가 있었다. 유언의 증거가 미심쩍었다. 시중든 큰아들 내외가 자리에 누운 영감의 지장(指章)이나 인감도장을 받는 건 아주 쉬운 일이었을 것이다.

유산에 욕심내지 않고 약삭빠를 것 같지 않았던 동생들이었다. 가만히 있지 않았다. 예상을 깼다. 둘째 동생이 진단서를 첨부하여 형을 고발했다. 에이 한심한 것들! 담당 형사는 혀를 끌끌 찼다. 동생들이 거세게 나오니까 큰아들 내외가 흠칫 물러나 돈을 좀 내놓고 무마할 낌새를 보였다. 처음에는 형제들끼리 타협이 이루어지는 것 같기도 했다. 둘째와 셋째 동생에게 몇십 마지기씩 떼어 주고 여동생 둘에게도 약간 넘기기로 합의를 보는 것 같았다. 동생들의 중재부탁이 있었지만 영호는 나설 수도 없었고 상의도 해줄 수 없었다. 나서거나 상의해 주기 곤란한, 어느 한 쪽을 편들기 어려운 재산문제였기 때문이다. 친구 편을 들 수도 없었고 동생들 편을 들 수도 없었다. 타협점을 찾아가는 것 같던 재산분배 문제가 공식화되었다. 사태를 지켜보며 뒷전에서 주판알을 튕기던 동서, 부인네들이 싸움의 전면에 나서면서 복잡해졌다. 부인네들이 이의를 제기하면서 끝내는 재산 나누기소송으로 번졌다. 삼 년을 끈 소송 기간 동안 제사상과 차례상은 큰아들 내외끼리만 차렸고 다른 4남매는 코빼기도 내밀지 않았다. 법에 정한 대로 적당히 재산을 나눠준 판결 후에도 동생 4남매는 큰집에 발길을 끊었다. 자녀들의 결혼식 때나 축의금을 돌리고 참석하는 형식적인 관계가 되었다. 다시는 얼굴을 안 볼 듯 뒷욕을 하고 다녔다. 왜 이렇게 되었을까? 콩가루 집안. 터가 세면 집안 꼴이 안 된다고 한다. 이렇게 집안이 꼬이기 시작한 것이 모두 장손 집이 삐딱하게 들어서서부터라고 동생들은 얘기했다. 정말일까? 멀다면 멀고 가깝다면 가까운 거리에서 이들의 꼬락서니를 지켜보면서 영호는 집안 어른 즉 장수 영감의 잘못이 제일 큰 것으로 생각했다. 교통정리가 안 된 재산을 앞에 놓고 서로 먹겠다고 하지 않을 자식이 어디 있으랴. 나는 안 먹어, 너나 먹어, 하며 양보할 성인군자가 세상에 몇이나 있을까? 무지, 편견, 착각- 전적으로 영감의 잘못이야! 내 경우도 형태는 다르지만 마찬가지, 실권자인 아버지 잘못이야! 어른이 바르고 곧은 판단으로 세상을 살아야 하는 건 가족에 대한 당연한 의무. 의무를 못다 한 사람이 자기 마음대로 권한을 행사했다는 것은 직권남용이요 직무유기요, 파면감이다. 영호는 그런 생각에 미치자 아버지를 심판하고 싶었다. 아버지가 살아있고 영호 스스로 자격이 된다면 꼭 그러고 싶었다. 나이가 들수록 몸이야 세포가 죽어가는 만큼 스러지겠지만 못난 짓은 하지 말고 살아야 한다.

"나는 삐딱이 영감처럼 또 내 아버지처럼은 절대 안 될 거야! 주접떨지 않을 거야!"

'장가도 못 드는 주제에 내가 이렇게 큰소리를 쳐도 되나? 여자들은 다 어디가 처박혀 있는 거야?' 영호는 스스로 부끄러웠다. 마음만 먹으면 영호는 얼마든지 주책 부리지 않고 살 수 있을 것 같았다. 당연히 그래야 한다. 또 그럴 수 있다. 기특한 생각을 하는 영호가 대견해 보이기도 하지만 글쎄요, 두고 볼 일이지. 세상 사람 누구나 다 그 정도는 다짐하면서 사니까. 산골에 산다고 수더분한 사람만 사는 것은 아니다. 다들 제 잘났다고 한다. 보통사람은 찾기 힘들다. 하나같이 삐뚤다.

07

일곱번째 이야기
십분의 일

일곱번째 이야기

십분의 일

목사는 긴 설교를 끝내고 나서 잠시 숨을 돌렸다. 찬송이 끝나자 목사는 주보를 펼쳐 들고 교회소식을 전하였다. 예배가 거의 끝나가는 것이다.

"서로 인사하시겠습니다. 샬롬."

"새로 나오신 분을 소개하겠습니다."

"김 아무개 성도님, 어디 계십니까? 잠깐 일어나 보시겠습니까?"

"아, 저기 계시군요? 모두 환영의 박수 보내주시기 바랍니다."

"환영합니다. 주님의 은총이 함께하시기를 빕니다. 송 아무개 집사님이 전도 하셨습니다."

교회 안을 꽉 메운 오백 명은 넘을 신도들의 박수 소리가 터져 나왔다. 얼굴에 만족한 미소를 띤 목사가, 주여! 주여! 설교 도중 내내 소리를 질러 허스키한 전형적인 목사 형(型) 목소리로 말했다.

"나머지 광고 말씀은 주보를 보시고, 한 가지 꼭 모든 성도님들에게 알려드릴 게 있습니다."

한 가지 꼭, 이라는 목사의 말에 모두들 귀를 기울이고 단상의 목사를 쳐다보았다. 한 가지 꼭, 이라는 강조 법을 잘 쓰지 않는 목사의 새삼스러운 표현에 모두들 눈과 귀를 한군데로 모았다.

"김호 성도님이 십의 일조로 이억 오천만 원을 헌금하셨습니다."

이억 얼마라고? 모두 억! 하는 표정으로 제대로 들은 건지 잘 못 들은 건지 확인이라도 하려는 듯이 서로 옆 사람을 쳐다보았다. 대부분의 사람들이 일제히 우로 봐, 좌로 봐, 하면서 좌우로 얼굴을 돌렸다. 그 모습이 신기한 듯 단상에서 내려다보는 목사의 마음 놓고 웃는 얼굴이 조명발에 더 훤해졌다.

"하나님은 계산이 정확한 분이십니다. 하나님은 반드시 채워주십니다. 할렐루야! 온전한 믿음을 가진 자만이 압니다."

"아멘."

장내가 떠나갈 듯 이구동성으로 동시에 아멘, 하는 소리는 교회 안을 한동안 울렸다. 시선은 곧 김호金浩 내외에게 집중되었다. 정작 본인인 호浩는 영문을 몰랐다. '이억오천만' 이 어떻게 나온 숫자인지 들뜬 분위기에 호浩 스스로도 멍청히 입이 벌어졌다. 머리의 회전속도를 최고속으로 돌려보았지만, 여전히 감을 잡을 수 없었다.

"김호 성도님의 서울 작은 아드님이 오늘 아침 송금하고 전화해왔습니다. 통장을 확인해 보니 정확히 이억 오천만 원이었습니다."

둘째 식이한테 전화해 봐야겠지만 혹시 그 돈 아닌가? 호는 궁금증의 실오라기를 잡아 풀 수 있을 것도 같았다. 목사님의 봉헌기도가 시작되었으니 찬송가 한 장 더 부르고 축도가 있은 다음 예배가 끝난다. 시간으로 보면 10분 안짝이다. 예배가 끝나는 즉시 핸드폰의 단축번호 4를 눌러 석이의 얘기를 들으면 전말을 알 수 있다. 하지만 10분도 안 되는 시간이 왜 그렇게 긴지 엉덩이가 들썩거렸다. 호는 가슴은 뛰고 입속이 탔다.

억! 억? 도대체 무슨 억, 이란 말인가.

　바로 옆자리에 앉아있는 아내를 쳐다본 것도 한참 후의 일이었다. 눈을 떴다 감았다 하면서 시간을 보낸 다음 일. 다른 사람들은 모두 눈을 감고 목사의 기도 소리에 화답하며 아멘, 아멘 하였다. 호는 강단 위의 십자가를 똑바로 바라보았다. 정신을 차리고 싶었지만 마음이 진정되지 않았다.

　잠시 후 석이에게 전화로 확인해 보면 알게 되겠지만 그 돈은 그 돈 같았다. 틀림없이 그 돈이다.

　몇 년 동안 돈에 쪼들려 큰돈 한 번 만져보지 못하고 달달거렸는데!

　그렇게 큰돈은 호가 가지고 있는 땅 하나, 그걸 판돈임이 틀림없다.

　서울의 소개업자로부터 받아 잠시 보관하라고 했던 땅 값. 망할 놈의 자식! 그걸 통째로 교회에 갖다 바치면 어쩌나? 나 이제 망했다.

　좌우간 이 녀석은 부모 속만 썩인다니까! 도대체 도움이 안 돼. 나 이제 죽었다. 주님, 살려 주세요. 주여! 꿈이기를 원합니다. 간절히 간절히 거룩하신 예수님의 이름으로 기도합니다. 아멘.

　호는 그렇게 애절하게 기도하며 하나님께 매달렸다. 목사의 축도가 끝나고 아멘, 하는 순간 응답이 왔다. 호에게 지혜가 떠오른 것이다. 낙장불입은 투전판에나 적용되어 한 번 내린 화투장을 다시 집어 들 수 없다. 그러나 여기는 나눔과 베풂을 가르치는 교회이다. 인자하신 목사님이 계신데, 얼마든지 바로 잡을 수 있을 것 아닌가. 가능해! 호의 생각이 거기에 미치자 마음이 조금 가라앉으며 냉정함을 어느 정도 찾는 것 같았다. 십의 일조라? 그렇지. 바로 그거야. 10

분의 1.

"목사님! 아들놈을 통해 이억오천 들어온 것 틀림없습니다. '십의 일조'라 했더니 이놈에게는 생전 처음 듣던 말이었던 가 봅니다. 교회에 가 본 일이 없는 놈이라 십의 십과 십의 일, 무슨 말인지 못 알아듣고 전부 송금한 것 같습니다."

부모는 교회에 열심히 다닌다면서 아들놈들은 교회로 인도 못 하는 거 교회 분들한테 눈총받겠지. 어쩔 수 없다. 아들놈이 욕을 먹는 경우가 생기더라도 그놈을 물고 들어갈 수밖에 없다. 내가 지금 이 판국에 뭘 가릴 수 있는 입장이 아니야!

"제 둘째 놈이 원래 산만합니다. 남이 말하는 걸 귀담아듣지 않고 딴생각하기를 잘합니다. 왜 그런 아들놈한테 그런 큰돈을 만지게 했느냐고 반문하시겠지만, 순간적으로 그럴 수밖에 없는 사정이 있었습니다. 목사님, 정말로 죄송하게 되었습니다. 용서해 주십시오."

어떻게 해 달라는 건지 호의 말뜻을 정확히 알아듣지 못하고 황당해 하며 말을 받지 못하는 목사에게 호는 덧붙였다.

"모든 게 다 잘못되었다는 뜻이 아닙니다. 전부 돌려달라는 말이 아닙니다. 벌었으니 당연히 십의 일조는 해야 하지요. 이억 오천중에서 이천오백은 십의 일조입니다. 나머지는 어떻게 좀…"

좀, 까지만 말하고 돌려주세요, 라고 딱 부러지게 말을 잇지 못했다. 호는 더 이상의 말 대신 측은한 표정을 목사에게 지어 보였다.

공표한 것을 주워담는 것도 언짢은 일이지만, 큰돈 들어온다고, 간증 거리가 생겼다고, 좋았다 만 목사님은 섭섭한 표정을 끝내 감추지 못하고 몸을 돌려 목사실로 향했다.

목사의 등에 대고 호는 마지막으로 목멘 변명을 해댔다.

"목사님, 헌금 제대로 못 하는 제 사정 알고 계시잖아요? 제 수입 변변치 못한 것도 잘 아시잖아요. 하나밖에 없는 땅을 팔아 전부 헌금할 처지가 못 되고, 이억오천 십일조를 한다면 이십오억 원을 벌었다는 얘기인데 제가 어떻게 그런 큰돈을 벌 수 있겠습니까? 강남에 육십 평짜리 아파트라도 있으면 또 모를까. 우리 애들 서울서 연립주택 전세 살고 있어요. 하나님 앞에 맹세합니다."

그리고는 호가 눈을 떴다. 꿈이었다. 일어나 냉장고 문을 열어 물병을 꺼내면서 벽시계를 보니 아침 4시 10분. 새벽기도회 가기에 알맞은 시간이었다. 보통은 가위눌리거나 못된 짓을 하거나 깜짝 놀라서 잠을 깨곤 하였다. 교회 갈 시간에 딱 맞춰 꿈을 꾸다니 평소엔 없던 희한한 일이다. 꿈의 마지막 장면은 목사한테 치사한 꼴을 보여주었다. 많은 신도들한테 망신살이 뻗쳐 두고두고 입방아에 오르고 내리겠지만 그건 어디까지나 꿈이었다. 결국은 돈을 돌려받았을 것이라는 생각에 안도의 한숨을 쉬었다. 비록 그것이 꿈일망정.

그 이억오천 이라는 수치는 근거가 있었다. 밑도 끝도 없이 꾼 꿈은 아니었다. 간절한 호의 희망 사항이다. 꼭 풀려야 할 숙제이다.

절 입구에 자리한 네 마지기 밭에 호는 흙을 돋우고 집을 지어 옮기려 했다. 호는 절을 찾았다.

"스님! 제 땅에 흙을 갖다 부어야 할 텐데 먼지가 나고 포클레인과 덤프차 소리가 다소 시끄러울 텐데 한두 달 좀 참아 주십시오."

"아니 그러면 집을 지으시겠다는 겁니까?"

"당장은 아니지만 그렇게 되겠지요."

"집은 어떤 집입니까? 살림집입니까, 아니면 민박집입니까? 혹시 음식점이라도 하려는 거 아닙니까?"

"그을쎄요, 그건 아직 정하지 않았지만 셋 다 가능성 있습니다."

스님은 웃음기 가신 얼굴로 한동안 난처한 기색을 했다.

"땅 임자가 뭘 하건 제가 막을 수는 없지만 절 바로 앞에 민박집이나 음식점이 생기면 절을 찾는 신도님들이 언짢아하실 텐데. 참."

마음대로 하라는 답변을 기대한 것은 아니었다. 이렇게 곤란한 표정을 스님이 지으리라고는 미처 생각지 못했다.

보살이 내온 차를 홀짝거리며 한동안 말이 없던 스님과 호.

호가 말을 꺼냈다. 침묵의 순간에 호의 머리가 빨리 돌아가면서 지혜롭게 스님의 의중을 떠봤다.

"스님, 그러면 절에서 제 땅을 사십시오. 네."

호의 갑작스러운 제의를 미처 예측지 못한 스님은 뜸을 들이다가 호 앞으로 머리를 바싹 들이댔다.

"얼마에 파시려고요?"

"글쎄요. 스님도 좋고 나도 좋은 가격이어야 하는데… 그을쎄요. 아, 스님. 속세를 떠난 스님과 가격을 흥정한다는 게 좀 그렇네요. 신도회장하고 얘기하겠습니다. 신도회장 오시면 저한테 들르시게 해 주시면 안 되겠습니까?"

"그럴게요."

 일어서려는 호를 붙들고 스님은 50억을 들고 와 시주하겠다는 분을 지난달에 잘 타일러 되돌려 보냈다는 얘기를 자랑삼아 했다. 시주하고 싶은 빈 마음이 생길 때 부처님에게 재물을 바치는 것이고 부처님을 대신해 절에서 시주를 받게 되는데, 스님은 돈에 욕심을 내지 않는다는 걸 강조했다. 스님이 받아들일 수 없는 요구 조건을 시주하겠다는 영감이 내걸었나?ND 자랑으로 시작해 자랑으로 얘기를 끝냈지만 50억에 대해서는 더 이상의 구체적인 설명을 스님이 하지 않았다. 스님은 화제를 잠시 바꿔 시주는 쌀 같은 곡물이나 보석이었던 시절이 이제는 돈과 땅으로 바뀌었다고 시대의 변천상을 설명했다. 단지 몇십만 원의 돈이라도 신도들의 정성이 담긴 예물은 스님 마음대로 쓰지 못한다고 했다. 밑도 끝도 없이 갑자기 50억은 무어고 몇십만 원은 무어고 빈 마음의 시주는 무언가 생각하다가 호는 아하! 제값 다 주고는 내 땅을 살 수 없다. 그런 뜻을 강조하기 위한 스님의 장광설이구나! 호는 뒤늦게 알아차렸다.

 그날은 그렇게 호는 절에서 물러 나왔다. 한 달이 지났는데도 무소식. 전화번호를 보살한테 물어 호는 신도회장에게 전화를 걸었다.

"스님한테 무슨 얘기 못 들으셨나요?"

"아니, 무슨?"

"제 땅 얘기."

"아, 네. 들었습니다만."

"어떻게 얘기들 하셨나요?"

"글쎄요."

"글쎄요라니요?"

"글쎄요."

"절에 오시면 제집에 한 번 들르세요. 확실한 뜻을 알아야 저로서도 기다리든지 공사를 하든지 해야 하니까요."

다시 한 달이 지나도록 신도회장은 호에게 오지 않았고 스님한테도 연락이 없었다.

호가 기다리다 못해 신도회장에게 전화를 거니 글쎄요, 만 습관적으로 했다. 절의 공사를 전담하고 있는 김 사장에게 땅값을 3억 정도로 생각하고 있다고 미리 운을 떼었었다. 스님과 신도회장의 귀에 들어가라고. 호의 속마음은 흥정하는 과정에서 좀 깎아주고 2억5천을 받으려는 속셈을 해놓았다.

2억5천, 되뇌다가 그 다음 날 새벽에 꿈을 꾸었으니 호의 깊은 잠재의식에 근거한 것이 틀림없다.

왜 큰아들은 놔두고 작은아들이 꿈에 나타나 그런 일을 저질렀을까. 호가 가만히 생각해보니 그것도 이유가 있었다.

호와 아내는 오랜만에 서울로 올라가 아들 둘을 데리고 뷔페식당에 가서 식사를 했다. 목요일 저녁이었다. 돈 좀 쓰고 가속의 기분도 풀어주려고 호는 자리를 만들었다. 시작은 아주 좋았다. 화기애애한 분위기는 호로 하여금 이런 자리를 좀 더 자주 가져야 되겠다는 생각이 들게 했다. 산속에서 절 음식 같은 채소만 먹다가 뱃속이 놀랄 정도로 육류를 많이 집어넣었다. 배가 두둑한 포만감에 호는 기분이 더 좋아졌다.

좋은 일이 있을 때 긴장을 풀면 안 되는가 보다. 석이가 작은 사고를 쳤다. 뭐 별일도 아닌 걸 가지고 말이 오가더니 작은 녀석이 제 엄마한테 고분고분하지 않고 엄마는, 도대체가 말이야! 뻐득뻐득하며 소리를 질러댔다. 또 큰 녀석은 여러 사람 모인 곳에서 왜 큰 소리를 내느냐고 작은 녀석을 타일렀더니 제 엄마와 제 형 둘을 상대로 대들며 뻭뻭댔다. 밥을 먹던 주위의 시선이 전부 호의 가족석으로 집중되었다. 호는 두 아들을 향해 두 손을 올렸다 내리면서 앉아서 얘기해라, 가라앉혀라, 조용해라! 는 시늉만 하고 소리는 내지 않고 입을 벌렸다. 그날 그렇게 먹고 쓴 건 본전은커녕 공연한 자리를 만들었다는 후회만 남긴 자리였다. 소화도 못 시킬 것 같은 음식에 돈 쓴 걸 아까워하며 애들과 헤어져 호 부부는 집으로 돌아왔다. 가만히 생각하니 요즘 들어 작은놈이 계속 짜증을 내며 제 엄마한테 언성을 높였다. 아내는 속상한 걸 속에 두지 못하고 덩달아 호에게 짜증을 내었다. 집에서 단둘이만 살아본 사람은 알겠지만, 상대방 하나의 기분에 다른 하나가 절대적인 영향을 받는다. 작은놈이 제 엄마에게 짜증을 내면 아내는 호한테 짜증을 옮긴다. 가만히 생각해보니 아들놈이 지나쳤다는 호의 판단이 섰다. 어떻게 타이른담!

물론 진로문제, 본인으로서는 심각할 것이다. 이성 문제, 엄청 신경 쓰일 것이다. 청춘의 고뇌는 스스로 극복할 문제이고 젊은이면 누구나 겪는 일이다. 너는 잘할 거야. 스스로 살아갈 문제이지 부모라고 아들의 삶에 큰 도움을 줄 수 없다고 호는 아들을 다독거렸다. 깊은 상담을 해주고 싶어도 이젠 머리가 컸다고 '쉰세대'인 부모와의 대화를 꺼린다.

돈 문제도 큰 비중을 차지하는 모양이다. 쓰고 싶은 아들의 원願대로 밀어주기에는 호의 형편이 신통치 않았다. 있어야 주지. 미안한 마음이 앞섰다. 그렇다

하더라도 가화家和의 질서가 무너지면 가화家禍가 된다. 호는 뷔페식당에서 나와 바로 PC방에 들어갔다. 아내는 이마트에 보내 필요한 물건을 사도록 했다. 석이에게 이메일로 글을 써 보냈다. 길지 않은 내용이다. 한 시간 만에 써 보냈다. PC방에서 나올 때는 약간 머리가 가볍지 않고 어지러운 정도는 아니지만 뒷골이 뻐근한 게 기분이 다소 무거웠다. 아내를 만나기 전에 약국에 들어가 판피린과 박카스를 한 병씩 사서 마셨다. 간단한 글이지만 간단치가 않았다. 글을 받는 석이의 반응을 신경 써야 했기 때문인 것 같다.

석이야!
네가 군 복무할 때 위문편지 써 보낸 것 말고는 처음 글을 쓰는구나.
〈지금보다 목소리를 한 옥타브 낮추고, 반항기 섞인 말투와 짜증을 한 단계 줄여야 한다. 조금 더 부드럽게. 요즘의 네 얼굴 너무 무겁고 또 무섭기까지 하다〉
젊고 기백 있는 네 소신을 꺾으라는 얘기가 아니다.
부모를 떠나있는 네 사정이 여유가 없고 진로 문제와 이성 문제 쉽게 풀려나가지 않을 수 있다. 아버지 능력이 안 돼 뒷받침 제대로 못 하는 거 미안하다. 또 아버지 지성이 모자라 너의 좋은 상담역이 못 되는 것 더더욱 미안하다. 그렇더라도 청춘이 겪는 고뇌는 스스로 극복해야 한다. 스스로 마음 다스리고. 그래야 성숙해질 것이고 얻어지는 깨달음이 있다. 그리고 앞으로 사회생활을 하면서도 마찬가지이지만 누구나 다가오게 해야지 무겁고 무섭게 대하면 오던 사람도 피하고 도망간다. 좀 더 부드럽게, 너 잘 알지?
외유내강, 온고지신, 성경이 강조하는 온유함, 강하면 부러진다는 등 좋은 얘기

많이 있지 않니?

괜찮은 남자를 보고 오기五氣가 있는 사람이라 그러지 않든?

인터넷에 들어가 오기五氣라고 쳐보렴.

生氣, 覇氣, 香氣, 聰氣, 和氣를 말한다.

和氣에는 세 가지 心和, 家和, 人和가 있다. 이건 아버지 얘기가 아니고 큰 사람들이 하는 진리의 말씀이다. 이 중에 아버지가 갖춘 게 얼마나 될까? 자신을 돌이켜본다. 반성하고 고치도록 노력하마.

너도 좀 고쳐주면 안 되겠니? 너는 뚝심이 있어 한다면 하는 청년이라는 걸 아버지는 잘 안다.

부모형제, 아내, 친구, 참모의 인간적이고 우정 어린 충고는 꼭 머릿속에 간직하며 살아가야 한다.

2015. 02. 05
아버지가.

엎치락뒤치락하다가 호는 선잠이 들었다. 간단한 편지이지만 신경을 곤두세웠었다. 이 녀석이 알아들을까? 말귀를 못 알아듣고 공연히 삐치면 어쩌나, 하는 걱정에 깊은 잠을 못 이룬 호가 꾼 꿈에 석이가 주인공이 되어 나타난 것으로 보인다.

그런데 왜 십의 일조가 호의 꿈의 주제가 되었을까? 헌금에 대한 부담감이 생시에 커서였을까? 호가 다니는 교회는 읍 소재지에 있어 도시와는 풍요의 수준이 다르다. 큰 기업체도 없고-몇 있지만 사장이 교회에 안 나오니, 소득수준도 도시와는 비교가 안 된다. 호가 교회에 다닌 삼 년 동안 한 사람이 가장 많은 헌금을 낸 것이 2천5백만 원이었다는데 어떻게 2억5천만 원의 헌금을 꿈에 꾸었을까? 신기록의 꿈, 남들이 하는 것의 열 배를 하고 싶어서였을까? 믿음이 와 닿아서는 아닐 것 같고 요즘 돈에 구애받아서일까? 내 마음 나도 몰라. 잘 모르겠어. 그것이 호가 자신에게 반문하는 대답이었다.

 언짢은 일은 눈을 뜨고부터 계속되었다. 교회, 헌금, 아들에게 한 훈계, 그럴 수도 있는 일이다. 나쁠 것 없는 일인데 하루 종일 찜찜했다.

늦은 식사를 하고 있자니 전화가 왔다.

"김 선생? 나, 육이요."

"네, 선생님! 건강하시지요? 웬일이십니까?"

"암. 물론. 사모님 안녕하시지요?"

"네."

"단편소설로 쓴 서 몇 개 보내요."

"아, 네. 그러겠습니다. 장편은 언제 보낼까요? 선생님 한가하실 때가 언제쯤일지요?"

"이달은 작가 지망생 몇의 글을 읽어줘야 하니까 다음 달에 보내고 우선 단편 몇 개 보내요."

"네, 알았습니다. 그냥 내지 마시고 좀 고쳐주시고요. 뜯어고치셔도 저 군말

안 할 거예요."

　잡지에 글을 실어준다니 고맙고 좋은 일이다. 호는 전화를 끊고 밥 수저를 다시 집는데 아내가 호들갑스럽게 호를 불러댔다. 밖에 나와 보라는 것이었다.

　길 쪽에서 마당으로 조금 들어온 곳에 뻘건 말뚝이 세 개 박혀있는 걸 아내가 손가락으로 가리켰다. 누가 말뚝을 박았으며 왜 박았을까?

　한겨울 다섯 시면 어두워져 어제 아침에 나갔다가 식사하고 돌아올 때는 말뚝을 못 보았다가 아침에야 아내가 먼저 발견한 것이다.

　주위를 빙 둘러보니 곳곳에 표식이 되어있었다. 웅성대는 마을 사람 몇 모인 곳에 가서 들어 보니 지적공사에서 나와서 측량을 하고 간 결과였다고 했다. 도로확장 계획은 벌써부터 있어왔었던 것인데 실행단계에 들어간 모양이다. 삼백 평밖에 안 되는 땅인데 일부를 길에 내놓으면 나는 어떻게 하란 말인가. 아내의 얼굴색은 파리했다.

　평생 머피의 법칙을 준수하고 산다는 피해의식에 젖은 호였다. 열등감 덩어리인 호에게 호재가 터지리라는 기대는 없었지만 이건 너무했다 싶었다. 길에 편입되는 땅이 적거나 길이 뚫리는 사람은 덕을 보게 된다. 큰 땅을 가지고 있다가 일부를 시세대로 보상받는다면 생각지 않던 돈이 들어와 희희낙락하는 사람도 생길 것이다. 길에 땅이 전부 편입된다면 오히려 마음이 편할 수도 있다. 잘 팔리지도 않던 땅을 시세대로 보상해달라고 떼를 쓸 수도 있다. 날더러 어디 나가서 살란 말이냐? 나가서 살 집을 보장해달라고 드러누울 수도 있을 것이다. 호처럼 어정쩡하게 도로에 편입되는 경우가 난감하게 만드는 것이다. 호보다 더 힘들게 되는 난처한 입장의 사람도 있을 것이다. 호는 이의를 제기하는 것이 망설여졌다. 공익사업에 토를 단다고 예쁘게 봐 줄 사람도 없을 것이란 생각이 들었다. 하란 대로 체념할 수밖에. 보상금이라도 많이 주려나. 걸은기대.

   선생님과 약속한 시각에 대기 위해 서둘렀다. 호는 원고와 선물로 사놓은 인삼 열 뿌리를 예쁘게 포장해 들고 집을 나섰다. 터미널에서 뒷주머니의 지갑을 꺼내 동서울 가는 버스표를 끊었다. 호 스스로 기분이 언짢은 것보다 집을 나올 때 본 아내의 일그러진 표정에 더 신경이 쓰였다. 지끈대는 머리를 가라앉히고 싶어 깜박 잠을 청했지만, 잡생각이 많아 그것도 여의치 않았다. 승객이 많지 않아 호 옆자리에 아무도 앉지 않았다. 안전벨트를 매고 등받이에 머리를 대고 엉덩이를 의자에 바짝 붙여 누웠다가 다시 엉덩이를 의자 앞쪽 끝에 밀어 더 길게 누웠다. 그러기를 몇 번 반복했다. 깜빡 잠이라도 들면 머리가 맑아질 텐데. 가만히 앉아있는 승객보다 운전하는 것도 몸을 움직이는 운동이라 운전하는 기사가 더 더울 텐데 기사는 히터를 있는 대로 틀어놓았다. 버스 안이 화끈거렸다. 생각이 많아 신경이 곤두선 호는 눈을 감아도 머릿속은 고속엔진 돌아가듯이 쇳소리를 내는 듯 왱왱거렸다. 멀미가 났다. 다행히 토하지는 않았다.

   엉덩이를 의자 앞으로 뒤로 하면서 안정을 찾으려 했지만 뒷골이 당기며 눈은 뻑뻑했다. 흐르는 강물을 바라보며 올림픽대교를 지나니 동서울 버스터미널, 구의 전철역이었다. 원고와 선물이 든 가방을 챙기고 버스에서 내렸다. 왜 가방은 챙겼는데 뒷주머니의 지갑은 확인하지 못했을까? 전철 표를 사러 뒷주머니에 손을 넣으니 아무것도 없었다. 분명 뒷주머니에 넣었는데! 온몸의 주머니를 다 뒤졌지만 지갑은 나오지 않았다. 헐레벌떡 내렸던 버스를 찾아갔다. 주차하고 내려오는 버스 기사와 함께 떨어진 지갑을 찾으려 했지만 헛수고였다.

"손님이 내린 다음 바로 뒷좌석에 앉아있던 젊은 사람이 손님 자리에서 허리를 굽혀 뭘 집더니 그게 손님 지갑이었던 것 같습니다. 손에 가방을 들고 누런색 점퍼를 입었는데 얼른 전철 역 쪽으로 가보시지요."

버스 기사의 얘기를 듣고 호는 군중 사이를 헤치며 뛰었다. 툭툭 치고 나가는 호를 향해 몸이 부딪친 행인들은 눈을 흘겼다. 호는 멈춰서 서 어깨를 늘어뜨리고 천천히 걸었다. 5분의 시간이면 청년의 걸음으로 한참 멀리 떨어졌을 것이고 누런색도 어떻게 구분하나. 손에 든 가방의 정확한 형태를 알지도 못하면서 도둑을 찾을 수는 없었다.

당장 상왕십리까지 가야 하는데 돈이 있어야지. 젠장. 오른쪽 바지 주머니에서 백 원짜리 동전이 네 개 나왔을 뿐이다. 동서울 행 버스 차비를 내고 받은 거스름 동전. 오백 원이 더 있어야 전철 표를 산다.

용기를 낸 호는 일단 매표창구에 줄을 섰다. 차례가 오자 호는 불쌍한 표정을 지으며 지갑을 잃어버렸는데! 하며 오른손에 감아쥐었던 동전 네 개를 바닥에 놓으며 바로 옆에 놓인 하얀 무임 승차표를 검지로 가리켰다. 매표원은 말을 않고 양손으로 네모를 그리며 머리를 흔들었다. 매표원은 증명을 해 보이라는 뜻이었고 호는 지갑을 잃어버렸으니 동전 네 개만 받고 무임승차권을 하나 달라는 뜻이었다.

호는 뒤에 늘어서 서 차례를 기다리는 사람들이 신경이 쓰여 더 이상 매표원을 보챌 수 없었다. 옆 창구 뒷줄에 다시 가 섰다. 호의 차례가 오고 옆 창구에서 했던 식으로 다른 매표원에게 사정했다. 이번에는 두 손을 모았다. 한없이 공손하고 불쌍한 표정을 지어 보였다. 무표정한 얼굴을 짓더니 매표원은 머리를 흔들었다. 처음과 나중, 두 매표원의 표정만 달랐을 뿐이지 안 된다는 뜻은 똑같았다.

역 입구에 담요를 깔아놓고 두 손을 벌리고 있는 걸인. 깡통에는 동전도 있고 만 원짜리 한 장 위에 천 원짜리 지전도 두 장 얹혀있었다. 한참 동안 동전과 지전을 번갈아 쳐다보다가 호는 실없는 웃음이 나왔다. 미소에 발동이 걸렸는지 호는 크게 웃었다. 거지의 돈을 탐내는 거지도 있군! 혹시 침이라도 흘렸을까 봐 호는 오른손으로 입을 닦았다. 행인들이 흘깃흘깃 쳐다보는 걸 의식하지 않고 호는 맘껏 웃었다.

호는 횡단보도를 몇 번 왕래하며 고개를 굽혀 바닥에 눈을 깔았다. 코를 땅바닥에 대고 돌아다니는 개의 낮은 자세를 연상시켰다. 이번이 마지막이다. 오백 원짜리 동전 하나면 이 순간 행복해진다. 오백 원의 행운이 마침내 호에게 올 것인가. 행인들이 떨어뜨린 게 하나 정도는 있을 텐데. 이번에도 못 주우면 포기하고 걸어갈 거야. 호는 마음 먹었다. 지도를 보니 상왕십리까지 여섯 정거장인데 그까짓 것.

정작 걸어가려니 기온도 많이 내려갔을 뿐 아니라 바람이 매섭게 불었다. 독감이 유행이라는데 호는 감기 기운이 있었다. 오백 원짜리 동전을 호는 바닥에서 주웠을까요? 불행히도 그게 아니다.

돈 줍기를 포기한 호는 전철역으로 들어가 한참을 망설였다. 편하게 살지. 호는 심호흡을 크게 하고 주위를 한번 돌아본 후 회전개찰구 밑으로 몸을 구부려 기어들어갔다. 뛰면 수상하게 여긴다. 일단 개찰구를 무사히 빠져나온 호는 빠른 경보 걸음으로 전철이 지나가는 2층으로 올라갔다. 귀와 목덜미에 온 신경이 집중되었다. 걸린다면 여보, 여보세요, 하는 소리는 귀청을 울릴 것이고 공익근무요원이나 전철직원들의 손은 호의 목덜미에 걸친 상의를 휘어잡을 것이다. 2층까지 무사히 올라간 호는 전철이 들어오기를 기다렸다. 가슴은 콩닥콩닥. 여보세요, 라고 부르는 소리는 듣지 못했고 목덜미를 잡으러 쫓아오는 사람은 없었다. 아직은 그렇다.

전철이 굉음을 내며 거창하게 들어왔다. 그것은 반대편이었다. 더 기다려야 한다. 여전히 가슴은 콩닥콩닥거렸다. 반대편 전철이 떠난 후 드디어 호 쪽으로도 전철이 들어왔다. 반갑다는 말이 실감 났다.

몇 분 사이가 꽤 오래다, 라는 생각이 들었고 호의 얼굴은 긴장 속에 불그스레해진걸 스스로 알 수 있었다. 만져보니 얼굴이 뜨거웠다.

전철에 발을 들여놓고 문이 닫히며 떠날 때까지 마음을 놓을 수 없었다. 여전히 가슴은 두근두근. 호가 걱정했던 일은 일어나지 않았다. 휴! 안도의 한숨을 내쉬었다는 표현을 소설에서 수없이 보아왔지만, 그 말이 실감 났다. 이제 끝났다. 걱정 없다. 뛰던 가슴은 정상을 회복했다.

내릴 때도 똑같은 방법을 쓰면 된다는 생각이 들었다. 그러나 그럴 필요가 없었다. 도둑질은 더 이상 못하겠다. 호는 상왕십리역에 도착했다. 호는 핸드폰을 꺼내 선생님한테 전화를 걸었다.

"저 지금 도착했습니다. 전철역 출구로 좀 나오실래요? 나오실 때 2만 5천 원만 좀 갖고 오세요. 자초지종은 만나서 얘기 드릴게요."

개찰구 출구에서 호는 선생님을 기다렸다. 벌금이 몇 배인가. 열 배인가? 선생님 앞에서 벌금 내는 모습이 추할 것 같다. 또 돈이 아까웠다. 더 이상 도둑질하지 않는다고 다짐했지만, 이번이 마지막이다.

에라! 호는 탈 때와 마찬가지 방법으로 개찰구의 회전판이 돌아가는 밑구멍으로 몸을 밀어 넣었다. 그리고 빠져나왔다. 걸리면, 벌금 내면 되잖아요, 소리지를 심산이다.

매표소에 앉아 있는 사람이 주시하는 것을 호는 옆 눈으로 보았다. 호는 모른 척 쳐다보지 않는 것처럼 하면서 이 층 아래로 내려가는 문까지 걸어갔다. 얼른 계단에 발을 걸치고는 쏜살같이 뛰었다. 매표원이 저놈 잡아라! 소리치지 않은 건 그런 사람이 제법 많기 때문인가, 아니면 귀찮아서인가. 어쨌건 고맙다는 생각이 들었다.

"왜 웃어요? 김 선생. 뭐 좋은 일 있어요?"

"네, 웃고 싶어요. 차 한 잔 마시면서 말씀 드릴게요."

마실 차를 시켜놓고 호는 아내에게 전화를 걸었다.

"농협에 전화해 현금카드 지급을 정지시키고 삼성과 엘지 카드사에 연락해 지급을 바로 정지시켜!"

"지갑에 돈은 많이 들었어? 다른 건 없었어?"

"현금은 2만 5천 원쯤 있었을 거야. 주민등록증, 이마트 회원카드와 코스트코 회원카드는 다시 발급받으면 되고, 아 참, 자동차 비상키가 있지만 다시 만들지 뭐."

한 십분 쯤 있다가 호는 아내로부터 전화를 받았다.

"세 군데 신고 다 했어. 당신 요즘 너무 산만한 것 아니야?"

"알았어. 조심할게. 나 지금 선생님 만나고 있으니까 점심 대접해 드리고 곧 돌아갈 거야, 아 그리고 확장되는 길로 마당이 들어가는 거 너무 속상해하지 마! 요즘은 거래되는 시세로 보상해준다니까. 좁으면 좁은 대로 살자고."

마음이 다소 풀어진 호는 자초지종을 선생님에게 얘기했다. 호는 계속 실실대며 얘기했고 선생님은 딱하다는 표정으로 말없이 들었다. 선생님은 갈비탕, 호는 물냉면을 먹고 사모님이 드실 회냉면을 포장해서 식당을 나왔다.

무임승차한 호를 기억하는 사람이 있을 것 같지는 않았다. 그래도 전철은 타기 싫었다. 도둑이 제 발 절인다는 게 이런 심정인 모양이다. 나쁠 것도 없다. 분위기도 바꿀 겸 집으로 돌아갈 때는 기차를 타자. 호는 버스를 타고 청량리역에 갔다.

오후 2시 5분 열차, 한 40분 정도 기다리면 된다. 금요일.

학생들로 역 안은 복작거렸다. MT 떠나는 학생들은 고삐가 풀린 듯 떠들고 장난치고 넓은 대합실을 뛰어 놀았다. 목도 타는데 맥주나 한잔 할까. 매점에 가서 껌 한 통은 주머니에 넣고 캔맥주 하나와 땅콩 한 봉지를 사서 검은 비닐봉투에 넣어서 대합실 의자 뒤에 앉아 호는 캔맥주를 손에 들었다. 호는 비닐봉지로 캔을 싸서 손에 들었다. 냉장고에 넣었던 캔에 손이 시려워 비닐봉지로 캔을 감싼 것은 호의 겉면이다. 내면적으로는 술 먹지 말고 십의 일조를 항시 강조하는 목사님의 생각이 떠올라 맥주 캔을 가리고 싶었던 것 같다. 어느 것의 비중이 큰지 스스로 심리를 가늠할 수 없었지만 호는 두 요인 다 영향을 준 것은 사실이라는 생각이 들었다.

학생들은 발랄했지만 시끄러웠다. 몇 잔씩 들이켰는지 얼굴이 하나같이 벌겋게 물들어 있었다. 물어보지 않아도 신입생들이라는 생각이 들었고 처음이나 두세 번째 떠나는 MT 여행일 것이라는 생각이 들었다. 고학년이 되면 진로와 이성 문제로 삶의 무게에 짓눌려 여행한다고 들뜨지 않는다. 앉아있는 호의 어깨를 치고 가기도 하고 뛰다가 넘어지는 여자애도 있었다. 뚜껑을 땄더라면 손에 들고 있는 캔을 바닥에 놓치거나 바지에 흘렸을 것이다. 나는 저 때 어떠했었나. 저랬던 것 같기도 하고 아닌 것 같기도 하고 호의 기억이 가물가물했다. 그냥 마시려다가 순간 컵에 따라 마시는 것이 더 점잖다는 생각을 했다. 갑자기 왜 그런 생각이 들었는지 모르겠다. 매점에 갔더니 컵을 팔지 않는다 했다. 호는 그냥 자리에 돌아왔다. 어, 어! 캔도 없고 땅콩도 없고 비닐봉지도 흔적이 없었다. 뒤의 의자 세 자리에는 호밖에 앉아있지 않았었다. 앞에 앉은 학생에게 비닐봉지를 보았는지 물어보았더니 모른다고 했다. 사방을 두리번거리며 돌아다녀 보았지만 찾아낼 수 없었다.

학생 중에는 캔과 땅콩을 손에 들기도 했으나 박스 채로 사 갖고 왔고 검은 비닐봉지는 없었다. 역사 안을 뺑뺑 돌아다니다 보니 그렇게 삼십 분이란 시간이 흘러갔는지 춘천행 입장하라는 안내방송이 나왔다. 허릴 없이 털레털레 계단을 내려가 기차에 올라탔다.

조금 전까지 선생님 앞에서 실실거리던 모습, 호의 여유는 온데간데없어졌다. 맥주 캔 하나, 땅콩 한 봉지 그리고 껌 한 통 모두 2천5백 원어치를 잃은 호는 가지고 있던 모든 재산을 날리기라도 한 양 기가 팍 죽은 모습이었다. 오늘은 해 뜰 때부터 해 질 때까지 왜 이래? 새벽 4시 전후로 꾼 꿈은 무엇을 뜻하는가? 2억5천만 원의 십일조. 그것은 꿈에라도 쥐어 보고픈 돈이다. 내 내면의 의식세계와 잠재의식은 도대체 뭐야? 알고 싶었지만 아무리 자신의 머리를 두들겨도 나오지 않는 답이었다. 너 자신을 알라! 언제까지 살아야 나 자신을 안다고 할 수 있을까. 나도 나를 모르니 누가 나를 알 수가 있나?

호는 주머니에 넣었던 껌을 꺼내 질겅질겅 씹었다. 어른 승객들이 시끄럽다고 항의를 심하게 한 모양이었던지. 제복을 입은 차장이 와서 학생들에게 조용히 하라고 주의를 주고 돌아가더니 안내방송까지 했다.

"항상 저희 열차를 애용해 주시는 승객 여러분께 감사의 말씀을 올립니다. 객실 내에서는 음주와 흡연 그리고 가무를 가급적 삼가십시오. 다른 승객에게 피해가 없도록 조용히 담소하면서 편안한 여행 하시기를 바랍니다. 내리실 때는 잊으신 물건 없는지 챙기시고 앞으로 보다 나은 서비스로 정성껏 모시겠습니다. 감사합니다. 안녕히 돌아가십시오."

열차에서 내릴 때 더 씹을 껌이 없는 것을 확인한 호는 기차 계단을 내려오면서 쓰레기통을 찾을 생각도 않고 철로 자갈에 침을 뱉듯이 껌을 내뱉었다. 입에 남은 마지막 껌이었다. 호의 양 어금니 쪽 아귀가 뻐근했다. 집으로 향하는 마을버스에 올라탄 호가 창밖의 냇물을 바라보며 떠올리는 사람은 아내와 둘째 석이었다. 이놈이 오늘은 제 엄마한테 전화했을까. 엄마, 미안해! 아니면 이메일로 편지를 보냈을까. 아빠, 잘못했어!

아내의 얼굴이 펴졌으면 두 손 꼭 잡아주고, 찡그려있으면 익살을 떨어서라도 웃겨줘야지, 마음먹고 호는 집에 들어섰다. 막상 아내를 마주하고는 찡그려진 얼굴을 바라보고 익살을 떨기에는 호 자신도 뭔가 찜찜했다. 아내가 석이와의 핸드폰 시도가 안 된다고 안달이 난 것이다.

아내의 찡그린 얼굴은 결국 사흘간 지속되었다. 아내는 잠을 제대로 자지 못했다. 전화벨 소리만 울리면 달려가 '여보세요, 석이니?' 고른 숨을 못 쉬고 전화를 받았고 혹시 올지 모를 연락을 기다리며 핸드폰은 끼고 살았다. 석이와의 통화가 사흘간 두절되었다. 석이가 숙소인 고시원에서 금요일 아침에 나간 후 돌아오지 않았다는 얘기를 고시원으로부터 아내가 연락을 받은 것이 토요일 아침이었다. 석이는 연락을 끊고 행방을 감추었다. 석이와 어울리는 동창들과 같은 과 학생들에게 전화 연락을 해보았지만 찾을 수 없었다. 석이와 만난다는 여학생의 집 전화를 물어물어 알아낸 아내는 용기를 내 전화를 걸었다. 상대편 엄마도 둘의 교제가 금시초문인지 말씨가 퉁퉁거렸다. 사정사정해 여학생을 전화로 바꿔 석이에 대해 물어보았지만 모른다고 했다. 물고 늘어지는 아내의 전화가 귀찮았던지 여학생은 몇 마디하고 전화를 매몰차게 끊어버렸다.

"일주일 전에 석이 오빠와 만났어요. 내가 그만 만나자고 했어요. 그게 끝이에요."

월요일 아침 서둘러 아내는 석이의 학교를 찾아갔다. 교실 창문으로 수업에 집중하지 못하고 안정감을 잃은 석이를 확인하고 아내는 일단 숨을 돌렸다. 수업이 끝나기를 기다려 아내는 석이를 교정 의자에 끌고 갔다.

"어디 갔었어?"

"백담사요."

"여자 친구 때문이냐?"

"꼭 그것만은 아니에요."

"좋아하냐?"

"좋아하지만 그렇게 나올지도 모른다는 생각도 했어요. 잘 나가는 남자애가 걔를 쫓아 다녀요. 남자애는 그 애 집에도 찾아가 인사까지 한 모양이에요."

"그런데 왜 고시원을 뛰쳐나갔냐? 집에나 다니러 오지 않고?"

"끝내자고 하는 그 애가 밉살스럽고 상처가 전혀 없는 건 아니에요. 내 마음이 완전히 정리된 것도 아니고. 그보단 뷔페식당에서 형이라고 나를 누르려는데 신경질이 난 데다가 아버지 이메일을 받고 순간 짜증이 나더라구요. 백담사에 가서 이틀 밤 자고 왔어요. 아빠도 고루한 면이 있어요. 젊은 세대의 마음을 잘 파악하고 있지 못하세요. 더 이상 할 말이 없어요. 내 일은 내가 알아서 할게요."

"엄마가 도와줄 일 없을까?"

"엄마가 뭘 도와줄 수 있겠다고 그러세요. 날 내버려 두세요."

"집엔 언제 한 번 다녀가겠니? 아빠 힘들어 하시는 것 네가 풀어주고 가야지."

"모르겠어요. 마음이 가라앉으면 갈게요."

"학교는 잘 다닐 거지?"

"물론 잘 다닐 거예요. 형이 졸업했는데 나라고 졸업 못 하란 법 없잖아요? 모르겠어요. 한 1년 휴학하고 한 학기 동안은 아르바이트해서 돈 좀 모으고 한 육 개월 어학연수나 갔다 올까 하는 생각도 있어요. 미리 얘기하지만, 연수비 걱정은 마세요. 부모님에게 부담은 주지 않을 거니까요."

"네 형이 어학연수 갈 때는 좀 도와줬는데 너 갈 때는 조금밖에 못 해주겠구나. 어쩌니?"

"필요 없어요. 도와주지도 못할 거면서 말은."

석이는 소리를 빽 질렀다.

자랄 때부터 두 애는 경쟁심이 강했다. 부모가 형한테 더 잘해주었다는, 편애

했다는 생각이 석이에게 아직도 잠재해 있다는 느낌을 받았다고 아내는 돌아와서 말했다. 특히 형이 쓰던 물건을 석이가 물려받았을 때였다. 석이는 입술을 쏙 내밀며 집어 던지던 걸 보며 살아오면서 '편애'라는 단어가 항상 신경 쓰였다. 그게 아니라고 석이를 불러 앉혀놓고 알아듣도록 얘기한 일이 한두 번이 아니었다.

"너도 조금 더 커서 장가들고 애들을 낳으면 편애해서는 안 되고, 부모인 우리가 편애한 것이 아니란 걸 알게 될 거다. 십 분의 일만큼이라도 차별을 두지 않고 키웠다!"

아내와 호는 거의 비슷한 투의 혼잣말을 동시에 내뱉었다. 같이 머리를 끄덕이는 걸 보면 둘 다 공감한다는 뜻이었다.

그런데 호의 아들 세대는 자식을 하나씩만 낳을 테니 '편애' 걱정은 당연히 없어질 것이다. 문제 될 것이 없다는 생각이 들었다. 하지만 자식 둘 키우는 것보다 자식 하나만 낳아 키우는 것이 절반의 수고밖에 안 된다고 장담할 수는 없다는 생각이다.

―
08
―

여덟번째 이야기
선녀와 직녀

여덟번째 이야기

선녀와 직녀

　소꿉장난을 하면서부터 평생을 그녀의 뒤꽁무니에 매달려왔다. 나는 짝궁 대접 한 번 못 받고 살아왔다는 생각이다. 결혼하고 애를 낳고도 마찬가지. 남들은 알콩달콩 잘들 사는 것 같은데, 나는 왜 이 꼴이람? 물건을 샀으면 무르기나 하지, 애라도 없으면 어떻게 한 번 해보겠는데.

　부부간에 싸우는 횟수와 강도가 점점 더 심해진다. 하도 지겹게 싸우다가 지쳐 어깨를 늘어뜨린 채 체념한 상태다. 그저 편하게 너 갈 길 너 가고 내 갈 길 내 간다, 그런 식으로 마음먹기로 했다. 아내에 대한 내 마음, 거기서 그치지 않고 나에 대한 아내의 마음도 마찬가지라는 것. 그럴 바엔 서로 얼굴을 보지 않는 게 마음 편할 텐데, 나 참! 얼굴을 마주치지 않을 방법이 없다. 애만 내버려둘 수가 없기 때문. 우리 부부에게 닥친 위기 상황을 뛰어넘어 행복한 동반자로서의 인생길을 같이 밟을 수는 없을까? 생각하고 또 생각해 봤지만 풀리지 않았다. 산속이든 동굴 속이든 파묻혀 더 이상 나오고 싶지 않다. 도피 욕구인 듯. 나는 말을 잊었다. 살을 꼬집어도 감각이 잘 느껴지지 않을 때도 있다. 넋이 나간 사람처럼 남들에겐 보였다. 아내는 아내대로 바가지를 긁고 히스테리를 부린다. 아내는 속으로 꽁하니 마음속에 넣어두었던 일들, 시시콜콜하고 케케묵은 것을 끄집어내 남들과 비교하곤 한다. 저런 여자를 어떻게 이해하고 사랑해 줘야 다시 내 품에 안겨올 수가 있을까? 돈과 시간을 들여 부부클리닉에 다녀오기도 했다. 상담역들이 유창하게 설명하고 조언을 주지만 얘기는 겉만 맴돌 뿐 속을 파헤치고 들어오지 못한다. 이리 해봐도 소용없고 저리 해봐도 소용없다. 비참하고 메마른 내 마음의 현주소가 이렇다.

아내인 혜원과 태구는 나와 초등학교 동창생으로 한동네에서 살았고 같이 자랐다. 중고등학교에 들어가면서 서로 다르게 갈라졌다. 서로 만나기가 힘들게 되었다. 교회가 구세주였다. 같은 교회에 다니는 셋은 일주일에 두세 번 만날 수 있었다. 혜원이 다니는 교회를 태구가 따라가고 결코 뒤질 수 없는 내가 뒤따라 나간 것. 혜원네와 우리 집 가게는 시장 가운데 위치하면서 옆으로 붙어 있었다. 엄마들끼리 그렇게 잘 어울리지는 않았다. 혜원의 엄마는 활달했고 화사한 차림인 반면 내 엄마는 수수한 편. 촌티를 간신히 벗은 정도라 할까. 남정네들의 술좌석에도 스스럼없이 혜원의 엄마는 끼었다. 술잔도 받아들고, 술기운이 돌면 좌중에서 웃음소리가 제일 컸다. 활달한 성격으로 장사수완도 좋았다. 혜원네 장사는 우리 집보다는 훨씬 잘되는 것 같았다. 내 엄마는 입을 삐죽이며 '갈보' 어쩌고저쩌고 하면서 얼굴을 돌리기도 했다. 혜원 엄마에 대한 비웃음이었다. 혜원과 나는 학교에 같이 가고 같이 올 때가 많았다. 태구가 따라붙은 후로는 내가 더 이상 혜원에게 짓궂은 장난을 할 수 없었다. 혜원의 책가방을 들어주고 잔심부름할 것이 없나 눈치를 살펴야 했다. 나와 태구가 완력으로 밀고 당긴 일은 없었다. 심리전이라고 할까, 혜원을 가운데 놓고 항상 경쟁하였다. 둘이 경쟁하는 게 혜원의 눈에도 훤히 들어온다. 혜원은 모른 척했다.

둘의 싸움을 즐기는, 제 잘난 맛에 취하는 것 같았다. 태구는 공부를 잘해 선생님들이 예뻐했다. 재벌회사에 다닌다는 태구 아버지는 큰 차를, 태구 어머니는 작은 차를 몰고 다녔다. 혜원과 내 집에서 차를 장만한 것은 한참 후의 일이었다. 월급생활자와 자영업자의 생활 수준을 씀씀이만으로 비교하기는 힘들다. 객관적으로는 태구네가 조금 나았다는 생각이다. 옷이나 신발도 꼭 브랜드의 지명도가 있는 제품을 입거나 신었다. 학용품은 외제를 많이 썼다. 외동딸인 혜원의 것도 좋은 편이었다. 도시락 반찬은 셋 중에 태구 것이 타의 추종을 불허하였다. 햄과 불고기를 다져 속에 넣은 김밥은 재료가 좋았다. 씹는 맛이 구수한 것이 입안에 감칠맛이 오래 남았다. 매일 달라지는 메뉴의 태구네 반찬은 찬란했다. 김치와 콩나물 그리고 콩자반이 자주 오르는 내 반찬과는 차원이 달랐다. 그러나 맛은 혜원네 것이 단연 위였다. 두 애한테 이끌려 군것질을 해도 용돈이 궁한 나는 항상 쭈뼛쭈뼛 망설였다. 돈을 한번 제대로 치르지 못했다. 어린 마음에 주눅이 들어 두 애의 가방이나 들어주고 두 애들 얘기를 듣기만 했다. '그래그래' 장단이나 쳐 주었다. 태구와 혜원은 나를 달고 다니는 격. 자연히 태구와 혜원은 단짝이 되었고 나는 들러리였다. 나는 그 둘로부터 멀리 떨어질까 봐 노심초사했다. 무얼 하고 놀자고 해도 나는 그냥 따라 했다. 놀다가 태구와 혜원이 쓸데없는 고집을 피워도 나는 두 마디 이상 하지 않았다. 붙여주는 것만도 고마워했다. 내 주장을 속으로 삭이는 것은 내 나름대로의 처세방법이었다. 몸은 바로 옆에 있지만 마음으로는 먼발치로 보아야 했다. 가까이하기에는 먼 당신이었다. 나이가 들어 이성에 완전히 눈뜰 때 내 가슴에는 가장 먼저 혜원이 자리를 차지했다. 속을 드러내지 못하니 나는 벙어리 냉가슴이었다.

공부를 잘하는 태구는 강남에 있는 일류 중학교에 시험 봐 들어갔다. 혜원도 강남으로 옮겨온 지 얼마 안 되는 여중학교에 입학했다. 나는 내 실력에 맞는 동네 중학교에 들어갔다가 고등학교에 올라갈 때 상업학교로 전학했다. 모양이 같은 제복을 입으면서도 나는 항상 도도한 두 애들한테 꿀렸다. 어깨를 펴도 작아지는 내 모습은 펴지지 않았다. 혜원이 다니는 교회에 가서도 둘은 단짝으로 붙어 다녔다. 나는 둘이 곁에 있게 해 주는 것만으로 고마워했다. 그들이 다퉜건 심심했건 이유는 크게 중요하지 않았다. 못 오를 나무는 쳐다보는 것 자체가 고역이었다. 가슴에 멍이 들었지만 어찌할 방도가 없었다. 나는 혜원에 대한 애틋한 감정을 체념으로 접을 수밖에. 둘이 싸우지 말고 잘 사귀기를 바랐다. 또 둘의 행복을 간절히 빌었다. 가슴 속은 미어지는 것 같았으나 어쩔 수 없었다.

태구가 의과대학에 들어갔을 때 혜원의 엄마는 동네방네 자랑을 하고 다녔다. 태구가 아들이나 사위라도 되는 것처럼. 태구가 군의관으로 입대한다는 얘기를 나는 직접 전화로 들었다. 혜원 쪽에서 약혼식을 한 다음에 입대할 것을 태구에게 보챈다는 얘기도 들렸다. 물론 태구는 미온적인 태도라는 얘기도. 내가 나서서 태구와 송별회라도 열어줄 마음은 아니었다. 잘 가라고 간단히 인사말만 했다. 혜원은 여성의류 브랜드 회사에 다녔다. 옷을 화사하게 잘 입고 가슴과 엉덩이를 강조하는 차림의 혜원은 전보다 더 성숙한 매력이 있었다. 나에게는 혜원은 그림의 떡이었다. 나는 어떻게 대학엘 들어갔다. 출신학교의 명성이 없었고 당최 공부에 취미가 없었다. 졸업 후 나는 큰 상가를 운영하는 회사에 경리직원으로 들어갔다. 대졸 출신으로 학력은 인정받았지만, 회사에서 써먹는 건 상고 때 배운 경리부기와 컴퓨터 기초지식 정도이다. 지하실에 대형 슈퍼를 운영하고 있어 재고관리 일까지 맡아 실속 없이 바빴다. 내 실력으로는 달리 받아줄, 갈만한 직장이 많지 않았다. 주제 파악이 되니 체념이 되었고 고마운 마음으로 열심히 일했다. 은행이 문을 닫은 후에 거두어들이는 현금이 많아 항상 신경이 쓰였다. 마감 후 돈을 세고 맞추어야 한다. 또 카드 매출을 확인한다. 새벽 장에 가는 구매직원들에게 돈을 챙겨주어야 하는 일이 큰일 중의 하나였다. 이때까지만 해도 시장市場에서는 카드가 통하는 가게가 드물었다. 현금을 들고 다니는 경우가 대부분이었다. 판매, 경리, 구매직원들끼리 알아서 주고받는 한편 견제도 시키면서 관리되게끔 제도화했기 때문에 내버려두어도 잘 돌아갔다. 그래도 금전 사고가 한번 나면 모든 걸 뒤집어쓸지도 모르는 책임문제가 생기는 일이다. 항상 걱정과 불안을 마음에 안고 살아야 했다. 돈 통과 매출카드를 가지고 온 판매사원의 전표를 일일이 대조해야 한다. 경리과와 구매직원들이 함께 돈을 세고 품번 별로 판매상황을 체크하고 있던 참이었다.

전화벨이 울렸다. 직원들이 검색하는 모습을 옆에서 지켜보던 내가 전화를 먼저 집어 들었다.

"여보세요, 경리괍니다."

"김성우 씨 계신가요?"

"제가 김성운데, 누구신가요?"

"혜원이, 나 혜원이야!"

반가운 것은 순간이었고, 나는 가슴이 설레는 것을 지그시 눌렀다. 애가 또 웬일로 전화를 했을까, 뭘 또 알아봐 달라는 거겠지, 귀찮다는 생각이 뒤를 이었기 때문이다. 동반모임일 때 혜원이 정한 파트너가 펑크를 냈을 때 대신 나가

허수아비 노릇 한 일도 있었다. 지갑을 잃고 계산 못 하고 붙잡혀 있으면 구출하러 뛰어갔던 일이 몇 번 있었다.

"오늘은 또 무슨 일이냐?"

"성우야! 오늘 바쁘니?"

"그래, 나 오늘 야근해야 할 것 같아. 그런데 무슨 일이야? 집에 안 들어갔구나? 목소리가 어째 예사롭지가 않은데, 좋은 일이냐, 나쁜 일이냐?"

"나 오늘 너하고 술 한잔하고 싶다. 한 잔 안 사줄래?"

"난 네 파트너가 아니잖아? 번지수를 잘못 찾은 건 아니니?"

"얘가 왜 이렇게 세도를 필까? 너 나 좋아하는 거 아니었어? 우리가 어디 한두 해 사귄 친구 사이니?"

나는 대답을 하지 않았다. 나쁜 계집애. 얄미웠지만 내색을 하지 않았다. 숨을 들이쉬었다 내쉬었다 하면서 마음을 가다듬었다. 그리고 보니 혜원의 말하는 품이 평시와는 다르게 야살스러웠다. 깍쟁이같이 말을 딱딱 끊으면서 흐트러지지 않는 혜원인데 오늘은 사뭇 다른 것 같았다.

"나 오늘 취하고 싶어, 물 좋은 나이트에 가서 흔들어보고 싶어."

"왜 그러는데? 말을 해야 알지?"

전화 중에 검산을 끝낸 여직원 지수芝秀가 입금전표와 출금전표를 결재판에 끼운 채 내 앞에서 전화가 끝나기를 기다리고 있었다.

"그래, 나갈게. 어디로 가면 되니? 알았어, 그래."

나는 들뜬 듯 대답하고 혜원과 약속을 잡았다.

약속한 장소는 스탠드바였다. 언제부터 술을 배웠는지 달짝지근하지만 보드

카만큼 독한 테킬라 잔이 혜원 앞에 놓여있었다. 혀는 꼬부라지고 눈은 풀려있었다. 혜원은 계속 중얼대었지만 무슨 소리인지 잘 알아들을 수 없었다. 혀 꼬부라진 소리로 태구를 몇 번 들먹였다. 영수라는 처음 듣는 이름도 나왔다. 태구 얘기를 하면서는 욕을 해댔다. 또 사랑싸움한 거로구나. 좋아하는 사람끼리 왜 말다툼해야 하는지 나는 이해할 수 없었다. 혜원이 토라져 길게는 몇 달씩 태구와 말을 하지 않는 걸 여러 번 보았었다. 그러다가도 먼저 풀어지는 건 혜원 쪽이었다. 언제 그랬냐 싶게 조금 지나면 다시 호들갑을 떠는 걸 본다. 혜원은 다른 여자같이 보였다. 그런데 영수란 이름은 왜 갑자기 튀어나온 것일까? 누구야, 도대체. 흘러가는 이름이겠지. 그렇게 생각했다.

그날 차로 실어 나른 혜원을 나는 그녀의 오피스텔에 업어다가 눕혔다. 혜원의 엉덩이 쪽에서 묻어난 피가 손을 적셔 나는 놀라 기겁을 할 지경이었다. 혜원의 집에 연락하여 부모에게 인계하고 내가 집에 돌아온 것은 새벽 한 시를 넘긴 시간이었다. 네댓 시간 자고 근무하려니 오후부터는 일하는 게 짜증 났다.

직원들에게 일일이 마무리할 일을 챙겨주고 난 다음 과장한테 일찍 나가겠다는 보고를 하고 책상을 걸어 잠글 때였다. 혜원으로부터 전화가 왔다. 혜원이 날더러 무턱대고 나오라는 것이다. 어제 일이 미안하니 저녁으로 갈비를 사겠다는 것.

혜원이 나를 이끈 곳은 전날 갔던 스탠드바였다. 자리가 많이 빈 실내는 어두웠고 목소리를 높일 수밖에 없을 정도로 크게 흘러나오는 음악은 영화 사랑과 영혼의 주제곡이었다. 나는 스피커 볼륨을 낮추어 달라고 카운터를 향해 오른손을 들어 아래로 까딱까딱했다. 피로해 무거운 눈꺼풀에 힘을 주어 껌벅거린

다음 나는 혜원을 유심히 보았다. 눈이 게슴츠레한 혜원의 얼굴에는 엷은 억지 미소가 띠어졌다. 뻘건 조명 빛 속에서도 얼굴이 창백한 기색이 보였다. 가벼운 칵테일을 한 잔씩 시켜 마시고 건너편의 갈빗집으로 자리를 옮겨 살점을 몇 점 집어먹었다. 갈비에 붙은 심줄을 이로 뜯을 때 혜원은 입을 열었다.

"나, 그제 애 뗐어."

무슨 소리인지 잘 알아듣지 못하고 나는 혜원을 향해 얼굴을 돌렸다.

"소파수술을 받고 집에서 쉬어야 하는데 마음이 영 안 좋고 안정이 안 되더라구. 그래서 어제 너를 만난 거고. 오늘은 좀 낫네."

"태구는?"

"응, 지금쯤 똥줄 빠지게 훈련받고 있을 거야, 그런데 지운 애는 태구와 아무 상관 없어."

무슨 뚱딴지같은 소리인지 몰라 어이가 없어 멀뚱히 쳐다보기만 했다. 나에게 혜원은 그 이상 태구 얘기를 하지 않았다. 그 이후로도 태구 얘기는 입 밖에 꺼내지 않았다.

잘들 논다, 걸레 같은 치들, 입속까지 올라온 욕지거리를 나는 참고 도로 속으로 밀어 넣었다. 세태가 너무 한심스럽다는 생각이 들어 혀를 끌끌 찼다.

한 여자가 남자를 동시에 만나면서, 하루는 이 남자와 자고 또 하루는 그 남자와 자고 또 하루는 저 남자와 자면서 맛을 비교하며 마음껏 즐긴다는 주인공 여자는 셋이 아니라 남자의 수를 다섯으로 늘리면 어떨까, 주말엔 쉬고 평일엔 출근 삼아 놀고, 하긴 이런 내용의 베스트셀러 소설도 있다.

나는 이게 뭐야, 하나도 없으니, 제기랄. 아니 있지, 혜원이 있잖아? 그런데 짝사랑이니 반쪽밖에 안 되잖아? 그래도 나는 혜원을 향한 내 순정이 소중하다. 순간순간 혜원의 얼굴을 떠올릴 때 기분이 풀어지면서 흐뭇하고 이런 마음이 행복인 것 같았다. 욕정이 올라 스스로 몸을 비비 꼴 때도 떠오르는 여자의 얼굴은 혜원이었다. 소개받고 데이트한 여자 중에는 나에게 호감을 갖고 다가오는 사람도 있었으나 만남이 계속 이어지지 않는다. 상대의 얼굴에 혜원의 얼굴이 수시로 겹치니 만남의 의미가 없어진다. 할 수 없지, 뭘. 아직 2세에 대한 애착도 없어 나는 혼자 사는 것도 괜찮다고 생각하고 있다.

스탠드바에서 헤어지고 난 후 한 달 정도 혜원에게서 소식이 없었다. 헤어진 다음 날 이메일 한 장을 받기는 했다. 너는 참 좋은 친구야, 고맙다. 너와의 우정을 소중히 간직할 것이다. 혜원, 이라는 간단한 내용. 그래 너와 나는 어디까지나 친구야 친구, 라고 나는 마음을 돌려 잡았다. 포기와 체념은 내 마음을 가라앉혔다. 그렇게 생각하고 있었는데 혜원의 전화를 받았다. 전화기를 통해 혜원의 목소리를 듣는 순간 내 가슴은 속이 벅차오르면서 맥박이 빨라졌다. 나 자신도 내 마음을 잘 모르겠다. 뜬 마음으로 얘기를 나눴다. 혜원은 여전히 밝은 목소리였다. 저녁을 사달라는 거였다. 예정했던 직원들과의 저녁 회식을 다음 날로 미루거나 빠져도 되긴 된다. 혜원과의 저녁만남을 거절해야겠다는 생각으로 마음을 단단히 먹고 대답했다. 오늘 안 돼, 라고. 그러면 할 수 없지 뭐, 하고 전화를 끊으려는 혜원을 나는 다급히 불렀다. 잠깐, 하고. 목소리가 컸던지 사무실 직원들이 나를 쳐다보았다. 전화를 끊고 나는 과장에서 직함이 바뀐 팀장을 힐끔 쳐다보았다. 턱을 한번 치켜들며 팀장은 미소 지어주었다. 나가도 좋다는 표시였다.

 그날 밤 나는 혜원과 내내 같이 있었다. 어지간히도 더운 날 밤 혜원은 차 안에서 옷을 벗었다. 노브라에 팬티도 안 입고 나온 혜원의 옷을 벗기는 건 쉬웠다. 사춘기 때부터 욕정이 치밀어 오르고 사정하여 해소될 때까지 내가 떠올리는 여자는 혜원이었다. 이제 소원이 이루어져 숨이 목까지 차오르면서 무아지경에 빠져야 하는 순간에도 잠깐씩 태구의 얼굴이 스쳤다. 또 영수라는 얼굴 모르는 사내의 모습이 어렴풋이 지나갔다. 개자식들, 욕지거리하면 마음속에서 지워질까 싶었다. 그렇지 않은 것은 앞으로도 심심찮게 그들의 모습이 내 눈에 어른거려 내 속을 뒤집어놓겠구나 생각이 들었다.

 다음날부터 평상시와 달라진 내 행동은, 내가 혜원에게 전화를 걸기 시작한 것. 그동안에는 내가 먼저 혜원에게 전화를 해본 적이 없었다.

 일을 마무리할 생각은 않고 퇴근 시간만 기다린다고, 나의 근무태도가 나빠졌다고 팀장에게 잔소리를 들은 건 입사 후 처음 있는 일. 근무시간에 사적인 핸드폰 사용이 너무 많다는 지적도 받았다.

 팀장의 걱정대로 끝내는 사고가 발생하였다. 팀장과 내가 감봉 처분받는 동시에 손해액 일부를 변상해야 하는 일이 생겼다. 시장에 나갔던 구매직원이 들고 나갔던 현금과 회사카드로 카드깡 해서 사라져버린 사고가 발생한 것이다. 몇 달 후 그를 경찰이 붙잡았지만, 돈은 찾을 수 없었다. 그동안 나에게 부드럽고 호의적으로 대하던 팀장의 태도가 달라졌다. 나의 근무소홀로 자기한테 누를 끼쳤다는 것. 나한테 대하는 태도가 완전히 사무적이었다. 나에 대한 호칭도 달라졌다. 김 대리가 아니라 야! 혹은 어이! 하고 부르기도 했다. 냉랭한 근무 분위기였지만 혜원과 만나는 약속을 하고 나면 내 마음은 달뜨고 즐거워졌다. 직장은 지금 이곳 아니라도 경력 인정해 줄 테니 오라는 곳도 생겼다. 자리에 연연하지는 않는다. 혜원을 매일 만나는 즐거움도 내가 사는 보람이다. 며칠이라도 뜸하게 혜원을 혼자 내버려두기가 싫었다. 틈을 주면 혜원이 나를 떠날지도 모른다는 불안감이 내 마음속에 똬리 틀고 앉아있었다. 만나면 도장을 찍어 소유권을 확인하려는 듯이 혜원을 껴안고 옷고름을 풀 곳부터 찾았다. 혜원도 거절하는 경우가 한 번도 없었다. 다음날 출근해서는 박카스와 커피를 수도 없이 마셔대면서 나는 하품을 해대기 바빴다.

　몸과 마음을 다한 정성 끝에 나는 혜원의 결혼승낙을 받았다. 다음날 바로 나는 혜원의 집으로 그녀의 어머니를 찾아뵈었다. 별다른 얘기는 없이 담담한 편이었다. 문제는 나의 부모였다. 극구반대. 밑도 끝도 없이 한마디로 안 된다는 것. 설득력 있는 이유를 대는 것도 아니고 그냥 굳어진 표정으로 반대하는 것. 너 나중에 크게 후회할 거야! 제발 부모 말 들어라, 하는 말이 다였다. 부모가 극구 반대하는 결혼은 안 좋다는 얘기를 들어왔다. 또 그럴만한 충분한 이유가 있다고 나는 생각해왔다. 그러나 소꿉 사랑으로 만나 20년 넘는 우리의 사랑 얼마나 소중한가? 이런 사랑 이런 감정 내 일생에 한 번 뿐일 텐데. 어찌 이 운명을 거스를 수 있단 말인가. 나는 운명을 거역할 수는 없을 것 같았다. 현실의 때가 묻어 무뎌진 감각을 가진 부모들이 어떻게 이 순수한 감정을 이해할 수 있을까. 그들이 나처럼 젊었다면 내 마음과 같을 거야 그리고 나처럼 처신할 거야. 어른들이 좋아하는 '조건'으로 따져도 나보다는 혜원 쪽이 한 수 위야. 혜원이 뭐가 아쉬워 나 같이 조건을 갖추지 못한 사내에게 시집오겠어? 사랑을 되찾는데, 굴러들어오는 복을 내가 차 버릴 수는 없지, 암, 그렇고말고. 몇 날 며칠을 생각하고 또 생각해도 내 마음은 변하지 않았다. 고집 피우는 부모를 설득할 것이다. 또 부모는 자식인 나를 이해해야 하고 내 뜻을 따라줘야 한다. 나는 마음을 독하게 먹었다. 부모 앞에 무릎을 꿇고 빌기도 하고 집을 나가겠다고 엄포도 놓았다. 자식이라고 아들인 나 하나인데 부모가 나를 이길 수 없지. 나와 어머니가 번갈아 가며 통사정을 했다. 또 부모자식 간 인연을 끊자는 고함도 나왔다.

끝내 부모를 이겨낸 나는 약혼식을 생략하고 혜원과 결혼식을 올렸다. 면사포를 쓴 혜원은 천사같이 예뻤다. 훈련을 끝내고 대구 국군병원에 배치받았다는 태구에게서는 아무 연락이 없었다. 축의금도 보내오지 않았다. 하객들을 마중하면서 서 있는 나에게 영수라고 하는 남자가 다가와 인사를 했다. 체격은 컸고 건강해 보였지만 나이는 나보다 대여섯은 더 돼 보였다. 얼굴은 소도둑처럼 우락부락했고 쉰듯하면서 음침하게 가라앉은 목소리가 기억에 남았다. 나에게는 뻔뻔스럽고 얼굴과 이마에 개기름이 번들거리는 탐욕스러운 인상으로 비쳤다.

혜원의 마음은 딴 데 가 있고 나는 빈껍데기와 사는구나라고 느끼게 된 건 신방을 차린 지 얼마 안 돼서이다. 잠자리에 들면서 팔베개를 해줘도 혜원은 싫어했다. 얼굴을 옆으로 하고 등을 돌아눕기를 잘했다. 내가 코를 너무 골아 시끄러워 잠을 잘 수 없다는 핑계였다. 혜원은 소파나 건넌방에 나가 잘 때가 많았다. 나는 신이 나서 섹스를 해도 혜원은 별 반응이 없었다. 받쳐주지를 않았다. 집창촌에 갔을 때 밑에 있는 여자가 눈은 말똥말똥하게 나에게 치켜뜨고 껌을

짝짝 씹으면서 아직 안 쌌어? 빨리빨리 해! 하며 독촉하던 일이 있었다. 정이 떨어져 뻗치던 돌기가 오그라들었던 일이 생각났다. 공중화장실에 들어가 앉았는데 밖에서 계속 두들겨대는 바람에 나오던 똥이 도로 들어가는 격이었다. 아직 나는 혜원의 성감대가 어딘지 사실 모른다. 집에 돌아와 회사일 등 그날 있었던 얘기를 해줘도 듣기만 할 뿐. 혜원은 관심을 갖지 않았다. 내가 출근하기 바쁘게 혜원은 출근하듯이 밖으로 나갔다. 초등학교에 들어간 아들 규식은 학교에서 돌아오면 학원에 다녔다. 혼자 노는 게 습관이 되었는지 말수도 적었다. 나는 일부러 일찍 들어온 날은 숙제를 돌보아 주었다. 혜원은 자신이 아들을 돌보는데 등한하면서도 내가 가르치는 걸 아주 싫어했다. 나중에 안 일이지만 내 학교 때 공부가 신통치 않은 걸 뻔히 알고 있는데 그 실력으로 내가 아들을 가르쳐봐야 도움이 되지 않으리라 생각한다는 것이다. 공부는 그렇다 치고 애와 같이 장난치고 놀아주는 것도 좋아하지 않는 눈치였다.

　태구가 부인의 친정집 즉 처가 덕을 본 모양이다. 살던 동네에서 산부인과 병원을 개업했다는 소식을 혜원에게서 전해 들었다. 소식을 들은 후 두해 쯤 된 어느 날 태구의 부인이라고 하는 여자한테서 심상찮은 전화를 받았다. 혜원이 진찰을 핑계로 자기네 병원에 수시로 드나든다는 것이다. 태구한테 꼬리를 치고 있어 신경이 쓰이니 마누라 단속 잘하라는 게 전화의 요지였다. 시끄러우니 너나 잘해! 단속은 무슨, 네 남편이나 단속 잘 하라고, 하고 소리를 쳐 전화를 끊게 했다. 내 속은 내내 불편하였다. 한 이틀 참고 그냥 보내다가 집에 돌아온 혜원을 기다렸다가 나는 혜원에게 말을 꺼냈다. 태구의 부인한테서 온 전화내용을 알리듯이 얘기해 주었다. 그래 갔다. 왜? 진찰받으러 병원에도 못 가니?

꼬리를 친다고? 내가 꼬리가 어디 있다고 꼬리를 쳐? 하며 몸을 뒤로 돌리면서 엉덩이를 나한테 들이댔다. 끓어오르는 성질을 참지 못하고 나는 발길로 혜원의 엉덩이를 뻥 질러버렸다. 정통으로 엉덩이를 맞은 혜원은 술 먹은 원숭이처럼 뒤뚱거렸다. 몇 발자국 떼다가 걸음이 엉키더니 넘어지면서 벽에 얼굴을 들이받고 고꾸라졌다. 코피에 눈물까지 흘리며 혜원은 곧 일어나 열 손톱을 날 세우며 나에게 달려들었다. 그날 거실에 있는 집기는 남아나는 것 없이 부서지고 깨졌다. 나는 몸뚱이 여러 곳에 멍이 들었고 할퀸 얼굴은 흉했다. 오른쪽 이마는 찢어져 세 바늘을 꿰매야 했다. 그날 집을 나갔던 혜원은 다음다음 날 집에 돌아왔다. 입을 봉한 듯 꽉 다물고 열지를 않았다. 어디를 그렇게 쏘다니는지 말도 없고 눈치 보지도 않았다. 집에 붙어있을 생각을 아예 접어버린 여자가 되어버렸다. 안 들어오는 날도 생겼다. 장모한테 물어보면 무조건 안 왔다고만 했다. 자네는 도대체 하는 짓이 왜 그 모양인가? 그 짓이 이혼사유라는 걸 모르나? 사내가 그 모양이니까 혜원이가 그렇지. 한심한 사람, 자네가 다 책임져! 이 못난 인간아, 하면서 욕지거리를 늘어놓는다. 더 이상 전화하기도 무서웠다. 사는 게 사는 것 같지 않게 나는 한동안 그렇게 살았다.

 핸드폰을 두고 혜원이 집을 나간 날, 뚜껑을 열어보니 최근 수신전화에 연기 푸 찍힌 번호가 눈에 띄었다. 뚜껑을 다시 덮었으나 궁금증이 일었다. 내가 의심하듯 이러면 안 되는데, 하면서 다시 뚜껑을 열고 번호를 눌렀다. 칙 가라앉은 남자의 목소리는 약간 쉬었다. 나는 잘못 걸렸다고 하며 서둘러 전화를 끊었다. 만난 일이 있거나 들어본 목소리라는 생각이 들었다. 궁금증을 털어내지 못하고 한참 후 다시 한 번 걸었다. 저쪽에서 여보세요, 했다. 자기 이름을 밝히고 받으면 좋으련만. 할 수 없이 나는 말을 시켰다. 전화로 실례입니다만 혹시 부동산을 처분하실 뜻은 없으신가요? 그랬더니, 아니 없습니다. 그런데 어디시지요? 라고 했다. 이 지역에 밝은 부동산으로 실적이 많은 곳입니다. 사장님이 좋은 부동산을 갖고 있다는 얘기를 듣고 전화를 드리는 것입니다. 그랬더니 아니, 누가? 하면서 물어왔다. 나는 더 이상 듣지 않고 다시 물었다. 혹시 좋은 부동산물건을 갖고 있는데 투자하시고 싶은 생각은 없으십니까? 근교에 펜션이나 전원주택지 좋은 것이 있는데. 글쎄요. 아직 그럴만한 여력이 없어서… 딴 데 전화해 보시지요. 그런데 내 전화번호를 어떻게 알고 전화하셨는지? 하면서 질문을 해왔다. 더 이상 답변이 궁한 나는 핸드폰 자판을 비벼 잡음을 내면서 전화를 끊었다. 목소리가 누구인지 알 것 같았다. 영수의 목소리라는 생각이 들었다. 혜원이 수시로 통화하는 사이라면 그 치임이 틀림없었다. 배신감과 질투심에 속을 부글거리며 울화가 치밀었다. 가슴이 터질 것만 같다가 끝내는 지쳐 어깨가 늘어졌다. 처음에는 눈앞에 다가오면 목이라도 조를 것 같더니 시간이 지나면서 마음은 맹탕이 되었다. 그날 이후 잠들기가 쉽지 않았고 잠을 자다가 깨기도 했다. 한번 잠이 깨면 쉽게 다시 잠이 들지 않아 힘들기도 했다. 아침에 부은 눈으로 일어나 밥을 입에 퍼 넣었다. 깔깔한 입안에 이물이 들어찬 것처럼 기분이 잡쳤다. 물만 들이켰다. 드문드문 집에 들어오는 혜원을 보면 불그레해진 얼굴로 술기에 흐느적거리는 몸짓을 하며 표정이 없었다. 주어 패고 싶어 주먹을 치켜 올리다가도, 본전도 못 찾을 짓, 내가 왜 해, 하면서 입술을 깨물며 참았다. 가까운 친구와 상의했더니 의처증도 병이니 조심해야 한다고 오히려 나를 탓했다. 집에 다니러 온 어머니가 요즘 집안은 편안하냐? 고 묻기에 혜원이 요즘 집안일에 충실치 않다고 대답했다. 그 말 한마디만 했다. 어머니는 기회를 잡은 듯 며느리 악담을 쏟아냈다. 딸은 엄마를 닮는다더니 하는 짓이 꼭 제 어미 닮아가는구먼. 너 조심해라. 이제야 하는 말이지만 규식이가 너 닮은 데가 한 군데도 없단 말이야, 참. 어머니의 악다구니를 나는 더 들을 수가 없어 소리를 빽 질러 말문을 막았다. 어머니한테 말을 꺼낸 것 자체가 잘못이라는 생각이 들었다. 그러나 내 생각은 자꾸 의심의 날개를 달았다. 뒷골이 뻣뻣해지며 기분이 영 말이 아니었지만 머릿속은 쉬지 않고 움직였다. 저녁에 돌아오면 나는 몸에 받지 않는 술을 입에 털어 넣었다. 몇 달이 지나도 혜원의 태도는 고쳐지지 않았고 나의 생활은 변함이 없었다. 불쌍한 생각이 들어 더 신경 써 주었지만 규식은 돌아가는 분위기를 뻔히 알 텐데 내색을 하지 않고 묵묵했다. 감수성이 살아날 어린 나이에 상처를 받지 않을까 걱정되었다. 친구가 걱정하는 내 의처증은 나아질 기미가 없이 부풀어 자라고 있다. 그래서는 안 된다고 생각하면서도 나는 혜원의 뒷조사를 시켰다. 걱정했던 것이 현실로 그대로 다가왔다. 큰돈 들여 조사시킨 뒤 열흘쯤 뒤에 나는 사진 열 장과 비디오카메라 필름을 전달받았다. 사진에 찍힌 상대는 물론 영수였다. 카바레와 나이트 그리고 모텔이 찍힌 사진의 배경이다. 의처증을 조심하라던 친구에게 사진을 보여줬더니, 아예 혼자 사는 게 어떠냐고 말의 책임을 지지 않고 딴청을 부렸다. 경박한 놈. 이혼? 그게 그렇게 쉽지가 않아. 아들 규식을 어떻게 하고 또 나는 어떻게 살라고. 내가 혜원을 어떻게 만났는데, 이십 년을 다지고 또 다지고 십 년을 얽히고 설켜 살아왔는데 죽으면 죽지 나는 헤어지지 못해! 혜원보다 나는 영수란 놈이 죽이고 싶도록 더 미웠다. 혜원에게는 미움, 영수에게는 증오. 능력만 있다면 영수의 마누라를 꾀어서 두 년놈들 앞에서 보란 듯이 놀아나고 싶다. 아니면 도우미를 시켜 영수란 놈 보는 앞에서 제 마누라가 겁탈당하는 꼴을 보여주고 싶다. 몇 달을 참다가 혜원에게 문제의 사진을 보여주었다. 혜원은 눈 하나 깜짝하지 않고 내가 준 사진 열 장을 하나씩 감상하듯이 열람했다. 담담한 표정으로 사진을 보던 혜원은 역시 무표정. 각오한 듯한 눈빛으로 나를 쳐다보면서 원한다면 이혼을 해주겠다고 했다. 내가 원한다면? 희망을 품었다. 나는 이혼을 원하지 않는다고 단호하게 말했다. 두 손을 공손히 모으고 혜원에게 빌었다. 나하고 아들인 규식을 살려달라고. 그러나 달래도 소용없었고 빌어도 소용없었다. 혜원은 할 얘기를 하고 난 다음 더 당당했다. 전혀 통제되지 않았다. 장모를 찾아가 혜원의 마음을 붙잡아달라고 사정했다. 사내가 지지리 못난 걸 어떻게 여자 탓을 할 수 있겠느냐, 물 건너간 일이라는 대답만 장모에게서 들었다. 되레 욕만 먹고 자리를 나섰다. 한해가 넘어가도 집안 사정은 여전했다. 혜원은 집안을 들락거리며 말을 막 했다. 스스로도 지나친 듯싶어 미안하다고 생각했는지 이혼을 요구했고 나는 받아주지 않았다. 규식은 부모 눈치를 보면서 사태를 짐작하는 듯 말이 없었다. 불쌍한 자식, 네가 무슨 죄가 있다고. 안쓰러웠다.

나는 영수에게 전화를 걸어 밤에 만나자고 했다. 주머니 속에 손칼을 넣었다. 찌른다고는 감히 마음먹지 못하고 대화 중에 한번 꺼내 위협을 줄 때를 대비했다. 영수와 나는 공원의 벤치에 앉았다. 긴장도 되고 불안도 하여 손이 떨렸다. 주먹이나 칼을 빼 들 기력도 없이 기가 꺾인 느낌이다. 말도 꺼내지 못하고 숨만 씩씩거렸다. 아내의 애인을 만난다는 것은 역시 고통스러운 일이다.

"이렇게 만나 뵙게 되어 반갑습니다. 그런데 무슨 용건이라도?"

나를 보자 영수가 먼저 말을 꺼냈다. 착 가라앉은 목소리로 여유를 부렸다. 흔들리고 있는 건 나 혼자이고 영수는 빳빳했다.

"아니, 도대체 이럴 수가?"

숨을 돌린 다음 마음을 가다듬고 내가 한 첫 마디였다. 말을 이었다.

"언제까지 혜원을 갖고 놀 건가요? 영수 씨가 얼마나 큰일을 저지르고 있는지 아십니까?"

멀뚱히 쳐다보고만 있던 영수는 내 말이 끝나기를 기다렸다가 내 모습에 연민을 느낀다는 듯이 묘한 표정을 지었다. '아직 혜원을 잘 모르시는군요.' 했다. 아니 그러면 너는 혜원을 잘 안단 말인가? 나는 어이가 없었다. 외간 남자가 여자의 남편에게 어디 할 말인가.

"내 말 잘 들으세요, 성우 씨. 혜원을 놓치고 싶지 않으시면 이대로 가만히 계시고 조금 더 참고 계세요. 아직 혜원을 잘 모르시는 것 같은데 혜원은 쉽게 붙들어 맬 수 있는 여자가 아니에요. 더구나 성우 씨 능력으로는 안 돼요. 자란 과정과 환경을 보더라도 성우 씨가 혜원을 휘어잡기에는 역부족이라고 나는 생각합니다. 태구라면 또 모를까. 내 얘기를 고깝게 듣지 마시고 좀 냉정하세요. 내가 붙들고 있지 않았으면 혜원은 벌써 집을 떠났을 거예요."

"너 지금 그걸 말이라고 하는 거야? 안 되겠네, 뻔뻔한 자식!"

나는 벌떡 일어나 영수 앞에 다가섰다. 주먹을 불끈 쥐었다. 뒤늦게 일어난 영수는 나보다 머리 하나는 더 컸다. 몸이 넓이는 나의 배 가까이 되는 것 같았다. 영수는 한참 아래로 나를 내려다보았고 나는 주머니에 손을 집어넣었다. 칼이 손에 차갑게 잡혔다. 단추를 누르면 칼날이 튀어나오게 되어있다. 그런데도 영수는 태연히 가벼운 미소를 지었다.

"조금만 더 기다려 봐요. 마음 가라앉히시고. 혜원도 마음을 잡을 거예요. 본인도 갈등이 많은가 봐요. 끝내는 돌아갈 거예요. 밖에서 마음이 채워지지 않으면 돌아갈 곳이 홈 스위트 홈 가정이잖아요."

혜원의 방황도 끝이 나겠지, 영수가 반복하는 말이었다. 언제? 그게 언제냐고? 나는 주먹과 칼을 써보지 못하고 소리 한번 제대로 질러보지 못하고 물러섰다. 고맙다, 고마워, 실컷 놀아봐라, 개 같은 년놈들! 하고 침을 내뱉었을 뿐이다. 내가 못나 그런 걸, 누구를 탓하리. 쥐어뜯을 수 있는 건 내 가슴뿐이었다.

더 이상 싸울 상대를 잃은 나는 체념으로 마음이 내려앉았으나 열등감 덩어리의 끝은 자기 학대였다. 불쑥불쑥 튀어 오르는 혜원과 영수의 얼굴이 나의 잠을 깨웠다. 다시 잠들기 위해 술을 마시고 쓰린 속을 달래며 출근했다. 수면제를 먹고 잔 다음 날은 머릿골이 띵하니 맑지 않았다. 입술이 내 입술 같지 않아 말이 엉겨 스스로 생각해도 바보 같았다. 그래도 나는 기계적인 회사 일에 충실했다.

내가 팀장이 된 다음 날 회식이 있었다. 다들 헤어지고, 남은 나와 지수는 같은 방향으로 가는 전철을 타러 같이 걸어갔다. 지수는 내 오른팔에 팔짱을 꼈다. 이혼녀인 지수는 나와 입사 동기였다. 나이도 차이 났고 급수도 달랐지만, 입사는 같이했다. 입사 때 한 급 차이 나던 것이 내가 승진하면서 두 급으로 차이가 벌려졌다. 입사 후 계속 같이 근무해왔기 때문에 서로를 잘 아는 편이다. 지수는 나에게 아주 깍듯이 대했고 가까이 다가왔다. 얼핏 짚이는 장소가 없어 나는 지수를 데리고 혜원과 같이 갔던 스탠드바에 갔다. 술을 몇 잔 더 입에 털어놓고도 나는 말이 없었다. 오늘은 아들 규식이 소풍을 가는 날. 혜원이 김밥을 싸서 따라간다고 했다. 혜원의 태도가 다소 누그러지고 규식을 챙기는 것 같기도 했으나 나는 혜원에게 말을 걸지 않았다.

말없이 서로 얼굴만 쳐다보는 게 무료했던지 지수는 내 귀에 대고 속삭였다. 삶이 그대를 속일지라도, 슬픔의 날을 참고 견디면, 모든 것은 한순간에 지나가는 것, 하면서 푸시킨의 시를 외었다. 밝게 생각하고 살아야 해요. 계속 그렇게 얼굴을 찌푸리면 결과는 우울증. 우리는 청춘, 즐겁게 살아요. 서로 위로해 주면서 마음을 따뜻하게 해요, 우리. 지수는 말을 이었다.

참고 견디면 슬픔도 지나갈까? 세월이 지나면 잊혀질까? 아무튼 사는 맛이 없다. 다소 마음이 가라앉은 나에게 지수는 무거운 내 머리를 자기 어깨에 기대게 했다. 그리고는 팔로 내 어깨를 감싸고는 다독거렸다. 내 눈에서 눈물이 한 줄 흘렀다. 마음이 떠나버린 혜원, 오늘 아침 반성하는 것처럼 눈물을 잠깐 보인, 때문인지 다가온 지수 때문인지 눈물 한줄기의 의미를 나는 잘은 모르겠으나 새 여자 지수에 대한 고마움에 더 큰 비중을 두고 싶다. 나를 자기에게 맡기라는 지수는 귀여운 여인. 따뜻하고 포근한 품에 안겨 안식하고 싶다.

안쓰러워 죽겠다는 듯이 나를 걱정하는 건 엄마다. 또 하나는 의처증 어쩌고 저쩌고 입방구한 친구 녀석이다. 그 눈물은 지수가 아니라 혜원이 짜내는 거라고 말하고 싶은 모양이다. 나는 그들이 말을 뻥긋하지 못하게 한다. 소꿉장난할 때 큐피드의 화살이 한 번 꼽히고 꼽힌 그 자리에 사춘기 때 또 한 번, 다시 또 한 번 꽂혀 굳어버린 걸 빼낼 사람 이 세상에 누가 있어? 하늘이라면 또 모를까. 니가 그 짝이야! 니가 무슨 견우라도 되는 줄 알아? 동화 속의 나무꾼도 안 돼, 너는! 혜원이 배신해도 질투심에 칼로 찌를지언정 너는 결코 혜원을 미워하지 못해! 귀신이 씌운 거야! 라고 말하고 싶은 모양이다. 말하든 지껄이든 자기들 맘 대로지만 내 앞에서는 안 돼! 듣기 싫거든! 이러는 나 자신이 정말 싫지만 못난 놈은 못난 대로 사는 거야! 오늘 당장 내 머릿속에서 혜원을 지워버릴 거야! 나는 한다면 해! 너희가 나를 알아?

 선녀와 직녀는 구름을 타고 다닌다. 센 바람이라도 불어 구름이 옅어지기라도 하면 하늘에서 뚝 떨어질지 모른다.

09

아홉번째 이야기
찌미와 쏘미

아홉번째 이야기

찌미와 쏘미

찌미는 야트막한 산등성이 햇골에 살고 있다. 쏘미네 집은 찌미네 집 가는 길 중턱 배령골에 자리 잡고 있다. 우거진 청솔나무숲을 등지고 남향받이 쏘미네와 한 마장 쯤 더 올라가 비슷한 분위기의 찌미네가 있다. 둘 다 과수원 가운데에 집이 박혀있으나 쏘미네만 과수원 입구 오른쪽에 소를 키우는 우사가 있다. 우-어, 소 우는 소리가 굵은 바리톤이라면 두 집 애들이 우는 소리는 아-앙, 가는 소프라노이다. 찌미네가 하늘을 이고 언덕배기에 사과밭을 일구고 있는 반면 쏘미네는 산 중턱에서 포도밭을 한다는 것이 조금 다를 뿐이다. 집의 크기나 겉모양은 비슷하다. 찌미네가 기와지붕을 하고 쏘미네는 양철지붕을 하고 있는 것이 조금 다를 뿐이다. 찌미와 쏘미, 하면 웬 혼혈아 이름인가 혹은 양공주 이름인가, 할 것이다. 원이름은 지미와 소미. 둘 다 배령골에 태어나서 찌미는 언덕배기 햇골 진 군과, 쏘미는 뒷집 손 군과 결혼하여 고향 땅을 지키는 고무줄넘기 소꿉동무이다. 찌미와 쏘미가 원이름이 아닌 별명이지만 본인들도 스스로 그렇게 부르고 별명으로 불리는 걸 싫어하지 않는다. 주걱턱, 말 대가리, 짱구, 딱부리, 땅딸이, 들창코 등 외모를 비하하는 별명이 아니라 시대를 앞서 가는 듯한, 버터 냄새가 좀 나는 색다른 별명이라고 생각하는 듯 본인들은 듣기 좋아한다. 온몸이 찢어질 듯 춤을 잘 춰 인기 있는 젊은 가수들의 이름은 거의 미국식이다. 지미와 소미도 영어로 표기하면 미국식 이름이 되지만 원이름을 강하게 불러 찌미와 쏘미라고 하면 좀 더 색다른 느낌이 든다고 본인들은 생각하는 모양이다. 찌미와 쏘미는 우리 동네 여걸 2인방. 동네 사람들이 자기네들을 여걸이라고 표현하는 것도 싫지 않아 한다. 2인방이라고 하면 영화 속의 주인공이라도 된 듯 우쭐댄다. 둘을 똘똘 뭉치게 하고 남이 쉽게 건드릴 수 없는 조직의 냄새라도 나는 듯 여걸 혹은 2인방으로 불리는 걸 듣기 좋아한다. 건달 사내들이 양손을 주머니에 넣고 어깨를 으쓱으쓱 하면서 걷듯이 활보하며 여걸 2인방은 행동을 거의 같이한다. 애들은 소미를 '쏘미 아줌마'라고 부르고 소미의 애들은 지미를 '찌미 아줌마'라 부른다. 동네는 물론 오리 정도 떨어진 마을 입구 한 길가에서도 찌미네 집, 쏘미네 집이라 불러야 통하고 버스 타고 한참 나간 읍내의 가겟집이나 철물점 혹은 식당에서도 찌미와 쏘미로 통한다. 지미네 집 찾아가려면 어떻게 하나요? 혹시 소미라고 아시나요? 하고 물으면 아하! 찌미요? 소미가 아니라 쏘미 아닌가요? 하면서 지미가 아니라 찌미로, 소미가 아니라 쏘미로 사람들은 정정해주곤 한다. 이녀(女)들, 찌미와 쏘미, 이 사는 햇골과 배령골 그리고 버스가 지나가는 큰길가 마을을 통틀어 가장 유명한 찌미와 쏘미는 동네 사람들의 입에 가장 자주 오른다.

 찌미와 쏘미는 거칠 것 없는 새댁들이다. 남의 입에 오르는 걸 두려워 않는다. 너희들은 지껄여라, 나는 내 맘대로 한다. 행동에 거리낌이 없다. 이녀들의 속마음은 알 수 없지만 겉으로는 분명히 그랬다 동네 토박이로 고향을 지키는 젊은 여자들은 이들밖에 없다. 펜션이나 전원주택을 짓거나 식당을 하려고 들어온 젊은 여자들이 더러 있기는 있다. 외지인들은 동네에 어떤 영향을 주지 못

하고 시선을 끌지도 못한다. 동네기금도 이천만 원이 넘어 일 년에 대여섯 번 동네 일을 결정하는 대동회의가 있으나 분위기는 외지인 전체보다 숫자가 훨씬 적은 토박이들이 이끈다. 외지에서 이주한 사람들의 생활은 자기네 집 속에서의 생활과 바람 쐬러 밖으로 나다니는 일이 전부다. 동네 일에 나서거나 찌미와 쏘미가 어떻다는 둥 참견할 엄두를 내지 못하는 것 같다. 물론 그들도 앞뒤 집이나 같은 외지인들끼리는 서로 만나 친목을 도모하고 여가를 같이 보내면서 동네 얘기를 화제로 꺼내기는 한다. 그러나 심하다든지 못 되었다든지, 입담을 하지만 그건 말이 오간 그 자리에서 끝나고 말지 토박이들한테 옮겨지지 않는다.
　찌미와 쏘미는 공통점이 많다. 시부모와 친정부모가 각각 없다. 시부모는 원래부터 없었고 찌미는 어머니가 의붓어미이고 쏘미는 아버지가 의붓아비이다. 찌미와 쏘미는 남편이 있고 애 둘씩 갖고 있다. 둘은 배령골에서 한 해 걸러 몇 달 사이로 태어나 같은 학년 같은 학교에 다니고 촌 동네에서는 드물게 고등학교를 같이 나왔다. 이 둘 말고도 젊은이들이 이 동네에 태어나지 않은 것은 아니지만 다들 도시로 나가거나 보내졌다.
　학교에 갈 때 찌미와 쏘미는 따로 등교하는 경우가 많았으나 학교에서 돌아올 때는 어둑어둑해지면 대개 같이 왔다. 서로 노는 상대가 달라도 집에 돌아오는 것은 같이했다. 다소 한적하기도 한 시골 길을 여학생 혼자서 다니면 안 된다고 부모들이 걱정했기 때문이다. 종합고등학교 졸업식을 앞두고 찌미와 쏘미는 서울로 뛰어 올라가 회사에 각각 취직했다. 자취방을 하나 얻어 같이 살기 시작했다. 방값을 둘이 분담하고 쌀은 집에서 부쳐와 생활비는 별로 들지 않았다. 아침은 먹는 둥 마는 둥 회사에 나가 회사식당에서 점심을 먹었다. 어쩌다 저녁

한 끼 해먹는 것까지는 좋은데 찌미는 음식을 해먹을 줄도, 치울 줄도 몰랐다. 구태여 미룬다기보다는 미안해 소미야!(이때까지는 쏘미라는 별명이 붙기 전) 하고는 이불을 덮고 누워버리기 일쑤였다. 쏘미가 밥상을 차려놓고 찌미를 불러도 대답하지 않는 게 장기. 이불을 들춰보면 찌미는 펼쳐진 만화책을 얼굴에 엎고 쌕쌕거리고 자고 있기도 했다. 조금만 더! 하고는 찌미는 이불을 몸에 둘둘 말고 쉽게 일어나지도 않았다. 찌미는 이불 하나 개는 것도 몸에 익지 않고 TV를 보면서 귤을 까먹고도 껍질은 앉은 자리에 흩어 놓은 채 잠이 들곤 했다. 거기다 술까지 좋아해 방바닥에 김칫국물이라도 흐르면 그냥 이불을 깔지 못하고 쏘미가 걸레질을 해야 했다. 쏘미가 질색인 건 양말 짝과 핏방울 찍힌 팬티가 구석에 처박혀 있는 것이다. 돈을 절약하느라 아직 청소기와 세탁기를 구입하지 않았다. 집안은 항상 엉망이었고 쏘미는 짜증을 냈지만 찌미의 게으름은 고쳐지지 않았다.

저런 애한테 대시하는 사내들은 어떤 사내들일까? 찌미의 겉모습은 화사하고 몸을 비비꼬며 보조개진 얼굴로 애교를 떨었다. 몸매가 좋게 보이는 건 옷에 신경을 쓰기 때문이다. 벗은 걸 보면 삐쩍 말라 가지고 가슴도 없고 엉덩이도 말라 궁둥이 살이 항문으로 말려들어 가 있다. 껴안기라도 하면 튀어나온 뼈다귀가 살에 닿아 배길 것 같다. 어차피 사내들은 여자를 볼 줄 모르니까. 여자 보는 눈만 제대로 갖고 있어도 세상은 좀 더 조용하고 평온할 텐데. 찌미를 보고 섹시하다고 하는 모양인데 사내들은 밤에 데리고 자면서 그거 할 생각만 하지 현모양처를 구하는 건 아니니까. 만화책 말고는 찌미가 책을 보는 걸 쏘미가 본 일은 여학교 다닐 때 의무적으로 펴던 교과서뿐이었다. 습관도 습관이지만 어디를 그렇게 쏘다니는지 허구한 날 자정이 지나서 입에 술과 니코틴 냄새를 풍기고 들어오면 찌미는 화장도 지우지 않고 잠자리에 들었다. 말다툼도 한두 번이지 쏘미는 쪽방이라도 얻어 하루라도 빨리 독립하리라 마음먹었다. 월급 받아서는 별 저축이 되지 않아 쉽게 이룰 수 있는 일은 아니었지만, 읍내에 일자리를 찾으라는 아버지의 말을 거역하고 집을 나온 쏘미로서는 아버지한테 돈을 보태달라고 할 수 있는 처지가 못 되었다. 설날에도 집에 들어가지 못했고 오는 추석 때도 집에 들어갈 생각을 못 하고 있다. 사무실을 그만두고 나온 시기는 둘이 비슷했다. 찌미한테 먼저 문제가 생겼다. 밤늦게 돌아다니며 술 먹으러 다니는 것은 찌미에게 남자가 생겼던 것이다. 처녀와 총각이 만나 늦게 다니건 술을 먹건 문제가 될 수 없지만 그게 그런 게 아닌 모양이었다. 회사 과장이란 작자하고 어울려 다닌 것인데 이치가 유부남. 처녀와 유부남이 어울려 다닐 수도 있는 것인데 유부남인 과장의 처한테 꼬리가 잡힌 것. 마음 독하게 먹은 과장의 처는 대동한 경찰과 함께 현장을 덮치고 찌미의 목덜미를 채 가지고 끌고 간 것이다. 찌미의 아버지가 돈을 싸들고 서울로 올라와 과장의 처에게 가서 빌고 딸 관리 잘하겠다는 다짐을 하고는 꺼내올 수 있었다. 불똥은 쏘미에게도 튀었다. 쏘미의 엄마가 찾아와 쏘미를 집에 끌고 고향집 배령골로 데려갔다. 찌미가 얻어터지는 소리는 옆집 쏘미가 들었고 쏘미가 살을 꼬집히는 소리는 옆집 찌미가 들었다. 찌미와 쏘미 둘의 울음소리는 동네를 시끄럽게 했다. 아이고! 아버지 다신 안 그럴게요, 잘못했어요, 찌미의 애걸하는 목소리였고, 엄마! 나를 꼬집어요? 내가 뭘 잘못했다고? 야단맞으면서 대드는 쏘미의 울음소리였다. 둘은 부모에게 붙들려 한동안 집 밖으로 얼굴을 보이지 않았다. 원조교제를 하다가 경찰서에 붙들려 간 걸 빼 왔다는 둥 집창촌에서 단속에 걸린 걸 데려왔다는 둥 소문은 날개를 달고 온 동네에 금방 퍼졌다. 찌미와 쏘미네 부모의 귀에 소문이 전해졌지만 변명을 하지 않았다. 헛소리에는 대꾸보다 세월이 약이라고 생각한 것이다.

한 달쯤 후 금족령이 풀린 찌미와 쏘미는 집안일을 도우며 근신했다. 앞뒤 집에 사는 찌미와 쏘미는 마당에 나와 얼굴을 마주쳤지만 쏘미는 찌미를 외면해 버렸다. 걸레 같은 년, 다 너 때문이야.

찌미는 아버지한테 사정하여 읍내에 있는 편의점에 다니기 시작했다. 쏘미는 집안일을 도왔다. 해를 넘기고 찌미와 쏘미는 춘천에 생긴 대형 마트에 안내양으로 같이 자리를 옮겨 집에서 출퇴근했다. 첫 달 월급을 봉투에 고스란히 넣고 아버지와 엄마한테 내놓은 찌미와 쏘미는 출퇴근하기 너무 힘들다, 춘천에서 방을 얻게 해 달라고 사정했다. 물론 부모의 대답은 안 된다, 한마디였다. 한 달 후 월급봉투를 들고 다시 아버지와 엄마한테 둘은 무릎 꿇고 손까지 싹싹 빌었다. 한 시간의 출퇴근은 도저히 못 하겠다, 직장을 그만 둘까보다고 엄포를 놓았다. 어느 정도 자숙한 것으로 믿고 마지못해 승낙한 부모의 다짐은 똑같았다. 서울에서의 전철前轍은 절대로 밟아선 안 된다는 것. 각서라도 쓸까요? 아버지! 안심하세요. 이제 우리 어린애가 아니에요 어머니! 절대로 그런 일은 다시 없을 거라며 부모의 걱정을 가라앉혔다. 한 일 년, 도시의 수돗물 좀 먹었다고 둘은 옷차림도 세련되어졌다. 얼굴에 물이 올라 예쁜 데다 키도 알맞았다. 입사전형에서 쉽게 뽑혔다. 둘은 근신하는 마음으로 몸조심하면서 열심히 일하자, 마음먹었다. 투고함에 넣어진 손님들의 의견 중에는 찌미와 쏘미의 친절이 자주 올라 마트 점장으로부터 둘은 칭찬도 받았다. 옷걸이도 좋겠다, 얼굴과 몸매도 좋겠다, 제복도 예쁘겠다, 살짝살짝 눈웃음도 치겠다, 사내들이 가만 놔두지 않고 핸드폰 번호를 알려달라고 집적대기 시작한 건 얼마 지나지 않아서였다. 남자를 밝히는 여자인지 아닌지 사내들은 척 보고도 본능적으로 알아낼 수 있는 직감이 있는가 보다. 같은 여자라도 남자 물을 먹어본 여자가, 세련돼 보이는지, 더 눈에 띄는 모양이다. 찌미에게 먼저 남자가 달라붙었다. 찌미도 호되게 당한 경험이 있어 이번에는 호락호락 넘어가지 않고 사내의 속을 태웠다. 자기 몇 살이야? 스물다섯이라고? 말도 안 돼, 나 하고 혹시 동갑 아닌가? 어디 주민등록 좀 봐? 내가 오빠라고 할 수 있는지 확인해야 할 거 아니야? 하고는 증을 보고 나이를 확인했다. 총무과 언니한테 특별히 부탁해 기혼인지 아닌지 인사기록카드를 확인시켰다. 그 후에야 핸드폰 번호를 찍어주었다.

　이들이 고향에 다시 붙들려간 것이 4년 후이니까 그동안 사연이 얼마나 많았을까? 그러나 그 얘기까지 일일이 다 하려면 너무 길어질 것 같다. 이 둘의 특별난 결혼 얘기를 얼른 하고 싶기 때문이다. 더 이상 쓰지 않아도 이녀의 청춘이 벌였던 사건과 사고가 어떤 것일 런지 누구나 충분히 상상할 수 있을 것이라고 믿어지기 때문이다.
　단지 이 둘의 사고방식과 행동에 영향을 미친 학교생활, 사춘기를 어떻게 보냈는지 조금 더 보충 설명할 필요를 느낀다.
　시간을 몇 년을 거슬러 올라가 잠시 부연敷衍한다.
　어떤 의미로는 시골아이들은 학교생활에 부담감이 적다. 공부 제대로 하는 아이들은 도시로 전학 가고 진학에 뜻을 두지 않는 애들이 대부분이다. 선생님들이 여자애들한테 매를 잘 들지 않고 공부하라는 잔소리를 도시아이들보다는 덜 하는 편이다. 소수인 진학반이 아닌 경우엔 아침 일찍 자습하러 나오라고 하지 않았다. 방과 후 공부나 과외수업도 없었다. 남학생들은 싸움질하거나 하급생을 때릴 때 제일 많이 얻어맞는다. 뻥을 뜯거나 남의 것을 슬쩍 할 때 혹은 담배를 피우다 걸리면 몽둥이를 맞기는 한다. 여학생들이 맞는 경우도 비슷하다. 남녀학생들은 커닝도 않는다. 굳이 커닝하지 않아도 되기 때문이다. 농공과 대학 특례입학을 하려고 우등상을 타려는 애들도 있기는 하다. 진학을 포기한 대부분의 아이들은 공부에 전혀 관심 없으니 커닝할 필요를 느끼지 않는다. 학교에 가야 하는 주된 목적은 부모의 등쌀에 고등학교 졸업장을 얻고자 함이다. 현실적인 목적은 집에 있어 봐야 잔소리에 잔일만 거들어야 할 것이니 도피처가 학교인 것이다. 오늘은 뭘 하고 노나, 무슨 군것질을 하나, 얼른 수업 끝나는 종소리 울려라, 이다. 진학의 목표가 없으니 교실에 들어가서는 칠판에 뭐라고 쓰여 있는지 눈에 들어오지 않고 눈동자의 초점이 흐려진다. 학교에서 나올 때야 비로소 사라졌던 총기가 눈에서부터 살아난다. 사고방식이 본능적일 수밖에 없다. 집과 학교의 거리가 멀다. 시간 보내며 노닐 곳도 많고 장난칠 곳도 많다. 곁눈질할 곳도 많고 으슥한 곳도 많다. 일찍 집에 들어가 봐야 농사짓는(과수와 동물농사 포함하여) 집 아이들에게 부모들은 잔일을 시킨다. 선생님, 책 펴지 말고 재미난 얘기해 주세요, 오늘 수업 일찍 끝내시고 얼른 돌아가세요, 네? 일찍 끝나면 용돈이 있는 아이들은 몰려 동서울로 춘천으로 나들이 간다. 내일은 그냥 내일일 뿐이니 오늘 노는 것이 최고이다. 오늘만은 확실한 것이다. 내일은 있지만 오늘이 최고인 것을 의심하지 않는다. 부모들 눈으로는 애들이 노닥거리기만 하는 것으로 보이나 달리 통제하기도 힘들어 방임하는 편이다. 남녀공학이라 이성 간의 접촉이 자연스러운 면도 있다. 동네에서만 떨어져 걷지 동네를 벗어나면 스무 살 남녀, 성인 흉내를 내며 같이 싸돌아다닌다.

찌미와 쏘미도 이런 분위기에 젖을 수밖에 없다. 더구나 찌미는 의붓엄마, 쏘미는 의붓아빠, 부모의 꼴 보기가 싫다. 집에 정이 붙지 않는다. 부부간이라고 정답게 붙어있는 것도 미웠고 꼴 보기 싫었다.

한참 지난 후 찌미와 쏘미가 다시 서울에서 그들 부모에게 잡혀 붙들려올 때는 이녀의 처녀나이가 꽉 찼다. 춘천서 놀기에는 이들의 통이 커졌다. 몇십만 인구의 춘천 바닥에서 둘의 얼굴은 몇 사람 걸러 한 명씩 아는, 스친, 얼굴이 되었다. 안면 때문에 운신의 폭이 좁아졌고 행동에 거치적거렸다. 춘천만 해도 맑은 도시이다. 모양새뿐만 아니라 사람들 간에 아귀다툼이 덜한 만큼 돈을 잡을 기회가 적다. 사람으로 치면 순수하고 순진한 도시이다. 역시 기회의 땅은 서울이다. 기회가 많은 곳이라 해도 그냥 잡아지는 것은 아니다. 가진 것 없이 밀어주는 사람도 없이 어린 아가씨 둘이 일확천금을 하거나 신분 상승할 기회를 잡기는 쉬운 일이 아니었다. 독한 마음을 먹기에는, 이녀가 악종恶種이 되기에는 산골의 자연이 주는 아름다움 속에서 이십 년 가까이 자란 순진함이 마음속에 자리 잡고 있었다. 남을 이용하고 올라타고 밟기엔 천성이 주는 순수함이 있었던 모양이다. 춘천과 서울을 오가면서 세파에 흔들리며 때가 많이 묻었지만 완벽한 독종과 악종이 되기에는 셈도 느렸고 약삭빠르지도 못했다.

젊은 여자들이 없는 고향동네에는 장가 못 든 늙은 총각들이 많다.

집창촌에 있었느니 원조 교제하다 붙들려 왔다느니 두 여자, 이녀의 뜬소문을 한 번쯤은 들은 동네 총각들이지만 넘볼 수 있는 여자는 마을에서 찌미와 쏘미 뿐이었다. 더구나 예쁘고 화사한 둘이 마을을 지날 때는 총각들의 시선이 집중되었고 침을 흘렸다. 애타게 가슴 앓는 총각 중에는 햇골의 진 군과 배령골의 손 군이 있었다. 부모에게 물려받은 과수원과 소농장이 진 군에게 있고 손 군은 포도과수원이 컸다. 생활에는 여유가 있었지만 여자가 있어야 결혼하고 아내가 있어야 애를 낳지. 유행하는 베트남 처녀와 선도 보았지만, 마음에 안 들었다.

삼십 대 후반의 진 군과 삼십 대 중반의 손 군은, 아들들 장가들이느라 집안 경제사정이 안 좋아진 찌미와 쏘미네 집에 선물 공세를 폈다. 양가의 은행 빚을 진 군과 손 군이 갚아줬다는 소문이 들리면서 찌미와 쏘미는 한 달의 시차를 두고 결혼한다는 소식이 전해졌다.

그렇게 결혼한 찌미는 햇골에 올라갔고 쏘미는 건넛집으로 시집을 갔다. 시간이 흐르니 여자들은 애를 뱄고 애를 낳았다. 애가 크니 초등학교에 들어갔다. 그동안 찌미의 아버지가 폐암으로 죽고 새엄마는 챙길 것 챙겨갖고 집을 나갔다. 쏘미의 엄마는 말기 신장암 판정을 받고 거동이 불편하자 새 아버지는 집을 나갔다. 포도 맛이 좋다는 소문이 나 손 군은 바빴고 소의 숫자를 줄인 진 군은 찌미에게 집안일을 맡기고 돌 공장에 다녔다. 이것은 겉모습이고 부부간 즉 찌미와 진 군은 오순도순 잘 살 것인지 은근히 걱정되는 것이 옆에서 지켜보는 이들의 마음이다. 또 쏘미는 손 군과 재미있게 살 것인지 그걸 걱정하는 이들도 있다. 찌미와 쏘미는 처녀 때는 어쩔 수 없이 필요(必要)에 의해 서로 의지했지만 서로 마음을 주기에는 성격과 취향이 너무 달랐다. 내면적으로는 필요에 의한 합숙이었지만 혼자보다는 둘의 장점이 컸다. 특히 남들이 둘을 알아주는 게 그랬다. 남들이 보기에도 둘은 쌍둥이처럼 붙어 다녀 찌미 하면 쏘미, 쏘미 하면 찌미를 연상했다.

　소원疏遠했던 둘 사이가 어쩔 수 없이 가까워진 것은 결혼 후 앞뒤 집에 다시 눌러앉게 되고부터이다. 외따로 살게 되면서 어울릴 이웃이 마땅치 않다. 찌미도 그렇고 쏘미도 마찬가지였다. 주위에 흉금을 털어놓을 상대가 없었다. 가슴이 답답하고 입이 근질거렸다. 둘의 만남 후 처음으로 진지한 말상대가 찌미는 쏘미로, 쏘미는 찌미로 깨닫게 되었다. 어쩔 수 없이 꼭 필요한 만남이었다.

—쏘미야, 사는 게 왜 이리 재미없냐?
—내가 할 소리다. 뭐 인생의 낙이 있어야지? 꿈도 없고… 우리 둘이 춘천과 서울 돌아다닐 땐 사내들한테서 화려한 조명도 받았었는데. 이거 뭐 짜릿한 게 없어.
—얼굴화장도 안 받고 뱃가죽도 처지고… 이렇게 나이 들어가야 하는 거야? 어젯밤엔 진 씨 하고 노래방에 갔었는데 기껏 부른다는 게 타향살이와 나그네 설움이야. 내가 얼굴을 찡그렸더니 바꾼다는 게 육자배기야, 글쎄. 세대 차가 나서 못 살겠어. 쏘미야! 손 씨 밤에 잘 해주냐?
—밤에 잠도 안 와, 올라타자마자 찍 싸는 거 있지. 이 작자 내 문전만 더럽히곤 하더니 어느 날 보니까 혼자 낑낑대면서 수음을 하고 있는 거야. 글쎄. 이 작자 결혼기념일이 언제인 줄을 아나, 뭐 무드가 있어야지? 할 짓도 못하는 게 꼴값은 젠장. 2년 만에 처음 영화관에 갔더니 들어갈 때부터 하품하다가 의자에 앉고는 아니 글쎄, 코를 골잖아, 창피해서 죽는 줄 알았다니까. 역시 촌놈은 할

수 없어. 옛날 그 시절은 다시 돌아오지 않는가? 나만 바라보는 남자한테서 꽃다발 선물을 받고 싶어. 군침을 흘리면 한번 주지 뭐. 어디 물 좋은 나이트에 가서 몸을 실컷 흔들고 싶어. 찌미야! 나 요즘 오나니 한다. 10년 만이야. 몸속이 막 끓어, 미치겠어. 씨발!

-남자 나이 사십 넘으면 그거 기가 꺾이나? 진 씨는 잘 서질 않아.

-성합의 만족이 부부생활에 절대적인 것은 아니라지만 뭐 말이라도 통해야지! 아무튼 재미는 없어. 먹고 자고 애들 울고, 뭐 짜릿한 게 있어야지? 아! 옛날이여! 물 좋은 나이트에 가서도 우리 인기 짱 이었지. 노브라에 미니스커트 입고 흔들면 사내들이 침을 흘리며 줄을 섰었지. 좋은 차 끌고 다니는 애들이 야, 타! 하면서 불렀지. 오늘은 어디 가서 노나, 고르는 재미 너 알지? 심심할 틈이 없었는데. 옛날 생각난다. 왜 결혼했는지 몰라.

-네가 사고를 저지르지만 않았어도 나 지금쯤 사내 하나 꿰차고 미국에 가 있을 텐데. 너무 답답해. 이렇게는 살기 싫은데, 정말.

-내 탓 하지 마! 얘! 너는 뭘 잘했다고. 피라미드 판매한 거 사기로 걸려들어 방송만 타지 않았어도, 참. 너나 우리 집까지 끌어들이고 동네에서도 몇 사람 걸려들어 고발하고 난리 났었지? 얘, 그만하자. 널 탓하려는 게 아니야. 그 얘기 더하다가는 우리 싸우겠다. 너와 나 둘한테 동네 떨거지들이 전부 시선을 집중하고 못 잡아먹어 안달인데 우리 절대 다투면 안 돼. 우리는 풍랑 속에서 한 배를 타고 가는 동반자야. 그건 그렇고, 너, 학교 때 따라다니던 철순이, 네 생일 때 현수막에다가 생일 축하합니다. 쏘미, 사랑한다, 철순, 이라고 써가지고는 운동장을 돌던, 읍내에서 철물점 하는. 그러다가 네가 딴 남자애를 만나니까

잣나무 숲에서 너를 먼저 어쩌고 했다고 떠벌였잖아? 그때 너 엄청 울고 다녔지 그지? 그치 어제 낮에 너희 집에 올라가던데?

찌미는 찔끔했다. 근처에 배달하고 돌아가는 길에 철순은 시키지도 않은, 주문이라도 받은 듯, 시멘트 두 포를 싣고 전날 들렸었다. 읍내에서 만났을 때 낮에 한번 놀러 오라고 찌미가 말한 것을 철순은 진담으로 받아 들었다. 찌미가 철순이 찾아올 것이라 기대했던 것이지만 철순이 나타난 것은 느닷없었다. 바로 다음 날이었다. 뱉은 말의 씨가 익기도 전이었다. 철순이 목이 말라 했지만 찌미는 맥주를 내오지 않았다. 찌미가 타준 커피 한 잔을 달랑 마시면서 철순의 눈은 게슴츠레해졌다. 철순은 말을 더듬었다. 조용한 방안에서 마주 앉으니 철순의 숨소리가 불규칙하게 거칠어지는 것을 느낄 수 있었다. 흥분하거나 기분이 오르면 말을 더듬었던 철순의 학창시절이 떠올려졌다. 찌미는 한참을 머리를 굴리며 앞뒤를 재었다. 찌미는 문을 열고 먼저 밖으로 나가 문 옆을 살짝 비켜섰다. 나가주시지요, 였다. 철순은 혼자 남의 집 방안에 버티고 앉아 있을 수 없었다. 뒤따라 찌미를 따라 나온 철순은 머리를 긁적거리며 입맛을 다셨다. 일단(一旦), 이라는 단서를 붙여 철순을 구슬려 보냈던 것이다.

-응, 참, 시멘트를 주문했었지. 쏘미 넌 어제저녁 늦었지?

-응, 춘천에 갔었어.

-왜?

쏘미는 머뭇머뭇 대답하지 않고 고개를 한번 저으면서 입술 주위의 근육을 살짝 움직이며 뭐 별일 아니야, 라는 듯 표정을 지었다.

부부간에 오순도순 잘 사는 것은 너무도 당연한 일이다. 별다른 재밋거리가 없는 산속 생활에서는 더욱더 절실한 부부간의 정. 그런데 현실은 다르다. 당연하다고 하는 정상적인 부부가 의외로 적다는 것. 찌미와 쏘미에게 남편 아닌 남자들이 생겼다는 소문이 퍼졌다. 동네 사람들한테는 새삼스러울 것이 없는 것이었지만 이녀에게는 조금 달랐다.

찌미의 집이 마을 끝 마지막 집이었지만 길은 막다르지 않고 산 넘어 산으로 차가 올라다니게 뚫려 있다. 낮에는 여자 혼자 있는 찌미네를 지나 넘어가도 산으로 거쳐 가는 길이라 누구 하나 힘을 잡지 못했다. 지나가는 인기척이 나면 찌미는 문을 빼쭉 열고 밖을 내다보았다. 대개는 서로 아는 체했다. 마을 젊은 이장이 볼일을 핑계로 드나들었고 사내들은 산 넘어다니는 구실을 만들었다. 여러 사내가 동시에 일을 벌였는지는 정확지 않다. 이장이 깃발을 꽂은 듯 으스대는 것은 딴 사내의 접근을 막아보려는 의도로 보였다. 찌미네 집이 시끄러워진 것은 찌미가 둘째 애, 딸을 낳고 아이의 얼굴 윤곽이 잡히면서부터이다. 이마가 넓고 코가 오뚝한 건 진 씨 얼굴과 달랐다. 찌미를 닮았다고 말하면 될 터였다. 우연인지 이장과 철순의 얼굴은 아이처럼 이마가 넓고 콧날이 섰다. 고스톱에 새로 재미를 붙인 찌미는 사람들을 불러들여 판을 벌여주었다. 고리 돈을 떼이고 찌미는 술상도 봐주며 따라주고 받아 마시고 했다. 판을 벌이고 용돈을 버는 것이 진 씨에 대한 찌미의 변명거리였다. 주막집이라도 되는 양, 자연히 동네 사람 누구나, 주로 사내들이 찌미네 집에 들락거릴 수 있었다. 여닫는 문은 항시 개방. 사내들한테는 주막집도 필요하고 공창도 필요한 것이라는 생각이 든다. 자연 발생적 필요악이라고? 수천 년 전 과거를 들어봐도 그랬다.

쏘미는 찌미와 노는 물이 달랐다. 쏘미는 춘천으로, 찌미는 동서울로 돌았다. 쏘미의 애들 뒷바라지는 병든 엄마가 충분히 했다. 그녀는 나이트 체질이었다. 손 씨는 쏘미에게 집안을 지켜달라고 애원했다. 말을 듣지 않는 쏘미에게 몽둥이를 들고 위협했다, 죽여 버린다고. 쏘미는 매 맞고는 살지 못한다고 집을 나가 버렸다. 일주일 만에 쏘미를 춘천에서 찾아냈다. 쏘미를 집에 데려다가 앉혀 놓은 손 씨는 쏘미에게 더 이상 손찌검을 못 했다. 쏘미의 눈치만 보고 살판이다. 상을 차려주면 밥을 먹고 옷을 빨아주면 갈아입었다. 손 씨의 약점이라도 잡은 양 쏘미는 멋대로 행동했다. 부인네들과 고스톱을 치다가 늦어서 집에 못 들어간다고 전화해주는 경우는 양호한 편이다. 밤새 연락이 없어 아침에 겨우 연락이 되면 친구들과 찜질방에 있어,라는 쏘미의 대답을 듣기 일쑤이다. 손 씨는 끝내 기를 펴지 못하고 살 것인가. 진 씨네 집은 평온할 것인가.

  사람들은 남의 얘기를 하지 않으면 달리 할 얘기도 할 짓도 없는 모양이다. 찌미와 쏘미 얘기는 동네에서 험담으로 이어지다가, 세상 말세야, 뭐 저런 꼴이 있어? 자라는 애들 보기 창피해서 내가 동네를 뜨든지 저것들을 동네에서 쫓아내든지 해야 될 텐데, 이거 원 참, 동네 어른들은 뭣들 하고 있는 거야? 쯧쯧, 혀를 찼다.

  위기감을 느꼈는지 괘씸하다고 생각했는지, 쏘미와 찌미는 가만히 있으면 안 되겠다, 말을 번지는 입을 틀어막아야겠다고 작심하고 소주 몇 잔 걸치고는 뻘게진 얼굴을 하고 군말하는 사람들을 찾아 나섰다. 우선 가겟집 이 씨와 마누라를 족치기로 마음먹었다. 그다음은 뒷집 미장원 미스 윤에게 갈 심산이었다.

  ―당신이 봤어? 우리가 남자하고 자는 걸 봤어? 정말 봤어? 사기 치는 걸 봤어?

몸 파는 걸 봤어? 찌미야, 쏘미야? 어느 쪽이야? 정확하게 얘기해! 당신이 나불거렸다며? 가자! 경찰서로. 당신이 본대로 얘기해. 만약 증거도 없이 떠벌였다면 명예훼손과 무고죄로 당신 고생 좀 해야 해!

입이 얼어 제대로 벌리지도 못하고 이 씨 댁은 말을 더듬거렸다. 아니, 그게 아니구, 나는 그냥 그렇다 하기에 그냥… 어물거리는 이 씨 댁은 말로도 힘으로도 둘의 상대가 되지 못했다. 찌미한테 멱살을, 쏘미한테 목덜미를 잡힌 이 씨 댁은 목을 캑캑거렸다. 보다 못한 남편 이 씨가 팔을 걷어붙이고 나서다가 둘의 발길에 차여 나가떨어졌다. 더 이상 이 씨는 둘에게 다가서지 못했다. 이 씨는 핸드폰을 들고 112를 눌렀다가 얼른 다시 껐다. 경찰서에 불려가 사실을 대라면 직접 본 것도 아닌 마당에 답변이 궁할 것 같았다. 군말하는 동네 사람들을 다 물고 들어가는 것도 나중에 원망을 들을 소지가 있었.

누가 누굴 보고 꼬리 친다고 그래? 응, 너나 잘해! 혼나지 않으려면 입 조심하라구요, 이 씨 댁한테 말을 뱉고는 둘은 미장원으로 올라가려고 문을 열었다. 나가려던 둘은 문을 붙잡고 얼굴을 돌려 남편 이 씨를 향해 아저씨도 말조심해요, 아저씨와 아줌마에 대해서 들은 나쁜 얘기 알고 잘 있지만, 오늘은 이만하고 돌아가지만… 마누라 입단속 잘 하구요. 알았어요? 개망신당하지 말고! 소리를 빽 지르고는 쏘미가 문을 닫았다. 가겟집에서 나는 큰 목소리를 듣고 내심 켕기던, 카바레로 돌아다니는 쏘미의 짝은 철물점 철순의 동생 철종이라고 소문을 냈던, 미장원 미스 윤은 찌미와 쏘미가 가겟집에서 난리를 피운다는 걸 견습생을 시켜 확인한 후 손님의 머리를 만지다 만 채 줄행랑을 쳤다.

찌미와 쏘미의 바람 행각이 동네 사람들의 입에 방아를 찧는 것은 여전했지만 누구누구 어디 어디 구체적인 이름과 장소는 쏙 빼고였다. 누가 오나 살피고 누가 엿들나 둘러보곤 얘기했다. 꼬투리가 잡힐 증거를 얼버무려 적당히 변명하려고 준비하는 것으로 보였다.

네 이년들, 여기가 어디라고 걸레 짓을 하고 돌아다녀? 그러고도 이 동네에 붙어있을 줄 알아? 이 망할 년들! 하고 지팡이를 들고 호통을 칠 동네영감들이 한 명쯤은 나설 법한데, 그건 어디까지나 희망 사항이고 동네어른이라는 호칭 자체가 없어진 지 오래다. 선거 때 출마자들이 굽실거리며 어르신, 잘 부탁합니다. 동네 어른들이 얘기를 잘 해주셔야, 여론을 제 쪽으로 이끌어 주셔야, 제가 당선될 수 있지요. 당선되면 은혜 잊지 않겠습니다. 밀어주세요, 하면서 표를 구걸할 때나 어른이라는 단어가 한두 번 튀어나오는 정도이다.

몇 안 되는 동네 아이들만은 천진스러워 거칠 것이 없었다. 편을 가르면서 '나는 찌 너는 쏘' 한다. 한쪽이 찌 하면 다른 쪽은 쏘라 대꾸하고 쏘 하면 찌라 답한다. 찌 편과 쏘 편으로 나누어 놀이를 한다.

찌미 찌미는 찜도 잘한대요.

무슨 찜? 아귀찜? 아니. 코다리찜?

아니. 사내 찜? 맞았다.

쏘미 쏘미는 쏘기를 잘한대요.

무슨 총? 말 총? 아니. 대포? 아니. 물총? 맞았다.

누가누가 잘하나?

얼라리 얼라리,

젖과 꿀을 핥고 싶으세요?

지―소를 찾으세요.

꼴라리 꼴라리, 철철 넘쳐요.

지―소를 만나보세요.

찌미와 쏘미에 대한 놀림용으로 만들어 부르는 아이들의 노래이다. 정작 왕따 당하고 상처받는 사람은 이, 두 여자의 자식들이었다. 어린 것들이 무슨 죄가 있다고.

걸고넘어질 불안요인을 잠재웠다고 생각한 이녀, 찌미와 쏘미의 행동은 거칠 것이 더 이상 없는 것처럼 보였다.

지금도 그렇다는, 나이가 들어가면서 다소 덜 한 것 같기도 하다는, 얘기가 배령골 사람을 통해 들려왔다. 학교 어머니회장, 녹색 어머니회장, 부녀회장 등 감투를 나눠 쓰고 있는 찌미와 쏘미가 사회봉사활동에 바빠 사내들과 노닥거리는 시간이 다소 줄었을 것이라는 생각에서 그들이 조금 나아졌다고 느끼는 사람들이 있는 것 같았다.

여자들 세상이구나, 사내들이 불쌍타는 느낌이 든다. 이 동네 이녀의 얘기를 들은 사람들은 입맛이 쓴지 입속의 침을 쩍쩍 다시면서 입술을 오물오물하며 떫은 표정을 짓는다. 에미들이 저러니 키우는 자식들은 나중에 어떻게 될까, 보고 배운 도둑질이 제 에미들보다 더 할걸! 안타까운 듯 말하는 사람도 있다. 사실 애들이 커서는 정도가 더 심할지 모른다. 그걸 여자 탓만 할 수는 없는 일. 자식을 혼자 키우나? 자식들이 엄마만 보고 배우나? 절반은 아빠를 보고 배우지. 사내들이 그동안 여자들을 사람으로 취급 않고 너무 막 굴린 죗값을 되받는 것인가. 흉을 보고 더 이상 할 말이 없는 마을 사람들 끼리끼리의 끝말은 말세 야 말세다.

10

열번째 이야기
병 모가지가 꼬록꼬록

열번째 이야기

병 모가지가 꼬록꼬록

　배가 불룩한 술병을 거꾸로 들면 꼴깍꼴깍 꼬르륵 잘 쏟아지지 않는다. 병 모가지가 잘록하여 우리는 병목이라 부른다. 사람의 목구멍이 병목처럼 작아지면 천식하는 사람이 콜록콜록하듯이 숨을 헐떡일 것이다. 도시나 농공업단지는 구획정리가 잘 돼 있다. 물론 길이 질서 있게 사통팔달四通八達되어있어 이웃 간 분쟁의 소지가 없다. 정리가 잘 안 된 촌락村落이 문제이다. 도시나 단지가 아닌 면面 단위의 촌락면적이 우리나라엔 몇천 배, 만 배 더 많다. 통행이 막혀 숨을 헐떡이는 우리네 이웃이 너무 많다는 뜻이다. 말썽이 많다는 표현이 맞을 것 같다. 시골 인심 좋다? 언제 적 얘기인가. '서울엔 눈을 뜨고도 코 베가는 곳이란다. 조심하구.' 옛사람들이 하던 말에 지나지 않는다. '전원주택을 지으러 가면 눈을 뜨고도 코 베어 가, 정신 차려!' 요즘 사람이 하는 말이다.

　"어이, 친구! 나 연延 씨 놈 다니는 옆길을 막아버릴 거야?"
　"왜? 무슨 일이야? 그거 사용 승낙해 주었다며? 인감도 찍어주고 길 값으로 돈도 받았잖아?"
　"응, 그런데 복덕방쟁이들이 들락거려. 팔렸다나 봐, 도로사용승낙서에 도장을 찍은 건 너, 연 씨나 다니라 한 것이지 다른 사람한테까지 허락한 건 아니잖아, 길에 흙을 한 차 부어놓고 다니지 못하게 할 거야. 자네만 알고 있어."

"사용승낙서를 첨부하여 연 씨가 건축허가까지 받았다며? 길을 어떻게 막아? 괜히 통행방해나 업무방해로 걸려드는 거 아니야?"

"다 알아보고 하는 거야. 큰길 유창상회 아들이 건축 설계사무실에 다니잖아? 북면에서 이런 일이 있었대. 도로로 사용되는 땅값까지 쳐서 땅을 팔았대. 땅을 산 사람이 영 못됐더래. 그냥 길을 막아버렸대. 골탕 먹은 상대방이 112신고를 했대. 출동한 경찰은 개인 간의 문제이니 경찰이 간여할 문제가 아니라며 돌아가더래. 다급해진 상대방이 통행권확보 민사소송을 걸었대. 1년 걸려 판결을 받았는데 4m 도로 중 1.5m 통행권은 확보하되 나머지 2.5m에 대해서 판사가 쌍방조정을 시키더래. 땅 주인이 시세의 열 배를 요구했더니 판사는 땅 주인의 권리가 우선이라며 절충을 시키더래. 상대방이 빌고 빌어 요구액의 절반을 주고 나머지 2.5m분을 샀대. 그것도 진입로 등기나 지역권을 설정하려면 별도의 금액을 치러 줘야 한대."

"쌍방계약에 의한 4m 도로가 1.5m가 되다니 난 이해가 안 가."

"상대방은 꼭 필요한 거구, 땅 주인의 권리를 지켜주어야 한다는 대법원의 판례에 따른 거래."

"인감까지 떼어 줬다면 약속한 것 아니야. 거기다가 지주승낙을 확인하고 전용이나 건축허가를 내주었을 것 아니야? 군청에 앉아있는 놈들은 뭐 하고 있나?"

"분쟁에 낄 수 없다고 하더래. 알아서 합의를 보라고."

"약속은 지켜져야 약속이야. 이거 어디 무서워서. 남 일이 아니야."

"연 씨한테 일억, 새로 들어오는 사람한테 일억 받아 둘째 놈 장가들이며 아파트 하나 사주면 안 될까? 히히."

"예끼, 이 사람. 울궈 먹어도 어느 정도껏이지, 상대방 너무 괴롭히지 마! 벌 받아! 유창상회 아들놈 지 애비 닮아 뺑 좀 치더라구."

"자네한테만 얘기하는 거니까 아무한테도 말하지 마! 자네는 굿이나 보고 엿이나 먹어! 떡도 좀 줄게. 연 씨 그놈 서울에서 건물임대료 받는다고 목에 힘을 주고 다니잖아. 그 여편네는 한술 더 떠 터줏대감들 우습게 보잖아. 인사도 안 하고 엉덩이 씰룩거리는 거 내가 버릇을 고쳐놓을게 두고 보라고."

구곡폭포를 왼쪽으로 끼고도는 길은 문배마을로 통한다. 산 쪽으로는 깎아지른 절벽, 개울 쪽으로는 낭떠러지, 통나무를 가로세로 기둥으로 세우고 합판을 양쪽으로 박아 길을 막았다. 일 년을 끌어오는 일. 차량통행을 막는 줄 알았더니 등산객의 통행도 결국 막힌 것이다. 다시 돌아가려면 산비탈을 타고 올라 십 리 길. 등산객들은 오던 길을 거슬러 산을 타고 돌아내려 와야 한다.

개인 소유 땅이 산속 도유지 가운데 하나 박혀 있는 게 탈이다. 길 없이 산속에 묻혀 있던 땅. 일제의 잔재였다. 정자亭子로 쓰던 무허가 건물을 해방 후 양성화해 준 것. 월드컵이 있던 해, 시청에서 산지를 공원으로 개발, 길을 내면서 개인 땅끝을 조금 깎은 것. 원 땅 주인 석石 씨는 맹지에 길이 생겼으니 좋아했다. 쓸모가 생긴 것이다. 값도 쳐 받을 수 있게 되었다. 석 씨가 죽으면서 상황이 달라졌다. 유산으로 물려받은 아들 석 씨는 자기 땅에 길을 내줄 수는 없다고 고집을 피웠다. 길을 막아버린 것. 그리고 남의 땅을 파헤쳤다고 춘천시장을 재물 손괴죄로 경찰서에 고발했다. 보상을 해주자니 들으나 마나 석 씨의 요구

조건이 클 것이다. 개인 땅인 맹지를 멀리 피해 새로 길을 내면 분쟁의 소지도 없앨 수 있다. 맹지로 통하는 길을 없애 맹지의 석 씨를 골탕먹일 수도 있다. 그렇지만 돌아가는 길 공사가 아주 컸다. 그 약점을 석 씨는 알고 두 팔 걷어붙이고 시청에 도전한 것. 싸우다 보면 얻는 것도 있을 것이다. 배짱 껏 우길 테면 우겨보라지! 사람 욕심에 그럴 수도 있겠지. 그런데 사람까지 다니지 못하게 길을 꽉 막아버리면 어쩌란 말!

개울가에서 사는 A영감의 집은 언덕길에서 하천을 끼고 200m를 내려가야 한다. 물이 좋은 개울 양옆에 그늘막을 하고 앉을 자리를 만들어 음식을 팔고 있다. 음식이 나올 동안 손님들은 고스톱을 치고 지루한 사람들은 물에 발을 담근다. 산 좋고 물 좋고 경치 좋아 손님이 그치지 않고 성업 중. 뒷돈을 댄 아들에게 삼 년 만에 원금을 다 갚았을 정도. 하천 옆을 끼고 A영감의 집으로 통하는 길은, 길을 반으로 나눴다. 개울 쪽은 A영감, 땅 쪽은 김 씨가 권리를 갖기로 하고 반반씩의 지분을 등기했다. 3미터 길을 같이 사용하되 반쪽은 김 씨 길이고 하천을 낀 반쪽은 A영감의 것. 서로 견제되기 때문에 분쟁의 소지를 막자고 한 작품. 길이 끝나는 곳에 김 씨 땅을 살짝 파고 들어간 A영감의 땅 백 평이 문제가 되었다. 김 씨가 길을 따라 반만큼, 김 씨가 등기한 길 땅, 을 흙과 돌로 막아버렸다. 김 씨는 아직 집을 짓지 않고 있어 당장 들락거리지 않아도 되었다. 신고를 받은 경찰 백차가 왔다. 이쪽도 할 얘기가 있고 저쪽도 할 얘기가 있었다. 경찰은 누구 편을 들지 못하고 당사자 간의 다툼으로 치부하고 돌아갔다. 영감은 몸싸움하자니 힘이 달리고 소송을 걸면 이겨 길을 보장받을 수 있다고 들었다. 하나 판결이 나려면 1년 혹은 2년이 걸릴지 모르는 일. 당장 손님이 왔다가 돌아가는 것이 문제였다. 손님이 와도 하천 쪽 좁은 길로 차를 몰고 내려갈 수가 없었다. 손님들은 뭐 이런 데가 있어, 다시는 오나 봐라, 투덜대며 돌아갔다. 법은 멀고 주먹은 가까웠다. 주먹을 쓰는 김 씨에게 맞서서 A영감의 안타까운 사정을 편들어 해결해 줄 사람이 동네에서 없었다. 김 씨의 KO승. A영감은 손을 들었다. 문제의 백 평을 김 씨에게 헐값에 넘기기로 하고 길이 트여 영업을 다시 할 수 있었다. 그러나 길을 터라, 그러지 않으면 난 죽는다, 하고 악을 너무 쓴 탓인지 A영감은 식당 문을 연 다음 날 쓰러져 다시 일어나지 못했다. 아들이 경찰서에 진정서를 제출했다. A영감이 고령인 데다가 당뇨 지병이 있었음을 지적하며 경찰은 진정서를 반려시켰다. 분해서 악을 쓴 게 직접적인 사인으로 보기 힘들다고 무혐의 처리된 것이다.

'口' 속에 'ㅑ'를 집어넣어 보자. 그런 형태로 된 세 필지의 소유주가 원 씨 한 사람이었다. 물론 땅의 크기는 다르다. 위에서부터 보면, 85:5:10 정도 크기의 차이가 된다. 'ㅑ' 앞쪽이 원 씨가 숲 속의 장원莊園으로 들어가는 길. 바닥 쪽이 길이다. 'ㅑ'의 가운데는 원 씨가 가건물을 짓고 관리인을 두던 땅이다. 관리인 도 씨로부터 B가 샀던 땅이다. 길옆, 'ㅑ'의 바닥 밑쪽 땅 한 필지를 원 씨가 제3자에게 팔았다. 'ㅑ'의 밑, 바닥 쪽으로 다니던 B는 길을 못 쓰게 된 것이다. B는 할 수 없이 진입로로 원 씨의 길을 같이 쓸 수밖에 없게 되었다. 정식으로 집을 짓자면 길은 당연히 있어야 한다. 땅을 팔았던 도 씨에게 부탁했다. 도 씨는 원 씨가 써준 '도로사용' 승낙서를 B에게 전달해주었다.

빨리 집을 지으라고 한 마디만 하고 생색을 내지 않았다. 고마운 일이다. 원 씨는 땅 많고 돈 있는 사람답게 여유가 있다고 생각했다. 곱게 늙어가는 원 씨가 너그럽다고 생각한 것이다. 원 씨가 변덕을 부리리라고는 미처 생각지 못했다. 장사를 하는 B는 물건을 비축하는데 돈을 써버리고 집짓기를 미루었다. B는 그 다음 해에야 집 지을 돈을 마련할 수 있었다. 지금은 인감증명서의 사용 유효기한이 없어졌지만 5년 전만 해도 유효기한이 발급받은 날로부터 6개월이었다. 6개월 이내에 써준 용도 '도로용' 대로 사용했어야 했다. 아차! 하면서도 땅을 판 도 씨한테 다시 부탁하면 되겠지 싶었다. 도 씨에게 함께 원 씨를 찾아가 보자고 부탁했다. 진작 집 준공 냈어야지, 이 사람아, 머리 숙이는 거 나 싫어! 도 씨는 거절했다. B는 마음 굳게 먹고 서울로 원 씨를 직접 찾아갔다. 3층 대궐 같은 집에 찾아갔다. 현관 옆 차고에는 외제 차 두 대가 번쩍거리고 있었다. B는 원 씨한테 가지고 온 선물 꾸러미를 내놓고 사정했다. 원 씨는 머리가 벗겨져 번쩍거릴 뿐 나이가 들어 볼품이 없었다. 기력도 쇠곤한지 소파에 삐딱하게 기대앉아 숨을 몰아쉬었다. 눈을 게슴츠레하게 뜨고는 모기소리보다 약간 크게 말했다. 원 씨는 귀찮다는 듯 머리만 좌우로 흔들 뿐 대답하지 않았다. 대꾸하지 않으니 아무리 사정해보았자 헛일이었다. 재취인 듯이 보이는 젊은 아주머니가 대신 말했다. B에게 땅을 판 도 씨는 전체 땅을 10년 이상 관리해 준 관리인이었다. 관리인 도 씨가 집을 짓고 싶다고 하기에 마지못해 땅을 넘겨주었단다. 도 씨는 밀린 관리비를 받지 않겠다고 원 씨에게 제의했던 모양이었다. 계속해서 땅을 그냥 잘 관리해 준다는 조건으로 땅을 인수했다는 것. 원 씨는 더 이상 다른 사람에게 베풀어 줄 뜻이 없다고 했다.

B는 난감했다. 길 없는 땅은 아무짝에도 쓸 수 없다.

"사장님! 그러면 앞으로 제가 사장님 땅을 관리해 드릴게요. 네?"

B는 원 씨 앞으로 바싹 다가갔다.

"아닙니다. 그 땅을 곧 개발하기로 했습니다. 내 아들이 내려가 살 텐데요. 이제 관리인을 둘 필요가 없어졌어요."

비로소 잘라 말하는 원 씨 영감이었다. 한 달 후 다시 찾아간 B에게 원 씨 영감은 대문을 열어주지 않았다. 더 이상 방법이 없는 B는 일단 원 씨 쪽은 포기했다. 길에 붙은 밑 땅을 새로 산 땅 주인을 찾아가 사정해 보기로 했다. 땅 주인 노 씨는 웃돈을 붙여 땅을 되팔려는 사람이라고 들었다. 길 면적만큼 땅값을 쳐주면 되겠다고 B는 생각했다. 그렇게 어려울 것 같지 않았다. 읍내에 사는 노 씨를 찾아갔다. 나이 젊고 풍풍한 사람이었다.

"B 씨에게 길을 내드리면 좋겠지만 내 땅 파는 데 불리해집니다. 입구가 확 뚫려야 작자가 선뜻 달려듭니다. 입구가 넓지도 않은 땅에 B 씨에게 삼사 미터 내드리면 그만큼 내 땅 진입로가 좁아집니다. 제값 받기가 힘들어진다는 얘기지요. 내 땅을 사시면 되잖아요?"

굵고 강한 거절의 목소리였다. B는 노 씨의 땅을 사들일 형편은 못되었다. B는 길을 내는 것을 일단 포기했다. 속은 상했고 땅을 놀리기 아까웠다. 하지만 세상일은 마음대로 되지 않는다. 쉬운 일이 없다는 것을 알고 있는 B였다. 어렵고 어려운 환경을 딛고 먹고살 만해진 처지였기에 체념이 빠른 B였다. 집 짓는 것도 당분간 잊어버리기로 했다.

두 해쯤 지났을 때 기회가 찾아왔다. 시장에서 같이 장사하는 이 씨가 B를 말끝마다 부러워했다. 전원주택 지을 땅을 갖고 있다고? 땅에 대해 B는 이 씨에게 좋은 말만 했다. 이 씨에게 노 씨의 땅을 살 것을 권했다. B의 노력 끝에 성사가 되어 이 씨가 노 씨의 땅을 사기로 했다. 매매계약서를 쓰고 난 다음 B는 이 씨의 눈치를 살폈다. 기분이 한껏 부풀어 오른 것을 확인하고 길 문제를 꺼냈다. 좋은 땅 사 주셨는데 그 정도야 도와드려야지, 하며 이 씨의 말은 흔쾌했다. 그건 어디까지나 말뿐이었다. 막상 4미터 폭 길이 50미터 도로를, 약 70평을 거저 내주자니 생각이 달라졌다. 인감증명서까지 떼어달라니 이 씨는 B의 부탁을 받아들이기에 망설여졌다. 땅을 보러 다니면서 친해지던 안식구끼리 허구한 날 붙어 다녔었다. B의 부인은 성질이 나는 것을 참지 못하고 이 씨의 처와 다퉈버렸다. 때가 때였다. 서로 말도 않고 있는 시점이었다. 이 씨의 처는 이 씨에게 B의 부탁을 거절하자는 뜻으로 말을 했다. 그렇게 큰 혜택을 B 쪽에 줄 필요가 있느냐는 것이었다. 사태가 심상치 않게 돌아가는 것을 B는 감 잡을 수 있었다. 어이쿠 낭패군! B는 죽어도 머리 굽히지 못한다는 자신의 처를 윽박질러 이 씨의 처에게 보냈다. 사과하러 보낸 것이다. B는 길로 들어가는 면적을 70평 정도로 계산하고 거래된 시세대로 쳐보았다. 돈을 찾아들고 이 씨를 찾아갔다. 이 씨의 아내도 같이 있다가 얼굴을 뒤로 돌리고 앉았다. B가 내미는 돈을 이 씨는 받지 않고 도로 밀었다. 생각할 시간을 달라, 고 말할 뿐이었다. B의 처를 흘끔 쳐다보았더니 여전히 얼굴을 돌리지 않았다. 찬바람이 돌았다. B는 머리를 긁적거리며 돌아올 수밖에 없었다. 해를 넘겼다. 이 씨의 최종적인 답변은 '서류상으로는 해줄 수 없다.' 그냥 차가 들락거리는 것은 허락하겠다는 것이다. 허가를 위한 구비서류를 갖추지 못하니 정식으로 집을 지을 수는 없다. 이 씨와 그 아내의 변덕이 다시 변덕 부릴 때를 하늘에 대고 기원했다. 기다리는 수밖에 다른 도리가 없었다.

　C는 언덕 바위위에 작은 집을 하나 지었다. 아주 싼 땅이 있어 터는 넓게 잡았다. 서울에 아내와 자식이 사는 본 집이 있으니 산속에 큰 집을 가질 욕심이 없었다. C 혼자 거처할 공간이면 되었다. 돈도 모으고 직장에서도 좋은 자리를 차지하고 있어 부러울 것 없었다. 직장을 끝내고 바로 집에 들어가기 힘들 정도로 저녁 약속이 많았다. 외부인으로부터 이것저것 부탁을 많이 받았다. 또 직장 상사들과도 사적인 모임을 자주 가졌다. 놀 때는 좋았는데 병이 든 것이다. 처음엔 당뇨 정도로만 알았는데 합병증이 왔다. 중증重症이었다. 잠깐씩 서울에 다녀오고 태반의 시간을 산골, 바위위의 작은 집에서 보냈다. 아침저녁으로 가벼운 등산을 하면서 식이요법을 했다. 당뇨 수치를 봐 가며 인슐린 주사를 팔에 찔렀다. 한 이년 상태가 많이 좋아지더니 다시 상태가 나빠지기 시작했다. 집이 들어선 자리만 빼놓고 나머지 큰 땅을 절을 지으려는 중한테 팔았다. C의 땅에 들어서려면 남의 땅을 거쳐야 했다. 인천에 사는 땅 주인인 천 씨의 양해를 구했다. 우선 쓰라는 천 씨의 허락을 받았다. C는 고마움을 수시로 값비싼 선물로 천 씨에게 표시했다. 천 씨도 간이 몹시 나빠져 자기 땅에 컨테이너 하나를 갖다 놓고 들어와 살게 되었다. C와 천 씨는 동병상련의 정을 갖고 친했다. 마침 나이도 비슷했다. 간염이 암으로 발전한 천 씨가 갑자기 죽었다. C는 서둘러 입구 진입로를 아스팔트로 깨끗이 포장했다. 건축허가를 받고 집의 등기를 마쳤다. 현장을 답사한 군청 직원은 토를 달지 않았다. 땅 주인의 사용 승낙서를 요

구하지 않았다. 눈으로 보기에 완전한 길이기에 현황도로로 인정한 것이다. 절 땅은 지목을 밭에서 종교부지로 바꾸었다. 건축허가를 받은 요사 채를 지었다. 그다음 대웅전의 뼈대를 올리기 시작했다.

첫 얼음이 언 늦가을에 천 씨의 부인이 차를 몰고 왔다. 땅을 유심히 둘러보았다. 천 씨와 함께 몇 번 왔다 가기는 했지만, 부인은 산속을 싫어해 오래 머물지 않았다. 땅에 대한 관심을 두지 않았었다. 땅값도 헐했다. 때마침 펜션 붐이 일던 때였다. 이제는 상황이 달라졌다. 땅값이 올랐다. 시골 땅으로만 얕잡아보았던 땅값이 생각과는 많이 달랐다. 부동산에 내놨더니 땅의 덩어리가 커 살 임자가 쉽게 나설 것 같지 않다고 했다. 가족회의 끝에 땅을 여러 필지로 나누어 팔기로 마음먹었다. 바로 토목공사에 들어가기 위해 부인은 지적공사에 측량을 신청했다. 측량과 동시에 문제가 된 것은 C집과 절의 진입로였다. C는 죽은 천 씨의 엄연한 승낙 하에 길을 냈다고 주장했다. 절 측은 C의 집과 절의 요사 채가 적법하게 지어진 것이라고 준공필증을 내보였다. 길이 완벽하게 포장되어 문제가 되지 않으리라고 판단해 땅을 사고 절을 지었다고 했다.

천 씨 댁은 군청에 찾아갔다. 짓고 있는 절의 대웅전에 대해 향후 준공검사 신청 시를 대비하여 미리 이의를 제기했다. C와 절 측이 남의 땅에 임의로 길을 낸 것은 불법훼손이라고, 허가기관은 무얼 했느냐고 따졌다. 길도 없는 땅에 집을 지은 것은 건축허가 자체가 잘못된 것이라고 주장했다. C와 절 측이 남의 땅을 강탈하려 한다는 표현까지 써넣은 진정서를 접수했다.

군청의 민원허가 과장이 담당자를 데리고 직접 현장에 나왔다. 측량 말뚝을 보니 길이 부인의 땅 위 끝을 완전히 타고 들어가 있었다. C의 집까지 20미터,

그곳에서 절까지 다시 40미터 길. 4미터 폭으로 예쁘게 아스팔트 포장이 되어 있었다. C와 중 그리고 부인의 얘기를 다 듣고 과장은 셋을 데리고 나섰다. 포장길이 시작하는 입구에 사는 동네 사람 집을 찾아 들어갔다. 그간의 상황을 보고들은 이웃 사람의 증언을 듣기 위함이었다. 동네 사람들은 C를 역성들었다. 매일 얼굴을 맞대는 C를 편들었다. 잘 오지도 않더니 남편이 죽은 다음에 와서 난리법석을 떠는 게 마음에 들지 않았다. 동네 사람들에게는 얼굴도 잘 기억 안 나는 천 씨 댁이었다. 짙은 얼굴화장을 하고 좋은 차에 으스대고 앉아 권리자 행세하는 게 동네 사람들의 눈에 거슬렸다.

"C집과 절로 들어가는 이 길 언제부터 있었는지, 아저씨! 혹시 기억하세요?"

"C가 집을 지을 때부터지요. 3년 전인가 왜 태풍이 올라와 동해안을 휩쓸고 간 그해 있었잖아요. 그때였어요."

"혹시 죽은 천 씨와 C가 진입로 문제로 서로 다투거나 혹은 합의하거나 뭐 들으신 거 없나요?"

"싸우긴요? 둘이 얼마나 친했는데요. 길에 문제가 있다는 얘기 들어본 일 없어요. 죽은 천 씨 양반이 길 값만큼 사례받았다고 들었어요."

"그러면 아스팔트 포장은 언제 되었나요?"

민원허가 과장의 질문에 동네 아저씨는 정확한 날짜와 시간을 기억해 내기라도 하려는 듯이 눈을 지그시 감았다. 한참을 음! 음! 뜸을 들이더니 대답했다.

"재작년 가을 같은데요."

"천 씨가 죽기 전 아닙니까?"

"한참 전이지요."

죽은 자는 말이 없다. 어이가 없어 하는 천 씨 댁에게 과장은 잘라 말했다. 길로 들어가는 땅에 대한 값을 치렀느냐 또 얼마냐 하는 것은 당사자 간의 합의 사항이지, 관청이 관여할 일이 아니라고 과장은 말했다. 공무에 바쁜 공무원들을 힘들게 하는 것은 옳은 처사가 아니라고 투덜댔다. 군청으로 돌아온 과장은 직원들을 한데 모았다. 담당자에게 현장답사 결과를 브리핑하도록 했다. 그리고는 의견을 물었다. 행정 처리에 절차상 문제나 규정상 문제가 있다고 얘기하는 직원이 없었다. 또 절 측이 짓고 있는 대웅전에 대해 차후 준공신청이 들어왔을 때 바로 처리해 주어도 된다는 의견이 주된 내용이었다. 과장은 담당자에게 부인의 진정서에 대한 답신을 바로 기안하라고 지시했다. 적법하게 처리 되었다는 요지였다. 현실을 인정하고 더 이상 이의를 제기하지 않을 거로 봤던 부인 측은 중장비를 동원하였다. 아스팔트 포장된 부분만 남기고 흙을 긁어내었다. 비가 오니 아스팔트 밑에 붙어 있던 흙과 돌이 떨어져 내리기 시작했다. 길이 폭삭 주저앉을 것이 걱정이다.

D 내외는 마을에서 한 마장쯤 떨어진 산기슭 밑 개울 옆에 살고 있다. 언덕 너머 길에 붙어있는 땅 한 필지를 갖고 있다. D는 아들 장가들일 때 아파트 전세금을 장만해야 했다. 저축은 없고 할 수 없이 땅의 반쪽을 조 씨에게 팔았다. 음식점을 하려는 조 씨는 길옆을 요구하였다. 전면에 큰길이 붙어있는 반쪽을 떼어주고 D는 뒷면을 남겼다. 길에서 볼 때 D의 뒤땅은 소나무가 있는 동산을 등에 업고 있다. 땅은 줄었어도 호젓해 두 내외가 살만했다. 뒷면으로 들어 다니는 진입로통행권은 앞쪽의 조 씨에게 사용할 수 있는 승낙서를 받았다. 인감

증명서도 첨부시켰다. 조 씨는 바로 허가를 냈다. 얼마 되지 않아 D에게 운이 따라주었다. 현재 D가 살고 있는 개울 옆집을 사겠다는 사람이 나타났다. 육 개월 후에 집을 넘겨주기로 하고 매도계약을 했다. 개울 옆집을 판 돈으로 반쪽 남은 땅에 새집을 지을 수 있게 되었다. 서둘러 군청에 건축허가를 신청했다. 서류상 하자가 없으니 허가는 바로 나왔다.

  집을 짓기 위해 온 사방에 건축자재를 늘어놓은 조 씨 때문에 D는 공사를 시작하기가 힘들었다. D는 조 씨에게 집짓기를 서둘러 마무리해달라고 요구했다. 이제껏 웃는 상을 하던 조 씨가 짜증을 냈다. 기분 나쁘다는 것이다. 그렇게 둘 사이가 얽히더니 서로 간의 대화가 부드럽지 않았다. D를 볼 때마다 조 씨는 얼굴을 찌푸렸다. 말을 붙이지 못하게 했다. 두 동의 골조공사를 서둘러 끝낸 조 씨는 내부와 외부 치장공사에 들어갔다. 얼굴을 붉히고 내려가 한동안 넘어오지 않던 D는 안달이 났다. 착공을 못 하고 답답해 안절부절못하다가 올라왔다. 길에서 들어선 D의 눈에 자기 땅이 보이지 않았다. 조 씨는 D와의 통행로 옆에 집을 붙여 지은 것까지는 참을 수 있었다. 삼층집을, 옥상까지 4층 높이로 건물을 지은 것이다. 세 동을 다닥다닥 붙여지었다. D의 땅을 가려버렸다. 가까이 가보니 D의 통행로가 있는 둥 없는 둥 좁아져 있었다. 또 조 씨의 땅속으로 묻었던 빗물배수로를 D의 땅으로 꺾어 흐르게 하였다. 경계선으로 집이 꽉 들어찼으니 배수로가 조 씨 쪽으로 나갈 수가 없었다. D는 조 씨를 찾아 들어가 소리를 질렀다.

  "아니! 도대체 이게 무슨 짓입니까? 정신이 있는 거요, 없는 거요?"

  "아니! 뭘 말입니까? 내 땅에 내 집 내가 마음대로 짓는데 왜 토를 다십니까?

뒤땅으로 들어가는 길은 이렇게 해결합시다."

 조 씨는 D에게 태연히 서류를 내밀었다. 하천부지 점용허가서. 조 씨의 설명은 길에 대한 합의를 변경시키자는 것이다. 지적선 끝까지 삼층집을 지어 놓았으니 통행로가 없어져 버렸다. 조 씨는 D가 들락거리는 것은 하천을 메워 쓰라는 것이다. 길을 쓰도록 사용승낙을 해주었어도 땅에 대한 소유권은 조 씨 자신에게 있다는 것. 하천을 메워 길을 만들어 주면 자기는 최선을 다한다는 것이다. 배수로를 D 쪽으로 돌린 것은 그 자리까지 집을 들어차게 한 것이니 이해해 달라고 했다. 왜 사전에 양해를 구하지 않았느냐는 D의 아우성에 조 씨는 표정 하나 변하지 않고 대답했다.

 "미리 얘기했으면 들어주었겠습니까? D 씨가 그러라고 허락을 하지 않았을 것 아닙니까?"

 일을 저질러 놓고 집까지 다 지었으니 네가 어쩔 것이냐는 속셈이었다. D는 서둘러 경계측량을 신청했다. 경계선에 벽면이 닿아 조 씨의 지붕이 D의 경계로 1미터 쯤 튀어나왔다. 사진을 찍어 붙이고 배수로 문제 등 서너 가지 사유를 들어 군청 허가 민원과에 진정서를 냈다. 조 씨의 건물 준공검사는 보류되었다. 그러나 군청은 더 이상 간여하지 않았다. 이미 집이 지어졌으니 부술 수는 없는 것이고 당사자 간에 해결하라는 입장이었다. 해결되지 않은 채 시간은 흘러가면서 오히려 조 씨가 아우성쳤다. 별것도 아닌 일을 가지고 D가 준공검사를 막아 손해를 보고 있다고 조 씨가 대들었다. 준공검사가 떨어져야 은행융자를 받을 수 있는데 그렇지 못해 공사대금을 지급하지 못한다는 것. 동네방네 떠들고 다녔다. D가 지붕을 잘라버린 것에 그치지 않고 준공을 방해하고 있다고 말이다. 나이 든 D와 젊은 조 씨의 차이가 스무 살이다. D는 말수가 적었다. 어쩌다 마을회관에 얼굴만 잠깐 비출 뿐이었다. 고스톱을 친다든지 술잔을 받는 일은 하지 않았다. 천성이 그랬다. 반면 조 씨는 사람이 모인 자리는 꼭 찾아다녔다. 동네 사람들은 떠벌이는 조 씨 쪽으로 편이 기울었다. 조 씨 집의 토목공사를 맡았던 포클레인 업자가 D를 찾아와 윽박지르더니 건축업자 셋이 달려들었다. 전기공사를 한 사람, 미장 공사를 한 사람, 철물점 주인 그리고 인부들이 노가다 어쩌고 하면서 D의 집에 와서 행패를 부렸다. 마음 약한 D의 아내가 업자들의 행패에 견디지 못하고 힘들어했다. 조금만 더 참지 왜 그 땅을 팔았느냐, 땅 살 사람이 조 씨밖에 없었느냐는 원성을 D는 아내로부터 들어야 했다. 결과적으로 일 처리를 D가 잘못한 것이 되어버렸다. 며칠 밤을 뜬눈으로 새우고 D는 군청에 전화했다. 진정서를 회수하겠으니 조 씨의 준공검사 신청을 얼른 처리해 달라고 사정했다. 드디어 조 씨는 음식점영업을 개시했다. 손님이 제법 끓었다. D의 집안은 다시 조용해졌으나 D는 분했다. 내성적인 성격인 D는 자기 자신을 들볶았다. 사람을 잘못 봐서 그래! 내 잘못인 걸 누구를 탓하겠어! 살던 집을 넘겨주려면 뒤땅, 조 씨 집 뒤에라도 얼른 집을 지어야 했다. 조 씨의 삼층 집이 앞을 가려, 조망眺望이 막혔지만 조망권이 어쩌고저쩌고 그런 걸 따질 계제가 아니었다. 구석에 처박힌 몰골을 하더라도 D는 얼른 집을 지어야 했다. 껄끄러운 사이가 된 조 씨와 앞뒤 집에서 얼굴을 맞대고 같이 살아야 한다는 것이 싫었다. 그래도 집은 지어야 했다. 살던 집을 넘겨주어야 하는 약속시한은 다가오고 있었기 때문이다.

 사람을 잘못 만난 걸 어쩌나. 길이 없어진 것은 아니다. 참자! 얼른 집을 지어버리자. D는 마음을 가라앉혔다. 돌을 사오고 장비를 불러 조 씨가 받은 허가서를 근거로 하천을 일부 메웠다. D는 차량이 통행할 수 있는 길을 조 씨의 건물 옆 하천 쪽으로 만들었다. 돌을 실어 나를 때부터 조 씨는 가까이 와 고래고래 소리를 질렀다. 큰 차가 들락거려 자기 건물이 울린다는 것. 건물 벽이 깨지기라도 하면 어쩌느냐고 고함을 질렀다. 손님들이 왔다 가도 그냥 간다, 영업방해로 고발하겠다는 둥 악을 썼다. 대충 길을 만든 후 D는 철재를 주문했다. 철근과 빔을 잔뜩 실은 차가 들어올 때 조 씨는 차가 못 들어가게 몸으로 막았다. D는 조 씨와 밀고 당기는 실랑이를 했다. 조 씨의 아내도 합세했다. 조 씨 집 마무리 공사를 하는 업자들까지 가세했다. D는 힘에서 눌려버렸다. 주먹은 가깝고 법은 멀리 있다. 대항하려는 D를 그 아내가 극구 말렸다. 아들들한테도 알리지 말자고 했다. 일이 확대되어 가까운 사람들이 사건에 휘말리면 안 된다는 뜻이었다. D는 아내의 말을 듣지 않았다. 법에 의존하는 것이 최선의 방법이라고 했다.

그렇게 해서 D는 조 씨를 업무방해죄와 통행방해혐의로 경찰서에 고발했고 통행방해금지 가처분 신청을 법원에 냈다.

벌금처분에 대한 조 씨의 항고로 고발 건은 마무리되는 데 2년 반이 걸렸다. 가처분 신청 역시 조 씨가 항소를 포기했는데도 확정되는데 2년 반이 걸렸다. 더구나 가처분 신청 건은 승소한 D에게 통행권은 완전히 인정하였지만 조 씨와 당초 합의한 5m 폭 도로를 인정하지 않고 3미터로 줄였다. 법 이전에 당사자 간의 약속이 최우선 되어야 한다고 또 약속은 어디까지나 지켜지고 존중되어야 한다고 D는 판사에게 강변했다. 판사는 대법원 판례를 존중할 수밖에 없다고 했다. 건축법에서 정한 최소 폭 2미터만 인정할 수도 있다. 옆이 하천이라 3m 폭을 인정한 것이니 D는 감사하게 결과를 받아들이라고 했다. 당사자 간 합의가 폭 4-5미터이더라고 그건 당사자 간의 문제라는 것. 일단 통행문제로 분쟁이 생기면, 가급적 통행은 인정해 주되 소유권자를 최대한 보호해주자는 뜻에서 1.5m 폭 도로 인정' 의 대법원판례가 있다는 것. 조 씨는 자문을 구한 변호사로부터 미리 이 사실을 귀띔을 받고 버텼다. 결국 실질적인 승자는 조 씨가 되었다. 어찌 되었건 D로서는 문제를 만들지 말았어야 했다. 당사자 합의 보다 법원의 판결이 우선이었다.

개울 옆집을 사겠다고 계약한 사람에게 집을 비워줄 수 없게 된 D는 위약금으로 끝내 5천만 원을 물어주고 끙끙 속병을 앓고 있다. D는 속만 썩이고 그대로 있을 수만은 없었다. 건축설계비용과 전용 부담금 등 일천여 만원을 들인 허가서의 기한이 임박해 왔다. D가 군청에 기한 연장신청을 했다. 융자를 내주고 근저당을 설정한 농협의 지상권사용동의서가 필요하다고 했다. 먼젓번 동의서는 도장 찍힌 지 2년 되었고 또 그 안에 융자금액의 변동이 있어 새로이 받아와야 한다고 했다. 담당자는 책상에 앉아 기분 내키는 대로 깐죽거렸다. 안 해준다는 허가권자의 호령 앞에 주눅이 든 D였다. 원님한테 곤장을 맞고 나오는 불쌍한 얼굴을 하고 D는 농협에 찾아갔다.

"해 주세요."

"안 됩니다."

"왜요?"

"땅 소유주인 조 씨의 승낙이 있어야 합니다."

"지상권 설정이 아니라 동의서입니다. 지난번에도 해주셨지 않습니까?"
"은행이 지상권 설정을 하고 인근 주민에게 필요한 동의는 할 수 있지만, 동의서서식에는 땅 소유주가 동의하는 난이 따로 있습니다."
"자, 이것 보세요. 땅 소유주가 동의하는 난이 없잖아요?"
"어! 있었는데! 왜 갑자기 없어졌지!"
"자! 해주세요."
"안 됩니다. 땅 소유주의 허락을 받아야 합니다. 와보라고 불러야 되겠습니다."
고발당하고 송사로 삐딱해진 조 씨가 부르면 오기야 할 것이다. 그러나 도장을 찍어줄 리 없었다.
"그 땅 아니면 내가 죽나? 나 안 죽어!"
2년이 지난 지금도 D는 아무것도 할 수 없는 땅을 붙들고, 자신의 말처럼 죽지 않고, 굶지 않고 살고 있다.

이런 얘기를 읽다 보면 뭐 이런 동네가 다 있어? 조금씩 양보하면 될걸! 꼴통들만 모였군! 하면서 먼 동네 얘기로 들을 것이다. 자신은 나중에 전원생활을 하더라도 저런 동네는 피해 가야 한다고 생각할지 모른다. 남의 얘기로만 치부할 것이다. 물론 건설회사에서 지어놓은 집합단지에 살거나 도시화가 된 지역은 평온할 것이다. 분쟁이 지나가 속으로 잠겨버려 겉으로는 다툼의 흔적이 없다. 옹기종기 모여 사는 시골 마을도 수백 년 내려온 마을은 좀 다를 것이다. 이미 지나간 일이기 때문에 질서가 잡혀 평화로운 듯이 살기도 한다. 전원주택이나 펜션이 막 지어지고 있다. 시골이나 산골로 이주한 사람들은 한 번씩 당하는 경우가 많다. 경계와 진입로 그리고 배수로 문제로 한 번씩 호된 신고식을 치른다. 우습게 여긴 사람일수록 큰코다친다. 주민의 신고와 진정으로 경찰과 관차가 지나다닌다. 또 무슨 일로 어느 집에 온 것일까 궁금해한다. 동네 참새들의 입방아는 밤새 찧고 또 찧는다. 아파트를 전세 얻으면서 전세권 설정하듯이 길에도 최소한 지역권이라도 설정하면 될 것 아닌가? 똑똑한 사람들은 이렇게 현명한 방안을 제시할 것이다. 임차인 보호를 위한 전세권은 법으로 보장하기도 한다. 길에 들어가는 땅에 대해서는 1.5m 보장이 대법원 판례에 따른다. 1.5m라면 우마차가 지나가던 시절에나 맞는 길이다. 마을의 집과 집 사이 그리고 땅과 땅 사이 길은 거의 사도私道로 되어있다. 땅 주인은 길로 땅을 내어주는 데 엄청난 대가를 요구한다. 흔치 않은 일이 사도私道에 대한 지역권설정이고 더 드문 것이 등기이전. 이것이 현실이다. 어휴, 답답해! 가슴이 답답해! 손으로 가슴을 치는 사람이 많다. 군청 허가민원 과와 경찰서 조사계에 가보면 하루 종일 길 문제 다툼으로 잔잔한 날이 없다. 국력 낭비. 왜들 이러는 거야!

"피고소인은 작년에도 길을 막아 벌금을 문 일이 있는데 왜 또 그러셨습니까?"
"막은 게 아닙니다. 길에 물건을 쌓아놨다가 금방 치웠습니다."
"이것 보세요. 길을 막았다고 고소인이 제출한 사진이 날자 별로 열 장인데요?"
"고소인이 천하의 악질이라 그래요. 파파라치처럼 숨어 있다가 내가 길에 물건을 놓을 때마다 사진을 찍어서 그래요. 금방금방 치웠어요. 난 성질이 급하거든요."
"고소인에게 물어보겠습니다. 피고소인의 말이 맞습니까?"

"틀립니다. 기가 막히는군요."

"조사를 더 해서 검찰에 올리겠지만 한 번 조사한 사건은 일사부재리의 원칙에 의해 기각될지도 몰라요. 고소인은 그걸 아셔야 해요."

고소한 사람은 조서에 도장을 찍고 경찰서를 나온다. 입을 조몰락거리는 것은 분명 불만이란 뜻이다. 씨팔, 쎈 변호사를 사야 할 모양이구나! 돈깨나 깨지겠군! 언제나 끝나려나? 일이 잘못돼 저거 하나 길 없는 땅이 된다고 굶기야 하겠어? 병의 목은 좁아서 꼬르륵 꼴깍거리고 내 땅은 목이 졸려 콜록거리는구나, 젠장! 억울하다고 생각하는 사람들의 신음소리다.